角川春樹事務所

目次

烏の翼　7
降旗　80
黒きけもの　136
大志は徐州になく　208
流浪果てなき　263
それぞれの覇道　312

三国志

新装版

二の巻

参旗の星

＊編集注　本文中の距離に関する記述は、中国史における単位に従い、一里を約四〇〇メートルとしています。

鳥の翼

1

郿塢（郿の砦）に車列が続いていた。

途中までその数を数え、王允はうつむいた。無駄なことだった。力で洛陽から移されてきた民は、それでも日々の暮しの中で、少しずつ富を生み出していく。百万を超える民の営みが生んだ富は、少なくはなかった。

それを、董卓が召しあげる。召しあげたものは、すべて郿塢に運ぶのである。長安と同じように造られた郿塢に、董卓はあらゆる富を蓄えていた。金、銀、財物はもとより、千人に余る女まで蓄えているのだ。糧食の蓄えは、すでに二十年分に達しているという。

王允は、司徒（最高職、三公のうちのひとつ）である。しかし、司徒の力などはありはしなかった。丞相府がきちんと機能するために置かれた、事務官に過ぎないのだと思う。そう思っていなければ、とても董卓の命令には従えなかった。

力がすべてなのだ。

そう思った時、王允はただうつむくだけだった。

かつては、天子を補佐して、漢王室の政事を担う才と人々から言われた。自負もあった。宦官が力を持った時も、それに阿ることはせず、流浪までした。洛陽を制した董卓から、司徒に就いてくれと頼まれた時は、これでようやく自分の政事ができるのだと思った。軍事は董卓がみて、政事は自分がみる。それで、倒れかかった漢王室も、蘇生するはずだったのだ。

しかし、日に日に、董卓の専横を抑えきれなくなった。田舎者と、はじめは馬鹿にしながら従っていたが、それは次第に恐怖に変っていった。とにかく、血が流れるのである。誰であろうと、容赦する気配が董卓にはなかった。洛陽から長安への遷都という暴挙にも、ただうつむいて従った。反対する者は首を刎ねられるだろうと思い、事実そうなった。

自らの怯懦を恥じた。しかしいま、董卓の暴虐を止める手だてはない。声をあげたところで首を刎ねられるだけであり、それは暴虐の激しさを一層増す死にすぎないのだ。
死を怖れてはいない、と王允は思っていた。意味のある死ならばだ。
董卓は、このところ物欲を剝き出しにしていた。洛陽を捨てるころからその傾向は強まっていたが、いまはさながら物欲の化身である。女すらも、物として見ていた。

若い将軍たちは董卓のもとを去り、それぞれに力を蓄えようとしていた。しかし、連合することは失敗した。誰かが董卓を上回る勢力を持つまでに、何年がかかるというのか。

古い将軍たちは、まだ何人か残っていた。それが、軍にある権威を与えていることは確かだった。ただ、力はない。

力があるのは、董卓直属の将軍たちだ。李傕を筆頭にして、四名いる。それぞれに二万から一万の軍を率い、それは飛熊軍と呼ばれて精鋭なのだという。あまり、長安に入ってくることはなかった。

長安には常時五万ほどの軍がいるが、その中の二万を率いている呂布の軍は、王允の眼から見ても、間違いなく精鋭だった。

董卓直属の五人の将軍というが、呂布だけが別格だった。それに董卓の本拠の涼州から来たのではなく、呂布はもともと執金吾（警視総監）の丁原の部下だったのである。父子の契りを結んだ丁原の首をあっさりと刎ね、董卓に従った。

呂布が出ていく戦には、負けることがないという。黒ずくめの軍装を、王允は何度か見たことがあった。麾下の五百騎も、最近では黒ずくめである。黒い魔物が動いているようにさえ、王允には見える。

王允は、呂布と親しくしていた。董卓とも父子の契りを結んでいる若い将軍は、王允に恐怖感しか与えなかったが、ほかの四人の将軍とは違うなにかも感じていたのだ。同じように、いや四人以上に粗暴だが、それが物欲や権勢欲の絡んだものではなかった。少年の持つ粗暴さのように思える時さえある。

それに、呂布の妻の瑶とは、よく話をする間柄になっていた。五原から洛陽に出てきた時、いろいろと面倒を看てやって、その時から頼られている。呂布は、妻が洛陽の生活に馴染めるかどうかということについては、無関心だった。

五人の将軍を分裂させられないか、ということを長安に来てから王允はずっと考え続けていた。董卓のもとでは、漢王室の復興どころか、その存続さえも危うい。五人の将軍が分裂して対峙すれば、外からの力も導き入れやすい。それに、混乱がきわまるほど、王室の存在は力を持つのだ。

考えに考えたが、方法はなかった。四人はいつもまとまっていたし、呂布は董卓の側近中の側近である。

ところが、ふた月ほど前に、おかしなことが起きた。董卓が呂布に自分の女を与えたのである。それも、老いた妻では不満だろうという言葉をつけてだ。

呂布の弱点は妻の瑶だろうと、王允は前々から思っていた。だからこそ、瑶とも親しくしてきたのだ。ただ、王允には醜いとしか思えない瑶の、どこに呂布が魅かれているのか、理解はできなかった。いまの呂布なら、どんな美女でも手に入れるのは難しくない。瑶は、呂布より十数歳年長のはずだ。

王允は丞相府から館へ戻ると、供の者に見舞の品を持たせた。

瑶が、このところ元気を失い、床に就いていることが多いという話を聞いたからだ。

董卓から与えられた女を、呂布は自分の館の下働きに使っていた。それ以外に、使い道はない、と考えたようだ。瑶の不調は、館にその女がいるからだ、と王允は思っていた。下働きの女たちも、歳のいった者や醜い者を集めてである。その女だけが、いっそう輝いているように王允には見えたが、呂布にはそれも見えないようだった。ただ、瑶にはいまわしいほどはっきりと見えているはずだ。

呂布の館は、王允が与えられている館とは較べものにならなかった。司徒をなんだと思っているのだ、と腹の中では呟いてみるが、表情には出さない。

見舞の品だけを置いて帰ると王允は言ったが、瑶は出てきた。自分と喋りたがるに違いない、と見当はつけていたのだ。

瑶は、やつれていて、いっそう歳をとったように見えた。

「どこが悪いというわけでもないのですが」

「そういうものが、一番厄介なのですよ。将軍は頑健な躰をお持ちだから、なかなか病というものをわかってくださいますまい」

「いえ、眠れぬ時は、脚を揉んでくれたりするのですよ」

呂布のそういう姿も、王允には奇異なものに思えた。

「気が晴れることを、なにかしておられますか？」

「いえ、ほとんど外へ出ませんので、司徒様のように訪ってくださると、それだけで気が晴れます」

「それはよくない。もっとなにか考えるように、私から将軍に申しあげておこう」

「主人は、よく慈しんでくれます」

「それはそうであろう。将軍の力の源は、奥方だと私は思っています」

本音だった。不思議なことに、呂布はこの老いかけた女に、ひたむきに心を傾けているのだ。前主の丁原を殺したのも、この女を洛陽に呼び寄せる許可を出さなかったからだ、と王允は思っていた。

かつては、董卓もそのあたりのことを心得ていたのだ。だから、間違っても女を与えるということなどしなかった。物を与えるように女を呂布に与えてしまったのは、判断力が鈍ったとしか考えられない。力を持ちすぎると、凡庸な人間は大抵そうなる。

「それにしても、董太師も困ったことをなされる。言い方もよろしくない」

「なにがでございます？」

「将軍に、若い女を与えることですよ。老いた妻では不満だろう、というような言い方をされた。奥方が将軍にとってどれほど大事な方か、考えもされずに」

瑶がうつむいた。この女に毒を流しこんでおくことだ、と王允は思った。それはやがて、呂布に効いてくる毒ともなる。

「あまりの言われように、私も腹を立てました。もっとも、腹を立てたなどと、恐ろしくて董太師の前では表情にも出せません。いや、この話はお忘れくだされい。これで終るならともかく、先のこともあるので、私もつい口に出してしまった」

「太師様は、これからも主人に女を与えられると、司徒様はお考えでございますね」

「私も、いつかは董太師に申しあげるつもりではいるのですが。なにしろ、将軍はこの国にとって大事なお方です。若い女体に溺れるようなことがあれば、それこそ一大事です。ただ、私も命は惜しいのですよ」

「太師様は、なぜ主人に女を？」

「将軍は、物を与えてもあまり喜ばれない。男の喜ばせ方をよく知った、若い美女が好きなのだと太師は思われている。男の喜ばせ方をよく知った、若い美女が好きなのだと。困ったものです。御存知でしょうが、郿の塢（砦）には千人を超える美女を蓄えておられる。与える女には事欠かないという有様なのですよ」

うつむいた瑶の唇が、かすかにふるえているのを、王允は見逃さなかった。

「奥方が、早く元気になられることです。病気勝ちだと耳にされれば、また若い女を与えようという気になられるに違いない」

うつむいたままの瑶の頭に、何本かの白髪が見えた。見舞の品にかけた分の毒は流しこんだ、と王允は思った。

それから、薬の話をした。海で採れる草に、効くものがある、と教えてやった。

それは真珠などと一緒に、青州や幽州の遼東などから長安にも入ってくる。五原出身の瑶は、海を知らなかった。その広さも想像がつかない、と言った。

「このごろ、しきりに故郷が懐しくなります。主人には言っておりませんが」

「将軍の任地を、幷州にすることができればよいのだが。北平の公孫瓚、冀州の袁紹の押さえにもなる。しかし、董太師が許されますまいな」

瑶に毒を流しこむことでなにが起きるか、王允にはっきり見えているわけではなかった。ただ、瑶になにかあれば、呂布にもなにかあるはずだ、というぼんやりした予感のようなものはあった。

館に戻ると、侍中（秘書官長）の蔡邕が待っていた。

いまの長安で、文官の実力者は王允と蔡邕だと言われている。しかし王允は、蔡邕が好きではなかった。侍中という地位にいて、帝を楯にうまく動き回っている。自分のように、董卓とまともにむかい合わなければならないことなど、ほとんどない。それなのに、長安の民は、王允と蔡邕というふうに並べるのだ。

「朱儁殿が、帝に会いに参られましてな」

「ほう。いつのことだ。私は知らぬな」

黄巾軍の討伐で功のあった老将軍だが、いまはただ軍の顔をやらされているだけで、実力はほとんどない。

「きのうです。王允殿には私から伝えるということになっています。朱儁殿は、洛陽の防衛を、董太師に志願なされるおつもりなのです。王允殿は、そのことを心得ていて、董太師に口添えしていただきたい。これは朱儁殿だけでなく、帝の御意志でもあります」

洛陽は焼けていて、なんの価値もない。ただ、東からの攻撃の防衛拠点にはなるのだ。いまも、誰かが一万ほどの兵を率いて駐屯しているはずだった。

長安は、董卓の本拠である涼州を背後にしている。それと東の洛陽を守れば、まずは磐石の防備なのだ。

「朱儁将軍が、洛陽を」

「確かに、伝えましたぞ、王允殿」

「私がまともに勧めれば、董太師は頷かれぬかもしれぬ。口添えの仕方は、私に任せてもらおう」

匂いがする。危険な匂いである。うっかり乗れない、と王允は思った。しかし、乗る振りもしていた方がいい。つまり、両端を持するというやつだ。いまの宮中では、なにが起きても不思議ではなかった。

蔡邕はまた、漢室の歴史を編む仕事もしていた。その中で、司徒としての自分は決してよくは扱われないだろう、とも思っていた。それでも、蔡邕はなにかといえば王允と密談をしたがる。

学識で、蔡邕に劣るとは思っていなかった。それでも、誰もが蔡邕を学識第一とするのである。

「朱儁将軍も、お元気なものだな」

「漢室への忠誠が、あのお方を支えているのでしょう。いつ死んでも惜しくない歳だ、とは申されていますが」

「洛陽か」

朱儁が、洛陽で董卓に叛旗を翻す。そうすれば、かつての部下であった袁紹や曹操や公孫瓚なども、再び参集してくるかもしれない。なにか考えているとしたら、多分そういうことだろう。

蔡邕は、先日の宴会の話をはじめた。

二十人ほどの下働きの男女が、裸で転がされていて、その手足を切り刻まれるのを眺めながら、料理を愉しむという趣向だった。このところ、宴会でそういう殺戮をすることを、董卓は好むようになった。本性に残忍さしかないのか、自分が強いことを示そうとしているのか、王允には考える気力さえ起きてこなかった。

そういう殺戮の光景にも、馴れはじめている自分を発見するばかりである。

「朱儁将軍には、まだ無理はなされぬように伝えてくれ」

まだという言葉に、言外の意味を籠めた。そういうところを、蔡邕は聞き逃さない男だった。王允は、それを逆手に取ったのである。

いかなる言質も与えてはいない。頭の中で会話を反芻しながら、王允はそう考えた。

2

麾下の五百騎に、呂布は出動の態勢をとらせた。

洛陽守備のために、二万を率いて出発した朱儁が、鉾を西にむけ、諸侯に檄を飛ばしはじめたのである。

出動の命令は、自分に下るだろうと呂布は決めていた。このところ、戦らしい戦がない。それが退屈だった。おまけに、瑶の躰が不調で、気が塞ぐ日が多い。戦があるなら、自分だ。

呂布は、黒い鎧をつけて、丞相府へ行った。

董卓は、赤黒い顔をして、周囲の者を怒鳴りつけていた。

「おお、呂布か」

「朱儁将軍の叛乱だと聞きました。これから、討伐に行って参ります」

「なに、おまえ自身がか？」

「叛乱は、速やかに潰すにしくはありません」

「おまえが行ったら、この長安は誰が守るのだ」

「大軍がおります。それに、ここは東からしか攻められないところです。その東に、私がいます」

「どれほどの兵を、率いていく。朱儁は二万だったが、すでに五万に達しているというぞ」

「わが麾下五百に、二千か三千の兵を加えていただければ」

「二千か三千だと。なにを言っている。とりあえず、二万を連れていけ。李傕にも、すぐに後詰に回るように伝える」

「多過ぎます。兵が多ければ、それだけ動きは鈍くなります。糧食を運ぶことひとつをとっても、時がかかりすぎますな」

「うむ」

董卓が、唸りに似た声をあげた。この男は、ほんとうは小心で臆病なのだ。それを、残忍さで隠そうとしている。呂布にとっては、それでよかった。思うさま駈け回れる戦場があれば、あとは多くを望まない。

「いかに呂布とて、二万はいなければ」

「太師の討伐軍という体面もありますので、一万だけは連れて行きましょう。老いぼれを蹴散らすのに、それ以上は無駄というものです」

「わかった。そこまで言うなら、やってみよ。その間、長安は李傕に守らせる」

呂布は頷き、退出した。

一万に、出動命令が出た。騎馬は二千である。態勢が整うまでに、かなりの時がかかった。

呂布は、一度館に戻った。

「戦だ、瑶」

瑶は寝床に臥ったままで、生気のない視線を呂布にむけてきた。

「寝ていろ。起きあがるな」

瑶の寝台に、呂布は腰を降ろした。

「それほど長くはならん。すぐに帰ってくる」

「太師様も、戦に出られるのですか？」

「董太師？　戦に出られるわけがあるまい。董太師の代りに戦をやる。われわれはそのためにいるのだ」

「そうですか」

瑶の不調が、どこから来るものか、呂布にはわからなかった。腹が痛い、頭が痛い。そんなことなら、病なのだと見当がつく。瑶は、なんでもないように見える時があった。そういう時、いきなり顔が蒼白になり、倒れてしまうことが多い。しばらくは、息をするのも苦しそうに見えるのだ。

薬を集めた。祈禱で治せるという者を呼んできて、ひと晩祈り続けさせたこともある。

治りはしなかった。それどころか、日に日にひどくなっていくように、呂布には見える。なにをしてほしいか訊いても、力なく首を横に振るだけだった。

瑶が、いなくなってしまうということがあるのか。はじめてそういう不吉なことを考えたのは、数日前だった。母がいなくなった。その時のことを、呂布はまざまざと思い出した。そしてうろたえた。うろたえている姿を人に見られたくなくて、厩へ飛びこんだ。赤兎の首に抱きつき、気持を落ち着けた。

「また、手柄を立てるのですね」

「そうだ。俺はそうやって、すべてを得てきた。おまえの快癒も、戦の勝ちで得られたらいいと思うのだが」

「あなた、戦をあたしのためなどになさってはいけませんよ。あなた自身のために闘うのです。太師様のためでもありません」

「俺は、おまえのためには闘おうと思う」

「そう言ってくださるだけで、あたしは嬉しいのです。でも、男なら自分のために闘うべきなのです。そういう男にこそ、女は魅かれるのです。生涯を捧げてもいいという気になれるのです。高が女のために闘って、大きな戦などできませんわ」

「わかった、わかった」

呂布は、瑶の頬に掌を置いた。衰えた肌だった。自分とともに衰えてきたのだ、と思うとそれさえいとおしい。

胸に抱かれたい。躰が縮んで、そのまま子供になりたい。いや、もっと小さくなりたい。生まれ出る前の姿になって、瑶の腹の中で眠っていたい。時々、強烈にそう思うことがあった。

「もう行くぞ」

瑶が、かすかに頷く。胸の中から赤い布を取り出し、呂布の首に巻いた。かすかな温もりと、瑶の匂いがあった。

「戦場で、あたしのことなど思い出すのではありませんよ」

「わかっている」

眼が合った。瑶の眼は、いつもやさしい。戦場へ出る呂布を見送る眼は、母の眼と同じだった。

背中をむけ、呂布は部屋を出た。

館の門のところで、王允と会った。

このところ、王允はしばしば館に来て、瑶の話し相手になったりしているらしい。ありがたいという思いと、ちょっとうるさいという気分が、呂布の中には入り混じってあった。

「将軍、どうかな、奥方は？」

「変りませんな。どうも、気が弱くなっているところもあって」

「であろうな。悩んでも仕方がないことなのだが」

「悩む？」

「董太師も、つまらぬことを言われたものだ」

「董太師がなにか言われたので、妻が悩んでいると？」

「なんだ。将軍には御存知ないのか。先日の女のことでござるよ。老いた妻ではつらかろうと言われて、将軍に女を与えられたではないか。それが、奥方の耳に入ってな」

「それで、妻は悩んでいるのですか」

年齢がずっと上であることに、瑶はひどくこだわった。妻になってくれ、と頼んだ時だ。いまになっても、まだあのことを気にしているというのか。

「その女が、館の中にいる。見たくないと思っても、見てしまうことがある。確かに、若く美しい女だ」

どういう女かは、憶えていた。美しいと思ったことはない。

「奥方あっての将軍だ、と私は思っている。董太師は、そのあたりのことがわかっておられぬのかなあ」

呂布はもう、王允の言うことを聞いてはいなかった。

館の方へ引き返し、下働きの者たちの家を覗いた。あの女がいた。近づき、呂布は剣を抜き放った。女の首が、壁際まで転がった。

覗きこむようにして、王允が立っている。その脇を通り抜け、呂布は赤兎が従者たちと待っているところへ行った。

一万の軍の出動準備が、ようやく整っていた。

『呂』の字の旗を、呂布は麾下の騎馬隊に立てさせた。黒ずくめである。その中で、武器の鉄の色だけが、陽の光を照り返して見えた。

呂布が進む。五百の麾下が動きはじめる。

一万の軍勢が、二つに割れた。軍勢には、声もない。ただ呂布の黒い騎馬隊を見つめているだけである。

「洛陽にむけて駈けよ。あの老いぼれは、それほど早くわれらが到着するとは思っていないだろう。そこを蹴散らす。兵は遅らせるな。遅れる者は斬れ」

旗が、風に靡いて音を立てた。

生きている。こうして戦場にむかって駈ける時、俺はほんとうに生きている。呂布は、そう感じていた。すべてが快かった。風が、土煙が、快く全身を包んだ。

一日に、百里（約四十キロ）ずつ進んだ。騎馬隊だけなら、二百里は進めるが、歩兵を連れているとこんなものだった。これ以上進むと、さらに遅い輜重との間が開きすぎてしまう。

洛陽まで五十里（約二十キロ）に近づいたころから、斥候を出していった。先行している間者から、敵はおよそ六万から七万という知らせは入っていた。地から湧き出してきたように集まった六、七万を、まともな軍勢にするのは時間がかかる。朱儁が長安から率いていった二万が核だろう。それを崩せば、残りは羊の群れのようなものだ。

朱儁は、焼けてしまった洛陽を、あえて守ろうという姿勢は示さなかった。全軍を、さらに西、中牟まで後退させたのである。老練だが、気迫のない指揮だった。中牟にいれば、袁紹からの後方支援も受けやすいと考えているのだろう。

呂布は洛陽を通り過ぎ、中牟まで一気に進んだ。

朱儁の陣形は、斥候が報告してきた。方陣である。全軍を四角に配置していた。周囲は原野で、十里（約四キロ）後方に川がある。

「歩兵から進ませる。矢避けの楯を前に出し、一里のところに小さく固まらせろ」

呂布の戦は、呂布ひとりのものだった。誰にも意見はさし挟ませない。呂布が右と言えば、右なのである。

歩兵が駈けはじめた。方陣に対して、陣形はとらない。方陣は、動かすしかないからだ。歩兵が小さく固まると、呂布は二千の騎馬隊を、両翼へ突っこませた。一千騎ずつである。麾下の五百は、そのまま待たせた。矢がようやく届くほどの距離で、騎馬隊は引き返してくる。落ちかかった矢には、ほとんど威力がないのだ。

三度、突っこんでは引き返すことを、騎馬隊にくり返させた。誘い出されるように、方陣の前列が前へ出てきた。一里のところにいる歩兵が、どうしても気になるのだろう。まず、それを取り囲んで討とうという気だ。

にやりと、呂布は笑った。これで、弓は使いにくくなる。敵も味方も射殺してしまえという命令を、朱儁は出せはしないだろう。

呂布は、方天戟を横に構えた。黒い一頭のけもののように、五百の麾下が動きはじめる。敵が、騎馬隊を前面に回してくるのが見えた。

「よし、駈けろ、赤兎」

呂布が言うと、赤兎は敵の騎馬隊の中央にむかって、真直ぐに駈けた。矢が数本掠めたが、その時呂布は敵とぶつかり、方天戟で三人四人と馬から打ち落としていた。赤兎は、決して止まろうとしない。錐の先端のようなものだ。黒ずくめの麾下の騎馬が、徐々に横に拡がっていく。それで、敵陣の割れ目は大きくなっていくのだ。

方陣の第一段、第二段を崩した時、敵はもう浮足立っていた。遠くに、朱儁の旗が見える。呂布は、方天戟を頭上に振りあげた。麾下の騎馬隊が、小さく固まってくる。後方にいた二千の騎馬が、その空隙に突っこんでくる。歩兵も、前進しているはずだ。

赤兎の腹を、呂布は腿で締めあげた。それで、赤兎は呂布の意志を読む。朱儁の旗にむかって、赤兎が駈ける。呂布は、頭上で方天戟を振り回した。旗が近づいてきた。浮足立った兵を叱咤する、朱儁の姿も見えてきた。無駄なことだ。朱儁の旗が揺れる。旗本に取り囲まれるようにして、朱儁が後退をはじめた。それで、全軍が崩れた。

呂布は、舌打ちをした。朱儁がもう少し踏ん張る気になれば、赤兎は旗に達していたはずだ。つまり、朱儁の首を宙に撥ねあげることができた。

「老いぼれの戦だな、やはり」

呂布は、麾下の兵をとめた。追撃は、一万の軍勢にやらせておけばいい。

はじめから、朱儁の陣には、強い気がなかった。数を恃むような、弱々しい気が漂っていただけである。

「陳留、潁川あたりまで、暴れこんでおくか。老いぼれが、残兵をまとめるようなことがあってはならんからな」

どうしても、必要なことではなかった。洛陽に一万を残しておけばいい。さらに一万の補充をすれば、もとの態勢に戻る。

呂布はただ、暴れ足りないのだった。

陳留から、潁川へと兵を動かした。このあたりは董卓の勢力が及んでいないが、まともにむかってこようという軍はいなかった。逆に、呂布の軍に加わろうとする者が続出してくるほどだった。すぐそばの南陽郡にいる袁術も、じっとしていて動く気配は見せない。

略奪をさせた。それが、兵の喜びでもあるからだ。略奪は、まず麾下の五百騎に許す。半日と決めていた。刻限には、ひとりも遅れずに陣営に戻ってくる。涎を垂らして待っている一万に許すのはそれからである。

その間、呂布は運ばせた水で赤兎を洗ったり、陣屋で武具の手入れをしたりしている。昔から、略奪にはあまり関心がなかった。

洛陽に一万を守備兵として残すと、呂布は麾下の兵だけを率いて街道を駈けた。

こうやって、自分が鍛えあげた兵と駈けるのが、呂布は好きだった。みんな、よく赤兎についてくる。いい馬を選び抜いて与えてあるのだ。

長安に戻ると、洛陽守備兵の補充の一万が出発するところだった。

董卓は上機嫌で、めずらしく呂布に労いの言葉をかけた。

十人の女が館に届けられたのは、翌日だった。みんな若い。十人もいれば、瑶も大して気にするまいと思い、下働きの中に加えた。

瑶は、相変らず臥っている。

女が届けられた翌日、王允がやってきて瑶と話し合っていた。瑶が、使いを出して王允に来てもらったようだ。

「将軍、なんとかしなければならん。このままでは、奥方の病はひどくなるばかりだぞ。命さえも覚束ない」

「女どものことか、司徒殿？」

「左様。あれが心痛の種ですな。困ったものよ、董太師にも。出陣の前に、女の首を刎ねられたろう。それで意地になっておられるようなのだ」

「意地になるとは、どういうことです？」

「将軍の気に入る女を、絶対に与えてやる、ということなのであろう。この前の女は、将軍には気に入らなかった。そう思っておられるのだ」

「なにを、馬鹿な」

「とにかく、董太師が女を下さることなど、将軍以外に対しては考えられぬ。それを斬ってしまわれたので、意地になられたのであろうな」

「どうすればいいのです、司徒殿？」

「ひとりでもいい。気に入った女を選んで、情を交わせばよいのですよ、将軍。しかしそれでは、奥方が立ち直れぬほど傷ついてしまわれような」

「なにゆえ、董太師は私に女を下される。いい馬を貰った方が、私にとってはずっといい」

「董太師は、奥方が老いていると思いこまれている。一番いいものを与えた、と思っておられよう」

瑶を傷つけている。呂布にはそうとしか思えなかった。なんのために丁原を斬ったか、董卓は考えてみたこともないのか。

「なにしろ御自身では、千人を超える女を郿塢に蓄えておられる。わが身と将軍を較べられるのであろう。郿塢の女たちは、選び抜いた美女ばかりであるし」

「妻は、司徒殿に、なにを相談しているのです？」

「それは、言えぬ」

「なぜ？」

「私は将軍の怒りがこわい」

「怒りはしませんよ。なるべく、妻にはこういうことを訊きたくないのです」

「困ったな。将軍の怒りに触れても、仕方がないのかな。奥方のためには、申しあげておいた方がいいかもしれぬ。つまり奥方は、将軍がどの女を気に入られるのだろう、ということで心を焦がしておられる」

「どの女？」

女は、瑶以外はみんな同じに見える。そんなことも、瑶はわかっていないのか。そして自分には言わず、王允のような老いぼれに相談を持ちかけているのか。

「怒ってはなりませんぞ、将軍。いや、私に腹を立てられるのはいい。奥方に対して怒ってはなりません。病をひどくするだけのことでしかない」

確かにそうだった。瑶や王允に対して怒ってみても、はじまらないのだ。

「どこへ行かれる、将軍？」

呂布は、歩きはじめていた。将軍、とさらに王允が呼びかけてくる。呂布は、女たちがいる建物の前に立った。出てこようとしていた女たちのひとりが、呂布を見て息を呑み、家に駈けこんでいった。

家の中に、十人の女たちがいた。みんな着飾っている。

気づいた時、呂布は十人の女の首を飛ばしていた。家の中は血で溢れている。

「片付けておけ」

家のそばに立っていた従者にそう言い残し、呂布は厩の方へ行った。立ち竦んでいる王允にも、もう声はかけなかった。

その夜、呂布は瑶と寝室にいた。

どこに触れても、瑶の躰はやわらかだった。自分のすべてを包みこんでくる。そんな気がしてくるほどだ。瑶の掌が、呂布の頬を撫でた。

「太師様が下された女の方たちを、斬ってしまったのですね、あなた」

「俺は、瑶がいいのだ。おまえ以外の女などいらん。おまえと一緒にいられて、戦に出ていく。おまえはそれを見送ってくれて、勝って戻った俺を迎えてくれる。そういう生活がしていられれば、俺は満足なのだ」

「あなたの、あたしに対するお気持はわかりましたわ。ありがたいことだ、と思ってもいます。でも、あたしのことで太師様と不和になるのが、とてもこわいのです」

「太師は、俺が戦をやるかぎりは、俺を大事にしなければならんのだ。そして、俺は戦はやめん。戦をしている時、おまえとこうして過す時、俺は生きていると思える」

「いけません。あたしは、もうすぐ死ぬと思います。そうしたら、太師様が下された女の方を、慈しんであげてください」

「なぜ、そんなことを言う、瑶。なぜ、死ぬなどと言うのだ」

「人は、いつか死にますわ。めずらしいことではないのです。あたしは、自分の死が近づいてきているのだと、なんとなくわかるだけなのです」

「いやだ。そういうことは、二度と言うな。おまえは、こうして生きて、俺の腕の中にちゃんといるではないか」

「はいはい。もしもの時には、ということだったのですが、強く言い過ぎましたね」

瑶が死ぬ。それを考えただけで、呂布の全身はふるえた。

この世には、失ってはならないものがある。財でも地位でもなかった。自分の命でさえない。

瑶を抱きしめながら、呂布はふるえていた。

翌日は、いつものように丞相府に顔を出した。

丞相府にさえ、董卓は女を置いている。多分、淋しいのだ。この女さえいればいい、という女を、見つけることができずにいるのだ。呂布は、そう思っていた。

　呂布を見ると、董卓はいきなり椅子から立ちあがった。

「わしの与えた女の、首を刎ねたのか、呂布。まさか、そんなことはしまいな」

「いえ、刎ねました」

　董卓の顔が、赤黒くなった。いきなり、衛兵の持っていた槍を投げつけてきた。躰を開いてかわし、同時に呂布は槍の柄を摑んだ。矢でさえも、摑める。槍など、壁にたてかけてある棒と変りなかった。

「なにをされる、董太師」

「きさまは、わしになんの不満がある。わしが与えた女を、斬っただと」

「不満はあります。恩賞に女などいただいても、飯を食い、邪魔になるだけです。私は、女の代りに馬をいただいた方が、ずっと嬉しいのです」

「おまえの妻は、老いておろう。もう、醜くなっておろう。だから、わしは若い女を選んで与えてやったのだぞ」

　老いて醜い。董卓は、確かにそう言った。呂布は、左手で摑んでいた槍に、右手を添えた。董卓の眼に、怯えが走った。呂布は、黙って槍の柄を二つに折った。

「董太師、私は軍人です。軍人には軍人の生き方があることは、董太師にもよくおわかりでしょう」

「なにを言いたい、奉先」

字で呼ばれた。それが、阿っているような口調に呂布には聞えた。かっとしたものが、冷めていく。

「戦に出るたびに、五頭や十頭の馬を失います。敵の馬を何十頭奪ったとしても、駄馬ばかりです。女の代りに馬をいただけたら、と本心から思っただけです」

「そうか」

董卓が笑いはじめた。

「奉先は、女よりも馬か」

呂布は、一礼して部屋を出た。そこに王允が立ち竦んでいた。

「将軍」

王允は言ったが、呂布は黙って頭だけ下げた。

3

濮陽を囲んでいる賊は、十二、三万に増えていた。濮陽を囲むだけでなく、東郡全域に溢れているという感じだった。中心は、黒山の賊である。

これに青州の黄巾軍が加われば、大変なことになる。徐州、予州、兗州、冀州と、叛乱は手がつけられない状態になるだろう。しかし、黒山の賊と青州黄巾軍は、連携しているわけではなさそうだった。

五錮の者が調べたかぎりでも、その両者の連携はない。

濮陽の手前二十里（約八キロ）ほどのところに、曹操は布陣した。東郡太守の王肱の兵が、五百、六百と集まってきて、三千ほどになった。全軍で、一万五千である。

十里、陣を進めた。ここまで来れば、攻撃の速さがものを言う。すでに、敵の様子は五錮の者が調べ尽している。

濮陽城の西十里。そこに二万ほどの軍勢がいる。まとまっていて、軍規もしっかりしているらしい。東郡全域に散った、ほかの賊徒とは違うようだ。大将が、白繞といった。

「一万二千を、東にむけろ。指揮は夏侯惇。曹洪と夏侯淵は、私とともに三千の騎馬で白繞を攻める」

「騎馬だけですか、殿？」

「夏侯惇。おまえには歩兵しか残せぬが、まとまっていれば、大きなぶつかり合いになることはない」

「私の方はいいのです。殿の方に、歩兵も三千ほどは割かれたら」

「よい。速やかに攻め、速やかに帰還する。勝負は一度だけだ。一度で結着がつかなければ、賊は勢いづく」

「われら一万二千は、殿の後詰というわけにはいきませんか？」

「濮陽の東だ、夏侯惇。賊には、まとまりがない。西を騎馬隊が攻め、東を歩兵が攻める。まさか、一万五千が大軍を前に二手に分かれたとは思うまい。別の方角からも援兵が来ていると思うはずだ」

「なるほど。しかし、殿が危険です」

「戦だ」

それも、まだ緒戦だ。東郡太守の王肱は、とうにどこかへ逃げている。弱兵を蹴散らして、浮かれている敵なのである。

「わかりました。われらの一万二千は、せいぜい大騒ぎをしてやります。それで、攻撃はいつごろ」

「今夜。夜明け前に、私は騎馬隊を率いて突っこむ。おまえは、夜明けには濮陽の東へむかえ。見張りを増やせ。出動まで、一兵も陣の外には出すな。曹洪、馬に草鞋を履かせ、口を縛れ。出動の時は、兵には枚（声を出さぬよう口にくわえる木片）をくわえさせろ」

それだけ言うと、曹操はひとりになった。

陣営に、慌しい動きはない。ただ、緊張感は漂いはじめている。

すぐに陽が暮れた。篝が焚かれる。少しずつ、馬を移動させているようだ。

黒山の賊との戦は、それほど大変なことにはならないだろう。いままでの戦を見ていても、勢いだけである。要は、勝ちに乗せなければいいのだ。まず、東郡から追い払う。それから二、三度ぶつかれば、勢いはなくなる。

問題は、そのあとだった。

青州黄巾軍、百万という。百万を相手に、どう闘えばいいのだ。しかも、闘いだけでは意味がない。

袁紹や袁術を超える。董卓をも超える。その賭けだが、百万を相手にすれば、ひと呑みに呑みこまれてしまうという気もする。百万の軍勢など、見たこともないのだ。

「殿、そろそろ」

夏侯淵が声をかけてきた。

曹操は、兜を被った。馬はすでに曳かれてきていた。枚をくわえた兵たちからは、声ひとつあがらない。

五錮の者の三人が、道案内をした。濃い闇である。

前方に、灯が見えてきた。夜明けが間もない。曹操は、三千を、三段に分けた。くり返し攻めかかろうというのではない。第一段は、敵陣を突っ切る。第二段が、敵中で暴れる。そして第一段と第三段の挟撃。

「行け」

第一段は、夏侯淵である。一千騎が小さく固まって進みはじめた。途中から駈けるが、あまり音は響かない。喊声もない。

敵陣に突っこむ気配があった。敵兵の声があがっている。夏侯淵は、遮二無二突っ切るだけだ。

「よし、曹洪」

第二段である。これは敵中に突っこみ、百騎単位に分かれて暴れ回る。東の空が白みはじめていた。

また、敵陣が騒がしくなった。すでに、算を乱しはじめている。兵は鍛えあげてあった。さすがに、それだけの働きはしていた。

「杖を捨てろ」

曹操は声をあげた。残っていた一千騎が、曹操を先頭に駈ける。反対側からも、夏侯淵が突っこんできている。それほど、手間はかからなかった。本陣の二千ほどを曹洪が崩すと、全軍は潰走をはじめた。

騎馬で追い散らす。少なくとも二十里（約八キロ）は追い散らした。すっかり明るくなっている。屍体が、およそ一千ほどは転がっていた。原野が、赤く染まっているように見えた。

曹操は片手を挙げ、兵をまとめた。

夏侯惇も、濮陽の東側の賊を追い散らしはじめたようだ。大部分が、流民である。崩れると脆いものだった。

「東郡内を掃討しろ、夏侯淵。曹洪は、五千を率いて白馬まで進め。そこに布陣するのだ。集まってくる兵は、受け入れてよい」

夏侯惇は、濮陽に本営を築きはじめていた。王肱の本営だったところに、『曹』の旗が翻った。賊が残した兵糧も集められた。

三日で、東郡から賊の姿は消えた。

袁紹から、東郡太守に任ずる、という使者が来た。誰に任じられようと、曹操はすでに東郡太守だった。袁紹は、使者を出すことで自分の力を確認しているだけだ。確かに、冀州全域から、幷州、兗州の一部を領している袁紹は、まだ強い。曹操とは較べものにならないほど、大きい。すでに、兵は十五万に達しているはずだ。

袁紹のところから、もうひとりやってきた。使者ではない。袁紹を見限って、曹操のところへ来たのだ。荀彧だった。

「袁紹は、名門であることを鼻にかけすぎます。人は集まっても、乱世を勝ち抜くほどの才はない、と見ました」

「ほう、おまえも名門の出ではないか、荀彧」

「いささかの名門なればこそ、それがどれほど役に立たぬかもわかります。むしろ、邪魔でさえあります」

「そうか。人はおのが持つ力だけだというのだな。そして、その力を私のもとで使いたいと思った。おまえほどの男だ。買おう。東郡の民政を任せる。ひと月で、私の思っている姿にしてみろ」

「ありがとうございます。殿が東郡からの援兵の要請を受けられたのは、やはり天下の形勢を判断されたからなのでしょうね？」

「いや。ただ、東郡を拠点にしたいと思った」

「それは、天下への足場ということでございますか？」

「私のなにを試そうとしているのかは知らぬが、私はまだ多数の将軍の中のひとりに過ぎぬ。だから、自分の足もとを見ているだけだ」

「足もとを見て、東郡に入られたのですか？」

「そうだ」

荀彧が、じっと曹操を見つめてきた。小賢しいところは、昔からあった。それが、打てば響くような才気になることもあった。

「とにかく、東郡の民政を立て直さねばならん。先のことは、それから考えよう」

「もうひとつだけ、訊いておきたいのです。人は、自分の足もとばかり見ているわけではないと思います。殿の目は、袁紹にむいているのですか？」

「東だ」

「青州、ですか」

この男の才気が、ほんとうに役に立つのは、まだ先だろう。青州で動きがあった時だ。

「荀彧、私はあれこれ訊かれるのが好きではない。今度だけは、許そう。おまえも、自分の足もとを見て、東郡の民政を立て直せ」

「一度だけ、と私も思って訊きました」

荀彧が笑った。夏侯惇も夏侯淵も、勇猛だが、この男のような才気はなかった。袁紹に仕えていたのに、自分から飛びこんできたのだ。こんな男が加わってくるのも、なにかいい兆しなのかもしれない。

南方で、孫堅が死んだという噂が伝わってきた。流れ矢に当たったらしい。孫堅は、荊州を狙っていた。それで袁術と組んだ恰好で、劉表とぶつかった。武将としては、袁術や劉表よりずっと上だった。荊州、揚州はいずれ孫堅のものだろう、と曹操は読んでいたのだ。

袁術が苦しくなり、劉表と結んでいた袁紹の力がさらに大きくなるだろう。

「孫堅は、自分の運を過信しすぎたのだろうか、夏侯惇」

「どうでしょう。荊州を取る実力は持っていたと思うのですが」

「実力だけでも、うまくはいかぬな。どうも、急ぎすぎたように私には見える」

「孫堅は、確かに急いでおりました。なにかに背中を押されるように」

夏侯惇との会話が、曹操を一番落ち着かせた。自分は急いでいないのか。そんなことを考えてみるのも、夏侯惇と話をしている時なのだ。

「ところで、朱儁将軍と呂布との戦の話は、耳にされましたか」

「ああ」

五錮の者から、報告は入っていた。

朱儁は、六、七万の軍勢で方陣。そこに呂布が一万ほどでぶつかり、たやすく敗走させていた。

黒ずくめで、五百の麾下を率いているという。方天戟を構えて戦場に出てきた呂布は、誰がどう見ても負けるとは思えない、強い光を放っていたらしい。

「戦に関しては、大変な男だな、あれは。しかし、それだけだ」

「それだけでも、馬鹿にはできない男ではありますな」

「まったくだ。帝を手中にしたのが、董卓の第一の幸運。呂布を麾下に加えたのが、第二の幸運。それで、あの悪逆な男が、潰れずに立っていられる。山犬に狼がついている、と袁紹などは言っているそうだ」

「山犬に狼ですか。まさしくその通りですな」

東郡の民政は、ひと月でうまく動きはじめた。曹操の力は、東郡だけでなく、魏郡や陽平郡の一部にも及びはじめている。陽平郡東武陽に置いた政庁で、荀彧がよく働いているからだ。

兵力も、二万を超えつつあった。

濮陽を攻めてから四カ月後に、曹操は一万五千を率いて頓丘へ出た。黒山の賊は、消滅したわけではなかった。さすがに曹操の勢力圏には入ってこないが、予州や兗州ではまた活発に動きはじめている。

それを叩くための出兵だった。青州とむかい合った時に、後方を黒山の賊に乱されたくなかった。袁紹が後詰をするなどということは、期待できない。

「東武陽が、賊軍に囲まれています」

荀彧からの使者が、そう報告してきた。

「黒山にむかうぞ」

「荀彧を助けないのですか？」

軍議では、全員が荀彧を助けるべきだという意見を出した。

「荀彧は、しのぎきるだろう」

「しかし、賊は四万を超えているとか。荀彧の兵力は五千です」

「焦るな、曹洪。荀彧が民政に全力を注いできたのは、なぜだと思う？」

「民は、戦では力になりません」

「荀彧には、五千の兵力があるではないか。そして兵糧もある」

「では、どうしても黒山へ？」

「考えてもみろ。本拠の黒山を攻められるということになれば、賊も浮足立つであろうが。それでも東武陽を攻め続けることができるほど、肚の据った頭目は賊の中にはおらぬ」

軍議では、部将たちの考えを聞くし、自分の考えも曹操は述べた。それが、軍のまとまりに繫がっていくからだ。軍議では語れないことも、これから起きてくるだろう。

「黒山を攻めている間、荀彧は耐えていられると、殿はお考えなのですね」

「そんなに、耐えてはいられまい。なにしろわずか五千だ」

「見殺しは、同意しかねます」

夏侯惇が言った。

「われらが黒山を攻めるとなれば、東武陽をいつまでも囲んではいられまい。必ず、引き返してくる。そこを待ち伏せればいいのだ」

「もし引き返さない場合は、いかがなされますか？」

「その時は、荀彧に死んでもらうしかない。荀彧も、そのことはわかっているはずだ」

黒山攻撃、と軍議では決まった。

即座に、曹操は軍を西へむけた。頓丘から黒山へは、ほぼ真西である。進軍は速かった。黒山は要害である。并州と司州の州境あたりにあり、背後には山が連らなっていた。濮陽から四百五十里（約百八十キロ）、洛陽からは二百五十里。悪くない場所を、賊は拠点に選んでいる。

軽装の二千を、先行させた。黒山の背後に回りこませるためである。黒山だけなら、それほど難しい戦ではなかった。ただ、東武陽を賊軍に囲まれている。荀彧が、どこまで踏ん張れるのか。民政に手腕を発揮したが、戦の腕はまだ見ていない。

黒山の攻めに入った。山なみを利用した広大な砦には、一万ほどの賊徒がいるようだ。厳しく、攻めあげはしなかった。長く防柵を築いているので、方々を攻めてみる。時には、三千ずつ四隊に分け、四カ所を攻めたりもした。曹操麾下の一千は、正面に陣取ったままである。腰を据える、という構えに思えるだろう。

攻撃をはじめて二日目、砦の中から火があがった。合図もあった。曹操は全軍を正面にぶっつけ、防柵を突破した。一度乱れた賊徒は、もうまとまる力を失っていた。

二千ほどは斬り殺し、五千は山に逃げ、三千は投降してきた。

その三千を使って、徹底的に砦を破壊させた。最後には火をかけて燃やし、なにも残らないようにした。

その間に一万だけを移動させ、黒山への通り道になる谷間に伏せさせた。

「荀彧は、耐えきったようだな」

東武陽からの使者を引見して、曹操は言った。本拠黒山の危機を知って、東武陽の囲みは自然に解けていた。

戻ってきた賊軍を、谷間の一万が黒山の方へ追い立ててきたのは、翌日だった。五千で、斜面の上から攻め降ろさせた。二万ほどの賊軍は、ひとたまりもなかった。ただ、見事な動きをした一隊がいた。

「曹洪、あれは？」

「南匈奴の単于（王）の息子で、於夫羅といいます。二、三千の兵で、暴れ回っているという話です。賊徒とも通じているのでしょう」

「匈奴か。さすがに、騎馬隊の動きが違うな。あれは、無理をして討つな。こちらにも犠牲が出る。逃がしておけば、いずれ配下にとりこめるかもしれん」

もう、この戦は終っていた。あとは、夏侯淵に七、八千の兵を与えて、この一帯を掃討すればいいだけだ。

とりあえず、一千の麾下だけ率いて、曹操は東武陽に帰還した。

戦の気配は、すでになかった。

荀彧は、賊徒の残した兵糧などを、懸命に集めていた。それ以外にも、商人を使って集めているようだ。

「民政に力を注ぐということがどういうことなのか、敵に囲まれてみてはじめてわかりました」

「民も、賊軍に支配されたくはない。したがって、賊軍には協力せず、おまえの方に協力したであろう」

「特に、兵糧に関しては。賊軍は、東郡どころか、兗州の隅々まで荒らして、略奪をくり返したようです。東郡の兵糧は、おおむねこちらに集まりました」

「それでも、まだ兵糧を集めているか」

「兗州の略奪から得たものです。われらは略奪をなすわけにはいきませんが、賊が代りにやってくれて、兗州の兵糧はわれらのもとに集まっています。東郡の民だけには、供出した半分を返していますが」

「狡猾なやり方だな。わが軍二万。十年分の兵糧でも集めるつもりか？」

「いずれ、すぐになくなります」

「ほう」

「青州では、食物が不足しているそうです」

荀彧は、先を読んでいた。

青州の緊張が高まっている。いくら打ち払っても、賊が現われるのは、青州の緊張を感じとっているからに違いなかった。

「殿のもとに参じてすぐに、とんでもない目に遭います、私は」

荀彧が笑った。いよいよ、賭けがはじまろうとしている。荀彧の笑顔を見ながら、曹操はそう思った。

4

王允が憔悴していた。

董卓がやることのすべてを、王允はあとから辻褄を合わせなければならないからだ。それも、限界に達しているようだ。

董卓が思いつくのは、政事とはおよそかけ離れていた。役人を苦しめる。民を苦しめる。そういうことだけを、選んでやっているようにさえ、呂布には見えた。

どうでもいいことだった。董卓は、決して軍にまで手を出そうとしない。軍さえきちんとしていれば、それでいいと呂布は思っていた。

槍を投げつけられた。それを摑み、柄をへし折った。それ以来、董卓はむしろ呂布に気を遣うふうだった。北方産の良馬五十頭が、ついこの間届けられたばかりだ。

大きな戦はなかった。冀州で袁紹が力をつけているというが、動く気配はなかった。各地に散った将軍たちは、領地をめぐってお互いに食い合いをしているという恰好だった。その食い合いの中で、長沙の孫堅は命を落としている。

瑶の具合がよくなかった。呂布が董卓から槍を投げつけられたことも、耳に入ってしまったようだ。呂布と董卓の間がどうにかなってしまう、ということを心配しているのは確かだった。

「あたしが悪いのです。あなたのような将軍が、側室の二人や三人は持っているのが当然なのに、つまらないことで気を病んでしまって」

呂布の顔を見て、瑶はしばしば弱々しくそんなことを言った。

呂布は、瑶の躰のことだけを考えていた。赤兎と過す時より、瑶のそばにいることの方がずっと多くなった。眠っている瑶に語りかける。死なないでくれ。俺をひとりにしないでくれ。

瑶は、眠っていることの方が多かった。そのまま死んでしまうのではないかと思えてしまうほど、静かな眠りだ。その中で、瑶が不意に言葉を発する時がある。決まって、董卓に許しを乞うているのだった。それも自分ではなく、呂布を許してくれと言っている。

よく見舞に来る王允も、瑶を見て表情を曇らせた。眼醒めている時は、ぼんやりした視線を宙に漂わせている。王允は、父親のように瑶に話しかける。呂布をお願いします、ということを瑶はくり返し王允に言った。

「ひどいのう。董太師に対する恐怖が、心の底にある。自分はどうなってもいい。将軍だけは無事に、というのが奥方のお気持であろう。将軍は、いい奥方を持たれた」

董卓のどこがこわいのか。呂布はよくそう思った。かつてはいくらか名を売った将軍ではあったが、軍人としては見るべきものはもうない。飽食で肥り、淫欲に耽り、わけのわからない命令を出しては、王允や蔡邕という役人を困らせる。帝を擁している。ただそれだけのことで、董卓の言うことは絶対として受けとめられるのだ。

呂布の麾下の兵は、執金吾（警視総監）の幕屋のそばの営舎にいた。長安で、最もいい営舎である。いまは執金吾も名ばかりで、長安の警備をしているのも、董卓の兵である。

館を離れた時は、呂布はほとんどその営舎にいた。訓練の命令を伝えたりするが、呂布は同行しない。三日駈け続ける訓練や、水だけを持って十日間山中を進む訓練などもある。いまも、麾下の五百とともに、そういう苦しい思いをするのは嫌いではなかったが、瑶が気になって長安を出られないのだ。

呂布はほかに二万の兵を指揮していたが、こちらの訓練はお座なりなものだった。それでも、ほかの部隊よりはずっと精強な兵になっている。

何万もの軍勢でやる戦より、四百五百の兵がぶつかり合う戦の方が、呂布は好きだった。自分の躰で闘っている、という気持になれるのだ。五百騎は、まさに呂布のそういう手足だった。

「将軍、奥方が大変な時にこんなことを言ってはなんだが」

ある日、王允が営舎にいた呂布を訪ってきた。

「董太師が、軍の再編を考えておられる。かつての西園八校尉のように、近衛軍を強力にするおつもりのようなのだ」

「ほう」

「それを指揮するのは、涼州から来た董太師直属の四人の将軍なのだ」

「私は、入っていないのですか？」

「わからぬが、どうもそんな感じもする。私はこのところ、董太師がこわくて質問もできぬ。気に入らなければ、すぐに首を刎ねるようになられた。自分の首が大事でなにも訊けぬというのも、情けない話だが」

「私は別働隊でしょう。これからは、戦が多くなるということかもしれない」

「将軍は、麾下に五百の騎馬隊をお持ちだが、それを董太師直属にするおつもりはおありか。無論、将軍には別に数万の兵が与えられるであろうが」

「わが麾下を、横取りすると？」

呂布が立ちあがると、王允も立ちあがった。膝がふるえているようだった。額には、汗の粒が浮き出してきた。呂布は、自分が殺気を放ったことに気づいて、腰を降ろした。

「あくまで、どうだろうというお話だと思う。あるいは、酔って戯れ言を申されたのかもしれぬ」

董卓なら、やりかねないことだ、と呂布は思った。長安に来てから、董卓はひどく貪欲になった。そして、欲しいものはなんでも手に入れた。呂布の麾下の五百を欲しいと思っても、なんの不思議もなかった。

「軍の再編などは、勝手におやりになるがいい。ただ、私は五百の麾下だけは手放さぬ」

「そうであろうな。あの五百は、五千にも一万にも相当する精鋭だ。将軍は、実に熱心に練兵もなされていたし、部下はわが子のようにかわいかろう。いまの話は、忘れてくだされい。また董太師が同じようなことを言い出されたら、私も思い切って無理な話だと申しあげてみる」

軍が再編されるのは、不服ではなかった。それぞれの将軍が、数万ずつの兵を率いているというかたちは、どこかに無理がある。将軍のやり方で大隊や小隊を区分けしているので、別の将軍のところに回した兵は使いにくい、ということも起きている。

近衛軍に自分が入ろうと入るまいと、それもどうでもいいことだった。戦ができればいいのだ。ただ、麾下の五百騎とともに闘う戦である。

「近いうちに、なにか恐ろしいことが起きそうな気がする。なにかはわからぬが、この老人の胸が騒ぎましてな」

董卓は、いまは郿塢に行っている。政事など、董卓にとっては面白くもないことなのだ。

「董太師のお帰りは？」

「明後日。ほんとうに気にされるな、将軍。私と将軍の仲だからこそ言ったことで、酒席に紛れてしまう言葉だったのかもしれん」

「五百騎は、私の手足なのですよ、司徒殿」

「わかっております。第一、軍を再編するかどうかも定かではないのだ」

「匈奴の戦士が多い。ほかの部隊に行っても馴染めるものか」

王允の、皺の多い手が、顔の前でかすかに振られた。

「奥方を大事にされよ、将軍。いまは、病を治すことが第一」

言って王允は立ちあがり、部屋を出ていった。

呂布は、しばらくひとりで考えていた。

麾下の五百騎を董卓が欲しがる。いかにもありそうなことだった。言われて、黙って差し出すほど、自分は董卓を恐れていない、と呂布は思った。いや、これまでに、自分が恐れた男など、ひとりとしていなかったのだ。

館へ戻った。

瑶は、眠っていた。呂布は、立ったまましばらくその顔を見つめた。やつれている。悲しくなるほど、やつれ、疲れきっているように見えた。痩せはじめたのは、いつごろからだったのか。顔も痩せているが、手首はもっと痩せていた。摑むと、折れてしまいそうな気がする。

しばらくすると、瑶の息遣いが喘ぐようになった。瑶の顔から額に、汗が噴き出してくるのがはっきりと見えた。瑶の顔にのばしかけた手を、呂布は途中で止めた。瑶が死ぬのではないか。不意に、そういう不安に襲われたのだ。

そんなことがあるはずがない、と自分に言い聞かせる。戦に出る前に、瑶はまた呂布の首に赤い布を巻いてくれるはずだ。

「おかえりだったのですね」

瑶が眼を開き、しばらくして言った。

「夢でも見ていたのか？」

「どうして？」

「汗をかいていた。ひどい汗だった」

瑶が、手の甲を額に当てた。やはり、手首はひどく細かった。

「赤兎は、元気にしていますの、あなた？」

「ああ。しかし、なぜそんなことを訊く？」

「赤兎に乗っていれば、誰もあなたを捕まえられはしませんわ」

「そうだ。赤兎に勝る馬はいない」

董卓に追われている夢を見たのだろうか。

瑶が眼を閉じた。また、眠ったようだった。呂布は、瑶のそばに腰を降ろして、しばらくじっとしていた。

董卓が郿塢から戻った翌日、王允が蒼い顔をしてやってきた。

「実は、奥方にお別れに来ました」

「別れ？」

「私は、死にます。だから、将軍ともお別れということになる」

王允は、瑶の部屋に入っていった。呂布も、そのあとに続いた。瑶は眠っていなかった。

「これは奥方。いくらか御加減がよろしそうではありませんか」

「司徒様こそ」

「老いぼれてはおりますが、元気だけはまだあるようです」

父親のように気遣ってくれる、とよく瑶は言っていた。瑶が元気なころから、この二人は気が合っていた。それが呂布にはいささか不愉快ではあったが、いまはただありがたかった。

「今日は、絹を届けに来ただけだった。西域から、いいものが入りましたのでな。お声を聞けるとは思いませんでしたぞ」

「その絹を着る日が来ればよいのですが」

「なにを言っておられる。将軍が泣かれますぞ。いや、いい日だった。お躰に障るといかん。私は失礼しますぞ」

なにか言いかけたが、瑶はそのまま眼を閉じて頷いた。

「司徒殿、別れとはどういうことなのです？」

王允を追っていって、呂布は訊いた。

「だから、私が死ぬのですよ。そういうことになったのです」

「わかりませんな」

「いずれ、わかります」

「董太師ですか？」

「つまり、董太師が私を生かしてはおかれますまいということです」

「それは」

「軍の再編は、やはりされるようです。近衛軍が、強力になるようなのです。近衛軍といえば、帝を護る軍勢ですよね、将軍。その近衛軍が、董太師を護るのだそうです。つまり、董太師が帝になられるのです」

「そんな馬鹿な」

「いえ、本気でしょう。先の帝は、董太師に殺されました。いまの帝を殺して、なんの不思議があります。そういうところで、私は生きてはいられません。これから、董太師を殺しに行きます。将軍は笑われるでしょうが、私は本気です。逆臣を討てという、密勅も戴いてきました」

「詔が出た？」

「どうせ、私は董卓のそばにも行けません。だから、ここで私を斬らないでいただきたい。黙って、見過してください。董卓に、ひと言ぐらい言葉を投げることはできるでしょう。それから死にたいのです、私は」

「待たれよ、司徒殿」

「やはり、止めるのですか。将軍も、やはり董卓と同じか」

「司徒殿。詔書はお持ちか？」

「ちゃんと、懐に入っておるわ。ここで斬りたくば斬れ。死を覚悟しているのだ。なにもこわくはない」

「お静かに、司徒殿。妻に聞えます」

「そうだな。奥方の心を騒がせるのは、本意ではない」

王允は、肩を落とし、うつむいた。

「奥方が、実の娘のような気がする時があった。幼くして亡くした娘が私にはいてな。死を覚悟した時、別れだけでもという気になった。それが間違いだったのかもしれぬな。斬るなら、ここで斬ればよかろう」

「詔書を、私にいただけませんか、司徒殿？」

「懐にある。私を斬ってから奪えばよかろう」

「いや、あなたは死にませんよ。私が、その詔書を奉じて、董卓を斬ってきます」

「将軍が？」

「そうです。あなたが行ったところで、やはり董卓には近づけもしないでしょうから」

呂布は、王允を庭へ連れ出した。王允は抗ったが、弱々しい力だった。

「いいですか、司徒殿。董卓は、私が斬ってきます。今日の、董卓の動きは？」

王允は、じっと呂布を見つめていた。口を開こうとはしない。

「董卓は、丞相府ですね？」

「午後、丞相府から宮中へ行くことになっている」

「わかりました。では、詔書を」

呂布は、王允の懐に手を突っこんだ。

「将軍、それはまことの詔書だぞ」

「まことだと、董卓に見せてやりますよ」

呂布は厩へ行き、赤兎を引き出した。

営舎まで、ひと駈けだった。麾下の兵に、出動準備を命じた。

王允のために、董卓を斬ろうと思ったわけではなかった。瑶の恐怖を、取り除いてやりたかっただけだ。

出動準備は、すぐに整った。

黒ずくめの軍勢である。旗を立てていなくても、呂布の軍勢だとは誰にもわかる。長安の民は、見ただけで道の端に避ける。

丞相府から宮中への道筋に、呂布は五百の麾下を配置した。

しばらく待った。方天戟は持っていなかった。黒い鎧に、黒鞘の剣を佩いているだけである。背後に、部下を二人立たせた。

董卓の車が見えてきた。呂布が立ち塞がると、車が止まった。丞相府から宮中まででも、百名ほどの兵がついている。

「これからは、この呂布奉先が警固つかまつります」

「おお、呂布か。なにかあったのか？」

車から、董卓が声をかけてきた。

「なにも。長安は平穏でございます。私はこのところ、妻の病で出仕を休んでおりましたが、ようやく快癒にむかい、まずは董太師の警固からと思いまして」

「それはいい。呂布将軍自らの警固とは、このところなかったことであるな」

董卓は上機嫌だった。

警固の兵をとどめ、呂布は文官だけがついた車の前に立ち、門を入った。

「車を停めろ」

呂布は声をあげた。

「何事だ。すでに宮中だぞ」

董卓の声。濁った、低い声だ。

「宮中なればこそだ。逆臣董卓を討て、との詔が出た」

「なんと申した、呂布？」

「逆臣董卓を討つと。早く車を降りてこい」

二十名ほどの文官は、ひとかたまりになってふるえていた。

董卓が、車から出てきた。さすがに、かつては猛将と言われた男である。剣の柄に手をかけ、すさまじい形相で呂布を睨みつけている。

「おまえとは、父と子ではなかったか、呂布」

丁原が言ったことと同じだった。呂布は、黙って剣を抜いた。董卓も剣を抜く。すでに喘いでいた。

陽の光が降り注いでいる。二本の剣が放つ照り返しが、宙でぶつかり合った。きれいな光だ、と呂布は思った。董卓の額の汗も、輝きはじめている。

「父が斬れるのか、呂布」

董卓の、濁った声。斬れる。言う代りに、呂布はにやりと笑っていた。これで、瑶を恐怖からも解放してやれる。

二歩、前へ出た。董卓が、よろめくように退がった。

「相手をするのは、俺だけだ。多勢で取り囲んで討ち果そうというのではない。俺を斬れば、助かるのだぞ、董卓」

「この裏切り者が。忘恩の犬が」

董卓が突きかかってきた。董卓はいつも、上衣の下に具足をつけている。動きはひどく鈍かった。呂布は、董卓ののどに剣を突きつけた。董卓の躰が静止した。踏みこむ。同時に、剣を横に払った。

董卓の首が飛んだ。

静まり返っていた。陽の光が、鮮やかに血の色を照らし出す。

「勅命により、逆臣董卓を、呂布奉先が討ち果した」

それだけ言い、呂布は門外に出た。呂布に斬りかかってくる者は、誰もいなかった。

5

王允が、活発に動いているようだった。

長安は、董卓が死んだことで、大騒ぎになっている。それも、悪い騒ぎ方ではなかった。長安の民が、祭りでもはじめたという感じなのだ。

長安の軍はすぐに再編され、皇甫嵩が全軍を掌握すると、すぐに郿塢にむけて兵を出した。董卓を失った将軍たちは、軍勢を率いて郿塢を出、長安の東にまとまって駐屯した。

郿塢では、董卓の一族が皆殺しにされたらしい。長安でも、まず行われたのが、董卓派の処刑だった。王允と並ぶ文官であった蔡邕は、投獄された。

皇甫嵩も老将である。郿塢の殺戮だけで疲れ果て、長安に戻ってきた。長安の東に駐屯した董卓直属の四将と飛熊軍は、そのまま放置されている。

そういう騒ぎと、呂布は無縁だった。率いていた二万は、そのまま皇甫嵩に従い、呂布には麾下の五百だけがあった。

全軍の指揮を任せたいと王允が言ってきたが、呂布は受けなかった。董卓が死ぬ前とあとでは、王允は変りすぎていた。すべてが、董卓の死を想定した上で、準備され尽しているという感じなのだ。

呂布は、麾下の五百を館の周囲に配置し、長安の騒ぎが館の中まで伝わってこないようにした。

瑶の具合が、いっそう悪くなってきたのだ。眠っていることが多く、たまに眼醒めていても、聞きとれないような言葉を、呟くように口から出すだけだった。

「もう董卓はいない。死んだのだ。おまえは、なにもこわがる必要はない」

そう言っても、瑶には通じないようだった。董卓という言葉を聞いた時だけ、弾かれたように躰を動かした。

熱があった。せめて水だけでもと思い、呂布は口移しで瑶に飲ませた。その時だけ、瑶の舌は貪るように呂布の口の中で動いた。

食事をとれない日が続き、瑶はさらに痩せたように見えた。

死ぬのか。そう思うと、呂布は恐怖でふるえた。瑶を失うことは、自分が死ぬことにも似ていると思った。

三日か四日に一度、瑶の意識は明瞭になった。その時は、食物もわずかに口にする。

「太師様が、亡くなられたのですね」

「そうだ。もう十日も前に死んでいる。おまえは、なにもこわがることはないのだぞ」

瑶がほほえむ。その弱々しい笑みが、また呂布の胸をしめつけた。

「赤兎は？」

「元気だ。厩にいる」

「赤兎さえいれば、あなたはどこまでも駈けられますわ」

「ここにいる。おまえのそばに」

もっと話をしていたかったが、瑶はそれぐらい喋ると眠ってしまう。

館には、毎日宮中から人が来たが、王允は来なかった。政事は動きはじめた気配だが、東にいる飛熊軍の扱いは決まっていないようだ。なにかあると、王允はすべて前例を持ち出して決めるらしい。それが困ったことだと、呂布に訴えてくる者もいた。

　訪ねて来る者の話を、呂布は短い時間だけ聞いた。瑶が眠っていると、なにもやることがなかったからだ。

「軍の指揮は、将軍に執っていただかなくては。皇甫嵩将軍では、動きが悪すぎます」

　執拗にそう言い続ける者もいたが、呂布は相手にしなかった。瑶の病が篤い。祈るということを、呂布ははじめてした。祈ってどうにかなるものなら、いくらでも祈ってやる。以前はそう思っていたが、いまは祈ることしかできなかった。

　王允の使者にも、呂布は応じなかった。

　あれほどしばしば姿を見せていた王允が、いまはなぜ使者なのだ、と思ってしまう。董卓を殺すために、うまく利用されたという気もした。しかし、そんなことを深く考えもしなかった。

　瑶の躰が、細くなっていく。肌が、透き通るような感じに見える。

「太師様が下された女の方々を、あなたはかわいがってもいいのですよ。あたしは、充分満足できるだけ、あなたと一緒に過しましたもの」

眼醒めた瑶が言う。董卓が死んだことも、わからなくなっているようだった。呂布は、瑶の手を握りしめた。そこから、自分の命を注ぎこめるような気がして、一心に握りしめた。眼醒めている時も眠っている時も、瑶の手が握り返してくるような力を示すことがあった。呂布は、眼を見開いて瑶を見つめる。

病んで弱々しい、瑶がいるだけだった。

夜が更ける。瑶の、喘ぐような息遣いだけが聞える。灯も消していた。月の光が、瑶の顔を、まるで別のもののように照らし出すのを、呂布は息をつめて見つめている。

長安は、まだ大きなうねりの中にあった。

董卓の専横はなくなったものの、董卓派と目された役人たちの粛清は続けられているようだった。

飛熊軍は、まだ長安の東にいた。周辺の各地にも、守備の兵が放り出されたままらしい。

前例と建前が、王允の政事だった。董卓直属の四将が、許しを求めてきた時も、罪なき者を許す理由はない、という言葉のまやかしで王允は撥ねのけたようだ。

飛熊軍が涼州に走ったという知らせが入ったのは、大赦を行わないということが会議で決定してからだった。

呂布のもとには相変らず人が訪ねてきたが、会うこともあまりなくなった。五百の麾下は、二交代で館のそばに待機させた。館が騒がしくなるのは、避けたかったからだ。

最初は期待された王允の政事に、さまざまな不満が出はじめた。それに対しても、呂布はなにも言わなかった。董卓を殺してから、なぜか骨抜きになったと噂されているのは知っていたが、それも気にしていない。

どこかで、瑶は快癒にむかうはずだと、半分は信じていた。もう駄目かもしれない、ともしばしば思った。

五月の、陽光が降り注ぐような日だった。瑶の具合がよくなった。呂布を見て、笑ったのだ。それでも、呂布は暗い穴に突き落とされたような気分に襲われた。

「ありがとう、あなた」

呂布の手を握る瑶の指さきに、力が戻っている。

「生きていてよかった、と思えます。生まれてきて、よかった。あなたのおかげです」

呂布は頷いた。瑶も、大きく頷き返した。それから、眼を閉じた。眠るのか。いや、死のうとしているのだ。声さえも、呂布は出せなかった。死が、少しずつ瑶を包みこんでくるのを、呂布は眼を見開いて見つめていた。死が、瑶を奪った。はっきりと、呂布にはわかった。涙は出てこなかった。

従者が、声をあげた。いつまでも瑶の寝室から出てこようとしない呂布を気にして、覗きにやってきたようだった。

「妻が、死んだ。誰にも知らせなくていい。俺を、しばらくひとりにしておいてくれ」

それだけを、呂布は静かに言った。

ひと晩、瑶のそばにいた。すでに、瑶であり、瑶でなくなっていた。祈りなど、なんの役に立つ、と呂布は思った。どう祈ろうと、死は瑶を奪った。

朝になると、呂布は自分で館の庭に穴を掘った。瑶を抱いてくる。瑶が好きだと言っていた庭だった。それでも、埋めるのは瑶ではなかった。瑶の姿をした、わけのわからないものでしかない。

「柩はよろしいのですか？」

下働きの頭をしていた女が、遠慮がちに訊いてきた。

「よい」

「せめて、この着物を」

女が差し出した赤い着物を、呂布は瑶の骸にかけた。それで、穴の底の瑶の顔も見えなくなった。土をかける。土だけで、石ひとつ置かなかった。死ねば土に還る。死んだ母が言っていたことだった。だから、母は匈奴の土地へ運び、そこに埋めた。瑶を運ぶべきところは、どこにもなかった。長安の館の庭が、呂布が唯一思いついたところだったのだ。

「営舎に戻れ。明日から、訓練を再開しろ。まず馬を駈けさせるだけでいい」

麾下の五百に、そう命じた。

瑶の着物などは、下働きの女たちに与えた。館の中から、瑶がいたという痕跡をすべて消すのに、五日かかった。

それから、呂布は厩へ行った。赤兎。呂布をじっと見つめてくる。首を抱き、呂布は長い時間じっとしていた。赤兎は、毛筋ひとつ動かそうとしなかった。

厩で眠り、夜明けに起きると、赤兎に鞍をつけた。跨り、呂布は雍門にむかった。

「開門せよ。呂布奉先である」

守備兵は、慌てたようだった。すぐに、門が開けられる。赤兎が、駈け出していく。腿で腹を締めつけもしないのに、赤兎はすさまじい速さで駈けはじめた。原野を駈けながら、呂布は二度、三度と雄叫びをあげた。赤兎が駈ける。すべてのものを、引き裂くようにして駈ける。

どれほどの時を、赤兎とともに駈けていただろうか。

遠くに、軍勢が見えた。赤兎は、そちらにむかって駈けはじめる。『呂』の旗。麾下の五百騎だった。百騎ずつ、整列している。馬の首には、白い布の喪章を巻いていた。

「戻るぞ、長安へ」

呂布は言った。呂布の両脇に百騎が付いた。

駈けはしなかった。静かな行軍だった。雍門を守備していた兵も、息を呑んで呂布の軍勢を通した。

それから数日後、呂布は丞相府に出仕した。

王允は喜びの言葉を述べたが、ほんとうに喜んでいるのかどうかはわからなかった。瑶を失ったことに対する悔みの言葉も、お座なりなものだった。

董卓誅伐の功労者として、呂布は官位を与えられた。そんなものは、どうでもよかった。どこでもいい、戦に出してもらいたい、という気分が強かった。しかし王允は、長安を守ることを命じてきた。

軍は、皇甫嵩ほか数名の将軍が掌握していた。全軍で六万である。守備のために、洛陽ほか各地に派遣されていた兵は、呼び戻されてさえいない。六万の軍勢がいれば、なにが起きても大丈夫だと、王允だけでなく、皇甫嵩まで考えているようだった。

呂布は、麾下の五百騎だけを、時々動かしていた。騎都尉（近衛騎兵隊長）のようなものである。三公（最高職の三名の大臣）と同等の儀礼を許されていたが、そんなものはただ面倒でしかなかった。

毎日のように、五百騎を訓練に連れ出した。そうすることで、忘れるものは忘れてしまいたかった。

野営し、早朝から行軍の訓練に入る。駈けながら、陣形を変えていく。攻撃をかける隊と退く隊が入れ替る。武器を持ち、縦列になり、それが五段の横列になる。やることは、いくらでもあった。夕刻まで、訓練を続ける。兵糧は一日一回で、夜間は一隊だけ夜襲の訓練をさせた。

李傕を中心とする飛熊軍が、涼州から攻め寄せてくるという知らせを聞いた時も、呂布は泰然としていた。どう攻められようと、負けるはずがない、と皇甫嵩などは軍議で豪語していた。

李傕ごときは、片手でひねりつぶせるようなものだが、長安の軍にまとまりはなかった。李傕の部下だった兵も、少なくないのだ。

原野へ出る、いい機会かもしれない、と呂布は考えていた。皇甫嵩にやらせて失敗すれば、次には呂布に任せればいい、と王允は考えているようだ。呂布は、それほど甘くはないだろう、と読んでいた。崩れる時は、大きく崩れる。その気配は、すでに長安の中に漂っていた。

王允の政事が、いいのか悪いのか、呂布は考えようとは思わなかった。ただ、董卓の方が周到ではあった。呂布は別として、直属の四将にはたえず競わせていたし、宮中や役人たちには、恐怖という重石を忘れずに載せていた。前例や建前だけの王允より、董卓という男は長安をずっと堅固なものにしていたのだ。

飛熊軍が近づいてきた。各地に残されたまま、なんの沙汰もなく放置されていた守備兵が次々にそれに加わり、十万を超えているという。

三十万でも、長安は落とせない、と皇甫嵩は言い、王允はそれを信じているようだった。確かに、そうだ。それはしかし、長安の中がひとつにまとまっていたらだ。

呂布にまとめることを期待している人間がかなりいたが、その気はなかった。自分が、長安から離れたがっていることに、呂布は気づいていた。瑤の死んだ地にいつまでもいたくない、というだけの理由しかなかった。

皇甫嵩が、軍議を招集した。

自信たっぷりである。一応呂布を立てる態度は見せるが、全軍の指揮は自分が執ると決めているようだ。軍議に連なった王允も、それを認めている。

呂布は、皇甫嵩と並ぶ将軍ということだったが、指揮を皇甫嵩に任せることに異議は挟まなかった。

敵が近づいてきた。斥候は、十三万とも、十五万とも言っている。董卓は、各地に守備兵を散らして、長安という点より、その支配する全域を守ろうとしてきた。守備隊の隊長は、みんな董卓に任命されたと思っている。天子の軍勢だと言い張って、王允はそれになんの手も打とうとしなかったのだ。天子という存在に力があるのだと、王允は信じていた。

敵の軍勢が見えてきた。

呂布は、黒い具足をつけ、麾下の兵に待機を命じた。館から出る時、赤い布を首に巻こうかどうか迷った。巻かなかった。瑤が巻いてくれないかぎり、意味はないのだ。

面白い戦になる、とは思えなかった。うまくすれば、長安に籠城。下手をすれば、長安は内から崩れる。

戦の成行を、長く見守る必要はなかった。いつの間にか、長安の二つの門が開き、敵兵が雪崩れこんできたのだ。

呂布は、それを楼上から見ていた。

「脱出する」

すぐに決断した。長安の中の戦になる。それには、呂布の騎馬隊はむいていなかった。思うさま、馬が使えないのだ。

楼を降りた時には、麾下は揃っていて、赤兎も待っていた。門はさらにいくつか開き、敵味方入り乱れて、長安は混乱のきわみに達している。

「駈けるぞ。もう長安には戻らん。われらは、原野を駈ける兵だ」

赤兎の腹を、腿で締めあげた。

黒い軍勢が、一斉に動きはじめた。方天戟を小脇に抱えた呂布が、先頭を駈ける。五百騎に、乱れはなかった。敵も味方も、一頭の巨大なけもののような軍勢を見ると、道をあけた。矢一本、放つ者はいなかった。

堂々と、清明門（せいめいもん）を、呂布の一隊は駈け抜けた。まだ城外に残っていた敵も、ただ見送るだけだった。

原野を駈けた。どこに行くべきなのか、呂布はまだ考えてもいなかった。

降旗

1

風。

砂を舞いあげた。人が立っていられないほどだった。

その風とともに、青州黄巾軍が、兗州に雪崩れこんできた。百万。ひと口に言っても、それは見たこともない大軍だった。進撃を止めようとした軍は、波に呑みこまれるように潰されていった。

曹操は、じっと地図を見ていた。

青州は、冀、兗、徐の三州と接している。冀州では、袁紹の大軍が、北の公孫瓚に対していた四万のうちの半分を、青州との境界の防備に割いていた。当然、袁紹の本隊の十万も、それを後詰する構えである。徐州の陶謙は、やはり二万ほどを州境に出していたが、なにか取引があったのか、黄巾軍が徐州へむかう気配はまったくなかった。

兗州の刺史は劉岱である。

集めに集めて、五万の兵で黄巾軍を迎え撃った。畠の農民を引っ張ってきては、誰彼構わず武器を持たせている、という噂が流れた。曹操のもとに出動の要請は来たが、動かなかった。袁紹でさえ、動いていないのだ。

はじめから、無理な戦だった。五万なら五万の闘い方はあったはずだが、寄せ集めの軍勢では、思うようにいかなかったのだろう。正面から、激しいぶつかり合いを演じて、負けた。劉岱も、死んだ。

いま、兗州は黄巾軍で満ち溢れていた。郡の太守は逃亡し、わずかに鮑信が孤塁を守っているだけである。鮑信は、しきりに袁紹に援兵を求めているようだった。

わずかの間に、袁紹は冀州を中心として力を蓄えていた。軍兵十五万といわれている。河北一の実力者だった。ただその袁紹も、北の公孫瓚とは対立を続け、西の董卓にも備えなければならなかった。

その董卓が、死んだ。

呂布に、呆気なく首を刎ねられたという話だった。しかし董卓が死んでも、袁紹は動こうとしなかった。曹操に出兵を要請してきたのである。いずれぶつからなければならないとしても、できるかぎり黄巾軍を消耗させておこう、と考えているのは明らかだった。

袁紹が曹操に提示してきたのは、黄巾軍が跋扈している兗州牧の地位だった。地位など、あってないようなものだった。力のある者がそこを占めると、地位はあとからついてくる。

「名門の出は、さすがに違います。実体のない地位を平然と与えてこようとする」

荀彧が苦笑していた。

曹操の兵力は、ようやく二万を超えたというところだった。訓練は重ねているが、いかにも少なすぎる。

「兵糧は集まったのか、荀彧？」

「ほぼ一年分というところでしょうか」

「そんなものか」

「五万の軍勢の兵糧としてです。二万だけならば、二年半」

「相変らず小賢しいな。とにかく、劉岱の残兵を受け入れろ。どれほど使えるかは、夏侯惇に判断させる」

「そろそろ、ですか？」

「まだ、鮑信が音をあげておらん」

曹操は、また地図に眼を戻した。

劉岱の残兵を受け入れれば、三万を超えるだろう。鮑信も加えれば、三万七、八千にはなる。鮑信は、済北の盧城に籠り、劉岱が死んでからは一度も兵を城外に出していないという。

青州黄巾軍の弱点は、兵糧だった。百万である。その中には、戦には出ない老人や女も混じっているという。

しかし、鮑信は読み違えている。やがて兵糧が尽きて離散すると考えているのだろうが、その気配はなかった。老人や女が混じっているからといって、結びつきが弱いわけでもない。信仰というもので、むしろ固く結びついている。

袁紹からは、出兵の要請がくり返された。兵が足りなければ、義勇兵を募れとまで言っている。それも、曹操は笑って聞いた。曹操が動かないので、袁紹は焦りはじめている。

五錮の者が報告に来た。

「やはり、陶謙か」

黄巾軍に、充分ではないが、兵糧を供給しているのは、陶謙だった。それによって、徐州への侵入を防いでいるのだ。州境に配置した二万は、まやかしのようなものだった。

「奪えぬか、その兵糧を。すべてでなくともよい」

「われらだけでは、とても。五百の兵が必要でありましょう。運んでいる道筋は摑んでおりますが」

劉岱のところから流れてきた者の中に、ひとり文官がいたことを、曹操は思い出した。

陳宮という男である。言葉に、確かに才を感じさせたので、曹操は覚えていた。

「いま、部将を割くことはできん。劉岱殿の残兵五百を率いて、まず仕事をしてみろ。それがうまくいけば、ほかのことにもおまえを使おう」

陶謙から兵糧が流れていると聞いて、陳宮は少なからず驚いたようだった。

「やらせてください」

「どうやる？」

「擬兵を使います。どうせ琅邪郡あたりの倉から運び出しているのでしょう。まずそれを確かめ、陶謙軍になりすまします」

いい策かもしれない。運ぶ道筋を襲えば、犠牲も出る。警戒はしているだろうから、失敗もあり得た。

「行って来い。輜重は使ってもよいぞ」

「十日で、戻ります」

陳宮はそう言ったが、八日で戻ってきた。一兵も損じていなかった。兵糧を運び出していた倉は、意外に近いところにあったようだ。

「誰がやったことか、陶謙にはわからぬと思います」

得意げに、陳宮は言った。

「そこまで、命じてはいなかった。わからせろ、この曹操がやったことだと」

「しかし」

「言う通りにしろ」

「そうですか」

陳宮は不満そうだった。完璧にやった仕事だったのに、と表情に出ていた。

「黄巾軍に兵糧を流していたとわかれば、誰も相手にしなくなる。私のやったことだと知っても、陶謙は黙っているしかないのだ」

「しかし、知られずにこしたことはないのではありませんか？」

「私が知っていることで、今後陶謙は兵糧を運びにくくなるではないか」

黄巾軍の弱点は、依然として兵糧であることに変りはなかった。

陳宮が戻って四日経ったころ、ようやく鮑信から使者が来た。何度袁紹に申し入れても、一兵の援軍も来ない、と使者は口上を述べた。籠城は、すでに限界に達しているとも言った。すがるような気持で、曹操に援兵を求めてきたのだろう。

「わが軍は、二万に過ぎぬ。それがどうして、百万の黄巾軍とむかい合えようか。それでも、なんとか鮑信殿を助けたい。いま、劉岱殿の残兵を受け入れている。それが終れば、なんとか盧城に送れる兵も揃うのだが」

「援兵を、送っていただけるのですか？」

「私が自ら率いていく。百万を相手に、援兵などとは言っていられまい。私が、鮑信殿とともに闘う。ただ、三万の兵は欲しいのだ。劉岱殿の残兵をまとめるのに、あと数日はかかる。十日、耐えていただきたい。それは竹簡（竹に書いた手紙。紙は高価であった）にも認めてある」

「あと、十日でございますね」

使者の眼が、曹操を睨みつけてきた。頭に黄巾をつけて、盧城を抜け出して来たらしい。

「帰れるのか、盧城に？」

「なんとしても、この竹簡を届けなければなりません。帰った時の合図などは、決めて出て参りましたので」

「黄巾が似合うな」

「はい。しばしば城を出て、黄巾軍の中を歩き回っております。いつの間にか、身についたのでございましょう」

逞しい躰よりも、いい眼に曹操は惹かれた。茫洋としているようで、曹操を睨みつけた時は、思わず気圧されそうな力がよぎった。

こんな男なら、黄巾軍の中を歩いていても、ただ大きな男というようにしか見えないのかもしれない。いまも、使者の悲壮さなど微塵も見せていなかった。

「名を、聞いておこうか」

「はい。許褚、字は仲康と申します」

「死なずに待っておれよ、許褚」

許褚が平伏した。

劉岱の残兵は一万ほどで、再編して各軍の中に組み入れる作業が終ったところだった。いくらかの調練は必要だろう。

「劉備はどうしている？」

ひとりになると、曹操は五錮の者を呼んで訊いた。

「千二百ほどの兵で、特定の城は持たずに野営を続け、予州の中を動いております。賊の討伐のために太守が義勇兵を募れば、必ず応募し、どこでも少なからぬ戦功をあげております。黒山の賊などに悩まされている太守など、こぞって劉備軍を呼び寄せるようになりました」

なぜか、曹操は劉備が気になった。まだ、主を持とうとしていない。北平の公孫瓚とも、完全な連合は避けている気配だ。

呼べば、来るだろう。しかし、自分の部将になることはない、と曹操は思った。なぜか、自立の意志が強いのである。たかが千二百でも、大将は大将か、と曹操は呟いてみた。五千の兵で挙兵したころの自分と、どこか似ている。そのくせ、辿る道筋はまるで違う。

どれほど苦しくても、劉備軍だけは戦に加えるのはやめよう、と曹操は思った。曹操が狙っていることが、そのまま劉備が狙っていることかもしれないのだ。

部将たちに、劉備のことは言わなかった。たった千二百の、流浪の軍を気にしている、と思われたくない。

待っていた。

盧城を囲んでいる黄巾軍は二十万ほどで、鮑信はもうなにをすることもできないだろう。死ぬ寸前のところで、救い出せればいい。鮑信も、曹操は部将として自分の下に置きたかった。

「荀彧を呼べ」

鮑信の使者許褚が去ってから、五日が経っていた。

「兵糧を、しっかり確保しなければならん。兵糧があることを、黄巾軍に知られてもならん。できるか？」

「兵二千で、必ず守り抜きます。というより、隠し通します」

「どうやるのだ。動かすことなぞできんぞ」

「山を、ひとつ作っております。遠くからは、山としか見えません。その山に、誰も近づかせないために、二千の兵が必要なのです」

「よし、任せよう」

曹操が言った兵糧は、三万の兵のためのものではなかった。それは別に、いつでも動かせるようにしてある。

袁紹から、また出兵の要請が来た。さすがに、北のことが片付いたら、自分もすぐに出兵するつもりだ、という言葉が添えられていた。

北の公孫瓚と袁紹の対立が、そうたやすく氷解するわけもなかった。

ひとりになると、曹操はいつも地図を見ていた。百万の黄巾軍で満ち溢れている兗州。どこに楔を打ちこめばいいのか。最初のそれを誤れば、三万の軍などあっという間に黄巾軍に呑みこまれる。

軍議を開いた。

曹操の命令を、一方的に伝えるだけの軍議だった。

「明朝、全軍で盧城へむかう。その後の各軍の動きは、申し伝えた通りだ。厳しい戦になろう。わずか五千で董卓の大軍とぶつかった時は、束の間と言っていいほどの間だった。今度は、数カ月はかかる。その場の軍功に眼を奪われるな。一万二千を討ち取ったところで、山の土をひと掘りしたようなものだ。私の指示を待ち、耐える時は耐え続けよ。抜け駈けの手柄など、一切認めぬ」

陣営が、慌しくなった。

曹操は、従者も近づけず、ひとりでそれを聞いていた。

心がささくれていた。百万の軍を相手に、ほんとうに数カ月闘うことができるのか。

無謀きわまりないことを、自分はしようとしているのではないのか。運を信じる、などという気にはなれなかった。自分の、すべてをふりしぼるしか、道はない。それでも、勝利は気が遠くなるほど彼方にある。

眠らずに、夜明けを迎えた。

三万の軍の準備が整っていると、曹洪が報告に来た。

曹操は陣屋を出、馬に跨った。進発。声をあげたのは、夏侯惇だった。

三万の軍勢が、進みはじめた。

2

冀州から、袁紹軍十五万。東武陽から曹操軍三万。流言である。五錮の者が、頭に黄巾を付けて、ひそかに触れ回った。

盧城攻囲の黄巾軍は二十万だが、正規軍の十八万には抗しようもない。

曹操は、四千の騎馬を先頭に立てた。その後ろに歩兵が十五段で付いた。躊躇することなく、盧城の攻囲軍に攻めかかる。

北からは、袁紹の十五万が接近中。そういう流言も飛んでいるはずだ。北に大軍、とだけ報告している者もいる。三万の攻撃でも、二十万は一斉に退きはじめた。

盧城から、鮑信が駈け出してくる。

「曹操殿、援兵に来てくだされたか」

「鮑信殿の使者に、そう約束したが、伝わっているのか？」

「竹簡も届きましたが、信じられなかった。軍勢を見て、はじめて信じることができました。黄巾の大軍の中で、むなしく果てるしかない、と思っておりました。食糧が尽きて、すでに十二日になります」

「よくぞ耐えられた」

「一兵も出してくれなかった袁紹殿も、十五万でむかわれているとか」

「それは流言だ、鮑信殿。私が流した。せめて噂ぐらいでは、袁紹殿にも役に立っていただこうと思ってな」

「そうだったのか」

「二十万の攻囲軍に、三万で当たるのはつらい。まだ緒戦だ。兵を失いたくないしな」

鮑信が、頭を下げた。

「いま、城に兵糧を運びこませている。兵には早くそれをとらせればいい。私は行くぞ」

「帰られるのですか？」

「なにを言っている。黄巾と闘うために、私はここまで来たのだ。ただ、盧城は地の利を得ていない。背後に袁紹軍がいてこその、盧城なのだからな」

「では、どこへ？」

「泰山と蛇丘の二つ。そこに堅牢な砦を築き、大軍に攻められても、一年は持ちこたえられる兵糧を運びこむ」

「なるほど。泰山と蛇丘に。ならば、盧城など無駄なものですな。私も、曹操殿の旗のもとで、先鋒をつとめます」

「そうか。それでわれらも四万に近づく」

劉岱が集めた、人数だけの五万とは違う。装備も整った、精鋭である。

「それにしても袁紹め。あれほどうまいことを言っておきながら、いざとなると一兵も寄越さぬ。みすみす、劉岱殿を死なせてしまった。許せぬ男だ」

「袁紹殿のことは、いまはいい。厳しい戦になるぞ。それを、どうやってしのぎきるかだ」

鮑信が頷いた。

「本営は、蛇丘に置く」

「兵をまとめて、すぐに追います」

「待っている。いまは、一丸にならなければならない時だ」

曹操は、三万を動かした。途中に黄巾軍は多いが、まとまってはいない。まとまって攻囲していた二十万は、南に移動した。

泰山まで、それほどのぶつかり合いもなく到着した。夏侯惇に一万を与えてそこに残し、二万を率いて南進した。

蛇丘には、総力で広大な砦を築いた。曹操の営舎も、そこに作った。鮑信の七千が到着した。

曹操がまずやったことは、一万を使って、蛇丘に兵糧を運びこむことだった。それも兵糧の運搬と覚られないように、少量ずつ何度もくり返して運びこんだ。黄巾軍には、遊軍の動きというふうに見えただろう。

十日で、すべてが終った。

百万の黄巾軍は、その多さのために動きが鈍い。軍を集結させるにも、四、五日はかかる。兵糧の不足と同時に、百万という未曾有の兵力も、場合によっては弱点になりかねない、と曹操は思った。

泰山の陣と蛇丘の本営との間には、たえず伝令が走れるようにした。

軍議は開かなかった。泰山に五千、蛇丘に五千の、守備兵の数を決めただけである。あとの二万も四隊に分けた。泰山に五千。鮑信の七千も入れると、五隊である。その五隊は、相互連携をとった機動部隊とした。とにかく、百万の中で、その五隊がこま鼠のように動き回る。五千の一隊が包囲されれば、別の二隊が二方向から包囲の軍勢を突き崩す。

頭で思い描いている通りに、兵は動けるわけはない。外に出て動き回る兵は、地獄を這い回るようなものだろう。

泰山と蛇丘を結ぶ線は、兗州を二つに分ける。泰山郡より西の黄巾軍を、うまくすれば孤立させ得るのだ。逆の見方をすれば、泰山から蛇丘にかけて展開した曹操軍が、百万の敵の挟撃を受けている、とも言えた。

外に出た兵の動きと、泰山、蛇丘の砦の守備力に、すべてがかかっていた。一応完成した蛇丘の本営に、さらに手を加えることを、曹操は怠らなかった。

黄巾軍が接近中、と斥候から報告が入った。二十万の部隊が二つである。砦を丸ごと呑みこもうとする構えと見えた。

曹操は二つの砦にそれぞれ五千ずつ残し、夏侯惇と曹洪に守らせた。曹操が本営から出て五千の一隊を指揮することに、部将はみな危惧を表明したが、相手にしなかった。総力戦以上の戦をしなければならないのだ。

押し寄せてきた。西から来た一隊は三十万に増え、東からの一隊は二十五万になっていた。斥候は、二百人以上潜りこませてある。陣構えなど、どうでもよかった。指揮をする者がどこにいるのか。曹操が知りたいのは、それだけである。三十万が蛇丘を、二十五万が泰山を囲んだ。さすがに、野が人で埋め尽された、というふうに見えた。

これは、持久戦と同時に、攻撃戦である。攻撃戦の五隊の間の伝令は、密にした。五隊が連携して動ければ、二万七千が、六万にも七万にも匹敵するようになる。広大に築いた蛇丘の砦だったが、三十万に囲まれると、小さな点にすぎなかった。三十万のすべての力を、砦の攻撃に注ぎこむことはできない。せいぜい、前線の四、五万が実際には闘うだけだ。

曹操は、黄巾軍の配置を書きこんだ地図を、暇があれば見つめ続けていた。地図は大きく、配置は細かく一千単位で書きこんである。

見えてくるものがある。敵の本営。しかし、それは地図の上だけのことだ。斥候の報告も、日々変ってくる。そのたびに、地図の模様も変る。

「包囲の締めつけが厳しくなっている。そろそろ、こちらも攻撃をはじめるぞ」

曹操は、それでも二日動かなかった。包囲軍の砦への攻撃ははじまっている。それで、また地図の模様は変ってきた。

「よし、第一隊、小さく固まって敵の中に突っこめ」

三日目、指示を出した。第一隊が、人で満ちた野の中に突っこんでいく。池に小石を投じたように、五千の軍勢は大軍に呑みこまれた。

「第二隊、第三隊」

突っこんでいく。包囲軍の端が、崩れはじめる。意外に、脆かった。残っていた、第四隊、第五隊を、曹操自身が率いて突っこませた。包囲が、次々に崩れていく。壁の土を落とすようなものだった。曹操自身も、剣を振った。二人、三人と斬り倒す。

ぶつかってみて、わかるものがある。

全軍に、退けの合図を出した。それぞれの隊ごとに、まとまって退いてくる。

「手強いな」

曹操は、鮑信に言った。

「崩すことは、できましたが」

各隊から、損害の報告が届く。軽微だった。しかし、曹操の心には底知れぬ不気味さが刻みこまれていた。

「敵がうるさく感じるぐらい、動き回っては崩す、ということをくり返さなければなるまいな。昼も夜もだ」

「青州黄巾軍は、数年前の黄巾軍とは違います。私も、闘ってみてはじめてわかりました」

「劉岱殿が戦死された。それも、よくわかったぞ、鮑信殿」

精鋭ではない。すべてが、人数である。そして、闘う人間の心である。信仰というものが、人をそうさせてしまうのか。

斬っても斬っても、むかってくるのである。中には、武器さえも持たぬ者もいるようだった。それでも、むかってくる。算を乱しはするが、決して逃げようとはしない。老人や女も、同じようにむかってくるに違いなかった。三万四万なら、皆殺しにもできる。それが百万いるのだ。

軍として百万をまとめ、闘いのやり方を決めている人間たちがいる。そこを叩き潰す以外にないが、百万の人の壁で守られているのだ。

「また、攻めるぞ。ただ、深くは攻めこむな。端を突き崩したら、速やかに戻れ。

それを、くり返す。執拗に続ければ、いずれ敵も動きを見せるだろう」

すぐに、第一隊から攻撃をかけさせた。第五隊までくり返すと、また第一隊に戻る。数度、それをくり返した。味方の損害は軽微だが、敵にも大きな打撃は与えられない。

陽が落ちてきた。

「第一隊から、夜襲だ。第三隊まで、三度攻撃をくり返せ。四度目の攻撃から、第一隊が休み、第四隊が代りに出る。次は第二隊が休み、第五隊が出る。そうやって回しながら、三隊で攻撃して二隊を休ませる。朝までだ」

まだ、敵には数を恃んでいるところがあった。包囲のやり方を見ていると、完全にそうだ。

こちらの戦のやり方に、どうやって引きこむか。いまは、まずそれだった。

「殿は、お休みくださいますよう」

夏侯淵が言った。ほかの部将たちも、曹操自身が、一隊を指揮して夜襲に出るとは、考えていなかったようだ。

「私も、兵と同じように闘い、同じように眠る。全力を尽す戦とは、そういうものだ」

「それは、われらがいたします」

「大将が、先頭で闘っている。こんな時は、それが大事なのだ。これほどの大軍を目の当たりにすれば、兵に怯懦の心も芽生えよう。大将が先頭に立っていれば、いくらかでも兵を奮い立たせることはできる」

鮑信も止めたが、曹操はきかなかった。

夜襲をくり返した。攻める場所は変える。どこが攻められるかわからない、と敵に思わせるためだ。

五千で打ちかかっては、引き揚げてくる。敵も大きく崩すことはできない。それでも、じわじわとは効いてくるはずだ。

夜が明けた。

敵に動きが出てきた。攻囲の外周に、装備のいい兵が出てきて、陣を組みはじめたのだ。曹操は、攻撃の方法は変えなかった。精鋭が外周に出てきた分、砦への攻撃は緩くなったはずだ。

攻め続けた。さすがに、兵は疲れを見せはじめている。構わなかった。その日も陽が落ちるまで攻め続け、夜は、同じ夜襲をかけた。夜は、攻撃が三隊になる。兵は、束の間の眠りを貪れるし、兵糧もとれる。

三日目。攻撃の方法を変えた。包囲の外周の、一番堅固な部分に、二万七千のすべてをぶっつけた。反撃も強烈だったが、その局面のぶつかり合いだけでは、こちらの方が兵力は多い。敵は、外周全部に精鋭を配置することで、陣形は長くのびているのだ。

全軍で押す。そこだけは、皆殺しにするつもりで、曹操は先頭に立った。半日ほどして、ぶつかっていない部分の敵が、二万三万と側面を狙って攻め寄せてきた。全軍を退かせた。一千は失っただろう。そして、五千は殺した。百万の中の五千と、二万七千の中の一千である。しかし、敵はすべて精鋭だった。いわば、百万の大軍の核になっている部分だ。

「第一隊から、また攻めろ。夜襲も続けるぞ」

曹操の具足には、返り血が点々と固まっていた。攻撃を続けた。すぐに、夜になった。夜襲も続けた。曹操は兵と一緒に突っこみ、兵糧をとり、束の間の眠りを貪った。

四日目。敵がまた動きはじめた。明らかに精鋭と思われる部隊が、六万ほどこちらにむけて攻撃の陣を敷いた。

「やったな」

曹操は、低く呟いた。敵は精鋭を前に出して攻撃の構えこそとっているが、実際に攻撃してくるとは思えなかった。砦の攻囲を解くつもりなのだ。二十余万の退路を守るために、いま六万は堅陣を敷いている。

思った通り、攻囲が解けはじめた。

「くそっ、追撃の機なのだが」

夏侯淵が、歯噛みをしている。

「焦るな、夏侯淵。戦は、これからはじまるのだぞ」

泰山の砦の攻囲も、解けたようだった。

曹操は、四千の騎馬隊を二隊に分けた。一隊は、自分自身で率いる。もう一隊は、夏侯惇だった。その二隊を、泰山と蛇丘の間に配置する。砦には、守備兵が五千ずつで、これは順次入れ替える。それから、五千余の歩兵の隊を四つ作った。

兗州一帯の黄巾軍は、寿張の南に集結しつつあった。泰山と蛇丘の砦を包囲していた軍は、散らばらずにそのまま移動している。

「まず、大軍をこちらに引き寄せなければならん。歩兵を、寿張にまで進めよう」

「押し包んできましょうな。劉岱殿が討たれたのも、五万をまとめていて、押し包まれたのです」

「戦はせぬよ、鮑信殿。敵が押してきたら、歩兵は退くのだ。泰山と蛇丘を結ぶ線のところで、四隊に分かれる。とにかく、敵を分散させる。押し包まれそうになった隊は、騎兵が駈けつけて援護する」

「こちらは、訓練を重ねた兵です。それに小人数の分だけ、速く動ける」

「その通りだ。そうやって敵を動かせば、中核がどこなのか見えてくる」

「なるほど」

　それにしても、兵が少ない。それは、言ってもどうにもならないことだった。

「砦の近くの敵は、砦からの兵が出て、攻撃しては砦に逃げこむ」

「わかりました。いつからはじめるのです」

「すぐにだ、鮑信殿。今度は、逃げ回れるかどうかだ。気をつけなければならないことが、挟撃だ。逃げたさきに敵がいる。そうなることが最もまずいが、なにしろあの人数だ」

　いまは、軍議を開く余裕はなかった。必要もない、と曹操は思っていた。青州黄巾軍との闘いを、自分ほど考え抜いた者はほかにいないのだ。部将たちには、しっかりと兵の掌握をさせることだった。

　二万余の歩兵を、西に進ませた。斥候の数は、通常の三倍にまで増やしてある。

曹操と夏侯惇は、騎馬隊を待機させて待った。

「鮑信殿は、燃えておられますな、殿」

「劉岱殿を死なせた、という思いがあるのだろう。混戦になった時は、気をつけていろ。抜け駈けの癖のある男だ」

「とりあえず、中核を叩く、という戦法しかないと私も思います。いまのところ、民の蜂起にしては、戦が下手ではありません。中核で指揮をしている者が、なかなかの力量なのでしょう」

「私は、ちゃんとしているかな、夏侯惇？」

「殿は、いままでないほど、澄みきっておられます。指揮は迅速で、部将たちもついて行けないほどです。考え抜かれた上で、この戦をされているのですから、いま御自分をふり返って、また考えるということはされない方がよいと思います」

「そうだな」

「長い戦になります。これからいくらでも、自分を振り返ることはできます」

「兵力さえあれば、私は誰にも負けん。せめて、袁紹の半分の兵力があれば」

「いまは、それも考えられないことです」

武具は揃っていた。兵糧も、蛇丘の砦にはたっぷりとある。

「袁紹はいま、北叟笑んで眺めているであろうな」

「耐えるしかありません」

夏侯惇は、この戦の意味を、しっかりと理解していた。飛躍するための戦。大きくなるための、賭け。百万の黄巾軍に呑みこまれたら、そこで終りである。

斥候が駈け戻ってきた。

歩兵が、こちらへむかって逃げてくる、という報告だった。思っていたより、一日早い。曹操は、二千騎を率いて、自分の眼で見に行った。

二万が、駈けに駈けてきていた。その背後は、原野一面の人だった。黄巾軍は、集結と同時に、総攻めに移ったらしい。数の夥しさは、茫然とするほどである。

曹操は、泰山と蛇丘を結ぶ線に戻り、歩兵を待った。

土煙が空を覆っている。ひとかたまりになった二万の兵は、すでに押し包まれそうな恰好になっていた。

二万が、割れる。四隊にきれいに分かれ、拡がるようにして駈け続けていた。右翼の一隊が、呑みこまれそうになっている。夏侯惇の二千騎が、そこへ突っこんだ。敵の動きが止まる。その間に、五千の隊は逃げた。曹操も、騎馬隊を動かした。突出している部分を、蹴散らしていく。四隊は、さらに拡がった。

「あそこだ」

曹操は叫んで、馬腹を蹴った。二万ほどの敵が突出している。後方に突っこんだ。夏侯惇は横から来ている。二万を、敵の本隊から切り離し、追い立てた。斬っていく。逃げていた四隊のうちの二隊が、方向を変えて突っこんできた。ぶつかり合ったのは、それほど長い時間ではなかった。斬れるだけ、斬った。およそ、四千か、五千。それで、敵の本隊が追いついてきた。

まず歩兵を逃がす。その間、夏侯惇とともに、騎馬隊を寄せては返すことをくり返した。

敵は、いくつにも分かれはじめていた。逃げた歩兵を追う集団。二つの砦に襲いかかる集団。すさまじい数だが、老人や女も混じっていた。若い者で、武器が木の棒だけという者もいた。

一日じゅう、駈け回った。押し寄せてきたのは、およそ六、七十万と思えたが、確かにはわからない。四隊を追ったので、かなり分散していた。

砦には、五万ほどがそれぞれ押し寄せていた。砦が攻囲されると、中の兵は使えなくなる。曹操は、夏侯惇とそれを攻めた。砦からも兵が出てきて、攻囲のかたちはとらせなかった。蛇丘の方だけである。泰山は、包囲されたようだ。

敵の中核がどこにあるのか。

読み切れなかった。兵を分散させたと言っても、泰山から蛇丘にかけて、黄巾軍が充満している。

夜になっても、曹操は兵をまとめなかった。それぞれの隊が、夜襲をかける。それぞれが、二度でいい。曹操も夏侯惇も、騎馬隊で二度、敵中を駈け回った。

大軍の敵は、かなり攪乱されたはずだ。

翌朝から、敵の動きはいくらか変ってきた。中心に、十万ほどの軍がかたまっている。その軍は、決して動かない。しっかりと陣形を組んでいるのだ。

敵の中核は、その中にあるのだと思えた。しかし、攻め手はなかった。そこを攻めれば、周囲の兵が押し包んでくるだろう。

相変らず、どこかを叩いては逃げる、という戦を曹操は続けた。損害は、伝令が伝えてくる。軽微というわけにはいかなかった。何度か、押し包まれた隊が出たのだ。そのたびに、騎馬隊の突撃をくり返して、なんとか包囲を崩した。

「あそこを、攻めさせてくれ、曹操殿」

鮑信が、自身で曹操のところへやって来て言った。中心の十万。攻めれば、必ず包囲される。いま、その十万を崩せるとは思えなかった。

「気持はわかるが、無理だ。もう少し、敵を崩そうではないか、鮑信殿」

「うむ、しかし」

「たとえ全軍で攻めたとしても、押し包まれる。いま、わが軍は、ひとつにまとまってはならんのだ」

「わかります。しかし、あそこを崩せば」

夜になった。夜襲。十万の周囲にいる数十万は、突き崩すのに造作はなかった。駈け回るだけで、算を乱す。しかし、すぐにまた集まるということがくり返された。

翌日も、翌々日も、曹操は同じ闘い方をした。泰山の攻囲も解けたので、守備兵を入れ替えることはできた。

五錮の者は、懸命に敵の中核に近づこうとしていたが、果せなかった。

十日が過ぎた。

押し寄せてきた時と較べると、敵はまたかなり分散していた。

これだけぶつかってみれば、百万の正体がなにかは見えてくる。軍としてきちんとしているのは、中心の十万だけである。それが百万以上になっているのは、青州の太平道信徒が、みんなついてきているからだ。勿論、十万以外に、精鋭はいた。五千、一万単位の兵が、少なくとも五つはある。

「騎馬が二百、歩兵二千五百を失っています」

曹洪が、これまでの兵の損耗を報告に来た。敵は、その十倍以上を失っているはずだ。しかし、このままの戦闘が続けば、敵の百万という数がさらに圧倒的なものになっていく。

「あと二日、攻めては逃げることをくり返せ。二日目の陽が落ちたら、夜襲と見せかけて兵を動かせ。それまでは、とにかく遠くに散るのだ。苦しいが、ここはみんなで耐える」

曹操は二日目の夜の、集結地点を全部将に伝えた。蛇丘の砦にだけ、二千の守備兵を残す。あとは、全軍の集結である。泰山と蛇丘の間の丘の麓。そこが集結地点である。

敵の中核十万から、およそ十里（約四キロ）の位置だった。

近くにいた夏侯淵がやってきた。歩兵を率いる部将には、五騎与えてある。夏侯淵は、単騎でやってきた。

「兵が、疲れきっています。倒れる者が出はじめているのは、限界に来ているからではないでしょうか？」

「夏侯淵、この戦の限界はどこだと思っている？」

「それは」

「死ぬる時が、私は私の限界だと思っている。それまで、地を這っても闘う。今度だけは、力を出し尽す。いや、力以上のものを出さねばならん。疲れて倒れる兵は、その場で殺せ。死するか闘うか。道は二つだけだ」

睨みつけて言った曹操の眼を、夏侯淵は見つめてきた。

「鬼のような眼をしておられる。殿は。こんな眼を見たのは、はじめてです」

「兵が疲れている、とは二度と言うな」

「わかりました」

「行け。兵とともにいろ。私も、あと二日、兵とともに駈ける」

頷き、馬に跳び乗ると、夏侯淵は駈け去っていった。

騎馬隊も、限界に来ていた。しかし、秣はある。兵糧と同じように、蛇丘の砦に運びこんである。蛇丘の兵糧などは、いざという時には焼く。そのための二千の守備兵で、傷を負って動けない者を当てるつもりだった。

敵の精鋭一万に、こちらの兵は五千で当たって勝てる。いままでのぶつかり合いで、曹操はそう読んでいた。

十万の中核。勝つためには、五万が必要だが、三万余しか当てられない。それでもなお、勝つしかないのだ。

「進発する」

二千の騎馬隊に声をかけた。

下馬したまま、馬を曳いて動く。曹操の足は重たかった。しかし、気持は萎えていない。斥候が、敵の位置と動きを知らせてくる。

「乗馬」

曹操は、低く言った。

3

集結してきた。

兵は枚（声を出さぬよう口にくわえる木片）を噛み、馬は草鞋を履いている。

夜明けは近くなっていた。『曹』の旗。はじめて掲げさせた。部将たちが、旗のもとに集まってくる。原野には風が渡っていて、時々草が靡く。静かである。ただ雲の動きは速く、月はしばしば遮られる。

「これまで、よく耐えて闘った。ついに、死力を尽す時が来たぞ。敵の中核が、裸同然で前方にいる。兵数十万。ここで、勝つ。ここで勝つために、毎日、毎夜、徒労にも似た逃げの戦をやってきた。ここは、一歩も退かぬ。策もめぐらさぬ。一兵でも多く、敵を倒せ。一歩でも先に進め。これが曹操軍だ、という戦を見せてやれ」

部将を集め、曹操は静かに言った。

「先鋒は」

「私に」

曹操が言いかけた時、鮑信の声が遮った。

「どうか、私に、曹操殿。もとはと言えば、われらが戦を、曹操殿が援けてくだされているのです。曹操軍の後ろから攻めるなどということは、私にはできません」

「しかしな、鮑信殿」

「ここで見事に先鋒のつとめを果したら、私は曹操殿の麾下に加えていただきたいと思います」

「先鋒は、苦しいぞ、鮑信殿。第二段、第三段も、一歩も退かぬ。だから、先鋒は最後の一兵が倒れるまで、退がれぬのだ」

「覚悟の上です。百万の大軍を相手に、粘りに粘った曹操殿の戦、この鮑信が命に代えても勝たせてみせます」

「よかろう。先鋒は鮑信殿。第二段夏侯淵、第三段曹洪。三隊ともほぼ一万弱にする。騎馬は、私と夏侯惇。先に進み、先鋒の攻撃とともに、両側から側面を突き崩す」

部将たちが、曹操を見ていた。曹操は、一度だけ頷いた。

「夜明けに、攻撃しよう。進むぞ」

おう、という低い声があがった。

兵は、枚を捨てた。馬の草鞋も脱がせた。斥候が次々に戻ってくる。

曹操は馬に乗り、ゆっくりと進みはじめた。五里（約二キロ）ほどを進んだところで、夜が明けた。

先鋒の鮑信が突っこんでいく、喊声が聞えた。敵。前方にいる。剣を抜き、曹操は馬腹を蹴った。ただ進む。いまは、倒れるまで進み続ける。矢の数がそれほど多くなる前に、騎馬隊は敵の陣の側面に突っこんでいた。

馬上から、剣を打ち降ろす。戟を撥ね返す。さすがに、堅陣だった。しかし、正面からの鮑信の圧力が効いている。陣は動揺しはじめていた。

「押せ、押し続けろ」

叫んだ。血が飛んでいる。横にむこうとする馬を、曹操は必死に立て直した。しかし、動揺するだけで、正面からの圧力が強くなった。夏侯淵が突っこんできている。これで、全軍だった。崩せる。崩れるはずだ。曹操はそう思い続けていた。腕にも腿にも、無数の浅傷を受けた。しかし、まだ生きている。闘っている。

陣構えが、緩んだ。大石を持ちあげようとして、力のかぎりを尽し、ようやくぐらりと動いたような感じで、陣構えが動いた。

「ここだ、力をふり搾れ。あとひと押しで、敵は崩れるぞ」

馬腹を蹴り続け、剣を振い続けた。先鋒の鮑信が、敵中深く食いこんでいくのが見えた。遮二無二進んでいるようだ。

敵陣が割れた。

側面からも、ずっと押しやすくなった。まだひとかたまりになっている。一万ほどの敵勢。中核の中の中核だろう。鮑信は、迷うことなく、そこへむかっていた。曹操も馬腹を蹴った。敵は、乱れている。駈けた。血飛沫の中を、駈けているような気がした。

鮑信の軍が、包みこまれそうになっている。その敵を、馬で突き崩した。最後まで踏み留まっていた一万が、ついに崩れた。

「追え、追いまくれ。この原野を、敵の屍体で埋め尽せ」

敵に、立ち直る時を与えなかった。

中核の部隊が逃げているのである。原野に散らばった黄巾軍の中で、あえて立ちむかおうとする者はいなかった。

数十万が、北へむかって逃げて行く。原野が動いているようだった。

追撃をやめたのは、夕刻だった。

敵は、済北郡の岩山が多い地帯に入りこんでいる。攻める構えではない。地形から言っても、守りに入ったと見るべきだろう。

岩山を囲むように長い柵を作らせ、矢を集めて弓手を配した。敵が出てくれば、矢を浴びせる。敵も、こちらがその構えだとはわかるだろう。さらに北へは、逃げられない。冀州の袁紹とぶつかることになるからである。つまり追いつめたのだ、と曹操は思った。

「鮑信殿が、討死されたようです」

夏侯惇が報告に来た。

「兵の損耗は、五千に達しております。厳しい戦でありました」

死者のかなりの部分は、鮑信の軍だろう、と曹操は思った。奮戦だった。あれだけ遮二無二突っこむ力を、どこに残していたのかと思う。指揮官が勇猛であれば、兵も勇猛になるのだ。そして、そういう指揮官は、往々にしてよく死ぬ。

「柵を完成して、弓手を配するまで、兵を休ませるな。私の陣屋も、その後でよい」

「ここに滞陣でございますね、殿。ならば、別のことを警戒しなければなりません。この男を、常にそばに置いておいていただけませんか。どれほどの男かは、戦の間ずっと見ておりました」

夏侯惇は、黄巾軍側の暗殺を心配しているのだった。こういう状況になれば、曹操の暗殺が、黄巾軍の最も大きな活路になる。

夏侯惇の後ろに控えているのは、大きな男だった。眼は澄んでいる。軍人の眼だった。

「名は？」

「典韋と申す者でございます。戟をよく遣い、また剣の腕も並みはずれています」

「おまえが勧めるなら、それでよい、夏侯惇」

これからはじまるのは、別の戦だった。こういう男を、そばに置いておくのもいいだろう。

東武陽から荀彧を呼び寄せたのは、滞陣して五日目だった。

すでに、曹操の陣屋もできあがっていた。兵も再編し、武具は整っていた。

「敵はまだ、数十万はいるとか」

「その岩山に溢れておる。兗州一帯にも、やはり数十万は散らばっておろう」

「それがまたひとつにまとまると、面倒なことになりますな」

「これからが、おまえの仕事だ」

「はい」

「黄巾軍を、降伏させせよ」

「こちらが譲れるのは、どこまででございましょうか?」

「平然としておるな、この大役に」

「驚いてもこういう顔をしているので、殿は私を選ばれたのではありませんか」

講和が決裂すれば、こちらの滅びである。かたちとしては追いつめているが、曹操が追いつめられていると見ることもできるのだ。講和は、絶対に必要だった。

「まず、中黄太乙(太平道の神)を認めよう。信仰は人の心にあるもの。一家で受け継いでいこうと、まったく構わん」

曹操が言うと、荀彧は少しだけ頭を下げた。陣屋の中は二人きりである。

「誰も、罰せぬ」

また荀彧が頭を下げる。

「なんとかして、黄巾軍の精鋭を、わが麾下に加えたい」

「それは、中黄太乙を認めたままでよろしいのですか？」

「それはよい。ただ、私の軍事命令は絶対で、必ずそれに従うこと」

荀彧が頭を下げた。

「太平道だけではない。私は浮屠（仏教）も認めれば、五斗米道も認める。ただ、信仰は心の中のものだ。教義を振りかざし、徒党を組み、戦をなすならば、それは許さん。私の麾下に入る者たち以外は、速やかに自国に戻るのだ。帰農して、日々の生活の中で、心穏やかに信仰の心を全うするかぎり、邪魔はせぬ」

荀彧の眼が、曹操を見ていた。

「青州に、保護は与えられますか？」

「それは、約束できぬ。乱世なのだ。ただ、青州が私の支配下にある時は、約束しようではないか」

「東武陽に蓄えてある兵糧は、どういたしますか？」

「そんなことは、考えるな」

「黄巾軍は、兵糧の不足に苦しんでいるという話ですが」

「荀彧」

曹操は声を荒らげた。

「人の心を、物で釣ろうと思ったら、この任はうまくいかぬぞ。おまえは命を賭け、理をもって降伏が得策であることを説くのだ。私がこれほど苦しい戦をし、多くの兵を失ったのは、闘うだけ闘わなければ、まことの講和はできぬ、と考えたからだ」

「わかりました」

荀彧の眼は、まだ曹操を見ていた。

「どれほどの時を、私にくださいますか？」

「三月」

「十月まで、でございますね」

黙って、曹操は頷いた。

それ以上、なにも訊かずに荀彧は陣屋を退出していった。

しばらくして、兵がひとり陣屋に現われた。兵の身なりをした、石岐だった。

典韋の眼をかいくぐってここへ入ってきたのは、やはり驚きだった。こういう人間に、典韋は最も気を配っているのだ。

「相変らずだな、石岐」

「荀彧殿を、使われるのですか。私は、夏侯惇殿が行かれると思っておりました」

「これは、懐柔ではないのだ。理を尽した交渉でなければならん。情も、必要ない」

「なるほど」

「不服そうだな」

「滅相もない。殿は、お勝ちになりました。それすら、私には驚きでございます」

「ほう、私が負けると思っていたのか、石岐?」

「百万を超えておりました。それは、いままでに見たこともない軍勢であります。正直、勝敗の行方はわかりませんでした」

「運がよかったのだろう」

「力です。力で、殿は勝たれました」

「まだ、勝ってはおらぬ」

「そうですな。ところで、荀彧殿には、どれぐらいの時を与えられました?」

「三月」

「長安では、王允が董卓の残党に首を刎ねられました。李傕をはじめ、董卓の部将どもが勝手放題をやっております」

「呂布がいたであろうにな」

「その呂布には、長安を守る気などなかったようです。麾下五百だけを連れて、義勇の軍でもやるつもりのようです」

「不思議な男だ」

「あの男は、誰にも飼い馴らせませぬな。殿のもとに流れついてきたら、どうされます？」

「会ってみるまで、それはわからぬ」

「乱世と感じるようになって、五年、六年は経っております。この乱世はまだ続くでありましょうが、それぞれの人の顔は見えてきましたな」

孫堅が死んだ。董卓も死んだ。そしてまた、鮑信も。消えて行った者もいるが、生き残った者もいる。

確かに、石岐の言う通り、生き残った者の顔も見えはじめてきている。

「呂布が気になるのか、石岐？」

「欲がありません。そういう男が、なにかを動かすことがよくあります」

「ほかには？」

「劉備、あたりですかな」

「そうか。気になるか」

「こちらは、巧みに欲を隠しております。徐州、予州の賊徒の平定で軍功を立ててはおりますが、郡の太守などとんでもないという態度で」

「あの男は、なにを得ようとしているのだろうか。時々、それを考える」

「とんでもないものを得ようとしている、と思っておられますな」

「私が、思いつきもしないものをだ。そしてそれが、気づいた時はとてつもなく大きくなっているのではないか、とも思ったりする」

「徳の将軍として、名を知られるようになっております」

「たった千二百ほどの手勢で、将軍か」

「おかしなことに、一万二千を率いている将軍より、名は知られているのですな。どこかの地に拠って兵を集めれば、一万二万は集まると思うのですが、それはむしろ避けているという感じに見えます。流浪が好きとも思えぬのに、流浪を続けておりますし」

「一、二万は集まるか」

袁紹や袁術のもとに人が集まるのは、袁家という、何代にもわたる名門の声望があるからだ。ほかの将軍たちも、それなりの名門であったり、金を持っていたり、権力を持っていたりしている。

劉備は、ただの筵織りだという。曹操がはじめて会った時は、百名の義勇兵にすぎなかった。それが数年で、その気になれば一、二万の軍勢を集められるようになり、ちょっとした将軍より名も売れている。これは、もしかすると大変なことではないのか。

飛躍の秋を待っている男。そう思うと、薄気味の悪い存在に見えてくる。

「劉備は、まだ動きますまい。誰が生き残るのか、もっと見きわめるつもりでありましょう」

「呂布は、すぐにも動くか」

「背中を押す者がいれば」

「孫堅の伜は、どうしているのだ？」

「袁術の部将でしょうな」

「劉焉は？」

「益州を、別の国にして、漢王室を移すつもりか、このままでいようとしているのか、よくわかりません。ただ、もう老齢です」

「長安は、どうなる？」

「食い合いでしょう。董卓の部将たちだけあって、帝に手をかけかねません」

漢王室は、すでに滅びたも同然だった。しかし、まだ利用価値はある。帝を推戴すれば天下に号令できる、と曹操に言ったのは荀彧だった。

「そうか、石岐が気になるのは、袁紹、袁術、公孫瓚ではなく、呂布や劉備か」

「一番気になるのは、殿でございますよ」

「私は、袁紹とむかい合えるようになるまでに、あと三年はかかると思っている」

「荀彧殿の交渉がまとまれば、殿はその時から袁紹、袁術に並ぶ将軍となられます。立場の取り方が、難しくなってきますぞ」

石岐が笑った。

この男の笑顔を見たのは、はじめてだったという気がした。

4

三月が経った。

曹操は、典韋に呼ばれて、外へ出た。この三月は、攻城戦をしていたようなものである。半数の兵を防備に当て、残りの半分は調練と休息だった。

兵が増えることはなかったが、馬はかなり増やし、騎馬隊五千になっている。東武陽の陳宮が、意外な商才を発揮して、馬から武器まで集めてくるのだ。兵糧も、さらに増えているのだという。

典韋とともに、馬に乗り、前線の柵のところまで行った。柵はさらに補強され、入り組んだ迷路のようになっている。兵を遊ばせていることを、曹操は好まなかった。

「殿、あれでございます」

典韋が指さした。

岩山の頂上のところから、旗が横に突き出されている。色さえもはっきりしない。襤褸のような旗だった。

部将たちも集まっている。

「柵で備えている弓手を半里（約二百メートル）退かせろ」

夏侯淵に命じた。夏侯淵の馬が駈けていく。すぐに、数千の兵が半里退いた。

やがて、岩山に人の姿が現われた。最初にひとり。それから五人。曹操は、柵の一カ所を開けさせ、三十名ほどの護衛と柵の外に出た。明らかに、降伏の旗と見えたからだ。

五人の後ろから、輿のようなものが担ぎ出されてきた。横たわった人が載せられている。まだ遠く、人の顔は定かではなかった。

しかし、輿で横たわっているのは、荀彧だろう。死んだか、と曹操は思った。岩山から降りてくる一行は、葬列のようにさえ見えた。輿の後ろに、さらに二十名ほどが続いた。

典韋が、曹操の前に馬を出した。罠かもしれず、それなら、楯になろうと考えたのだろう。側に置く者として、曹操は典韋を気に入りはじめていた。無駄な口は、いっさい利かない。

輿の一行が、岩山を降りてきた。

みんな痩せ、眼だけが飛び出したように大きく、異様な光を帯びている。老人もいた。

一行は立ち止まると、輿を降ろした。荀彧を抱えあげる。死んではいない。曹操はそう思った。両脇から支えられて、荀彧が立ちあがった。やはり頬がこけ、眼が飛び出している。鬢のところが、白くなっているのを見て、曹操は胸を衝かれた。

「ここにいる三十名は」

荀彧は、力をふり搾って声をあげているようだった。

「青州黄巾軍の頭をつとめる者たちです。降伏の話し合いに伴いました」

「胡床（折りたたみ椅子）を三つ運べ」

曹操は言った。『曹』の旗。旗手も後ろに立たせた。胡床が運ばれてくる。

「荀彧を、まずかけさせてやれ」

荀彧が座り、曹操も胡床に着いた。

「張毅殿、胡床をとられよ」

荀彧が言い、前へ出てきたのは、白髯の老人だった。

「この者は、教祖ではございません。すでに信者のみが中黄太乙（太平道の神）を心の中に仰いで、生きているのです。この者も、背後に控える者たちも、信徒をまとめている者たちだとお考えください」

「わかった」

曹操は、老人と眼を合わせていた。死ぬことを、こわがっている眼ではなかった。

「中黄太乙に対する信仰を、許されるのかどうか、この者たちにお伝えください」

「人はみな、平穏に生きたい。子を育て、畠を耕し、実りに感謝したい。その心は、私にもわかる。太平道が徒党を組んで賊徒にならず、中黄太乙が心の拠りどころであるかぎり、私はそれを禁じはしない。太平道にかぎらず、中黄太乙が心の拠りどころである信仰は、すべて同じだ」

老人は、ずっと曹操を見つめている。

「この者たちは、戦の責めを負って、首を差し出すと申しております」

「誰も罰せぬ。黄巾軍の戦は、私欲によるものだと私は思っておらぬ。もし講和が成るのならば、罰することになんの意味がある。誰にも罪はない。強いて言えば、この国の政事こそが罪を負うべきであろう」

老人の表情は動かなかった。ほとんど瞬すらもしていないように見える。

「青州から溢れ出してきた者たちは、青州に帰してもよろしいでしょうか？」

「帰農せよ。日々の営みに戻れ。田畠は荒れ、二、三年は苦しいであろうが、それをしのぐのも人の生だ。私は、青州の政事を司ってはおらぬ。東郡の太守にすぎぬ。したがって、青州に対してなんの約束もしてやれぬ。もし私が青州の政事を司るようになった時は、民が平穏に暮せるために力を注ごう。その民は、すべての民だ。太平道の信徒であろうとなかろうと、民は民だ。私が言えるのは、そこまででしかない」

「五万の兵を、曹操軍に差し出せると申しております。しかし、五万を分散させないでいただきたい。この者たちの希望は、それでございます」

「青州兵として、独立の軍勢を組織しよう。軍律は、変らず。逃亡は死。軍令違反も死。そして、『曹』の旗を掲げよ」

老人が、かすかに頷（うなず）いたように見えた。曹操は、老人の背後にいる者たちを見回した。みんな、食い入るように曹操に眼を注いでいる。

「一年に一万ずつ、その青州兵に加えていきます。降伏の条件は、それでよろしいでしょうか？」

「降伏ではなく、講和である。私は、そう受け取る。わが軍に加われば、戦をしなければならん。死ぬことも多い。しかし、十年つとめて生き残った者は、望めば帰郷を許そう。十年後に、私は十五万の青州兵を擁（よう）していることになる。それ以上は増やさぬ」

はっきりとわかるように、老人が頷いた。それには、どこか諦（あきら）めと哀（かな）しみが湛（たた）えられているように思えた。若い男を、兵として徴発される。それはどこにでもあることだ。

「私の条件に、なにか不服があるか？」

「ありません」

老人の声は低く、しかし底に強い意志のようなものを感じさせた。

「寛大な条件で、お許しをいただいたのかもしれません。われらとしては、一日も早く曹操様が青州の地を支配されることを望みます。信仰がなにか、理解していただけるお方に、はじめて会ったという気がします」

「私の方から、訊きたいことがある」

曹操が言うと、荀彧の全身に緊張が走るのがわかった。

「ここにいる者たちは、黄巾軍の頭であろう。そして、荀彧が出した条件を呑むことを承知したのであろう。しかし、それは頭が承知したことにすぎぬ。ほかの者たちは、どうなのだ？」

「すべて、承知をしております。荀彧殿はまずわれらに講和のことを話され、われらは信徒の中で力を持っている者たちを集めて、話を伝えました。その者たちはまた、信徒を集めて話を伝えました。そうしてくれるように、という荀彧殿の御希望でありましたので。信徒の間からは、疑問、不安、不満、怒り、さまざまな思いが出て参りました。荀彧殿は、そのひとつも押さえようとされず、自ら出向き、信徒と話し合われました。百人、二百人と、一日に五度も、十度も。そして、昼も夜もです。荀彧殿が倒れられてからは、信徒の方がやってきました。それも、荀彧殿が望まれたことです」

どこかの将軍が率いる軍を相手に、降伏の勧告に行ったのではないことを、荀彧はよく理解していたようだった。曹操が望んだ通り、民を相手の話し合いをしている。

「明日の信徒たちの姿を、一年後の姿を、十年後の姿を、荀彧殿は根気よく語られました。子供らが成長した時の姿まで。甘いことは、ひと言も申されません。むしろ厳しいことばかりで。納得した信徒もいれば、受け入れられないという者もいます。しかし、なんの話だかわからない、という者はおりません」

「そうか」

「命ぎりぎりのところまで、荀彧殿は粘り強くそれを続けられました。荀彧殿がこのまま死なれるのではないか、とわれらは心配したものでございます。そうなっても、決して情に訴えようとはされず、理を尽して語られました。わずかに、受け入れられないという考えを持つ者も、全体の決定には従うと申しました。それも、荀彧殿の話に、曖昧なものがなにひとつなかったからでございましょう。この講和は、われら青州黄巾軍の総意、と受け取っていただいてよろしゅうございます」

「わかった。いまのことはすべて、竹簡（竹に書いた手紙）に認めて届けさせよう。早速、五万の兵をここに並べて見せてもらいたい。武器はいらぬ。兵のみでよい」

「かしこまりました」

老人が、片手をあげた。

岩山のそこここから、人が現われ、降りてきた。みんな一様に痩せ、眼だけが光っている。着ているものも、粗末だった。

「夏侯惇」

曹操は大声で呼んだ。夏侯惇が、馬を駆けさせてくる。

「この五万は、わが軍に加わった。おまえが指揮をして、速やかに東武陽にむかえ。陳宮には、伝令を出しておく」

「かしこまりました」

五百ほどの兵を率いて、夏侯惇は五万の軍勢を整列させた。訓練は受けている兵らしく、集団で動くことには馴れているようだった。

「殿」

荀彧が言った。曹操は、ただ頷いた。

「二、三日、お待ちいただきたい、張毅殿。それから、ゆっくりと青州に帰られればよろしかろう」

老人が頷き、一礼して立ちあがった。五万の軍は、すでに動きはじめている。

老人たちが去り、五万も去ると、静けさだけが残った。

「御苦労だった、荀彧」

白くなった髪が、痛々しかった。

「ゆっくり休め。ずいぶんと痩せた。粗末なものしか口にしていなかったのであろう」

「それでも、自分たちが食している以上のものを、彼らは私に与えました」

「苦しい戦が、ひとつ終った」

「学びました、いろいろなことを」

一人に抱えあげられ、荀彧は陣屋の方へ運ばれていった。

三日目の朝、夏侯惇が戻ってきた。

東武陽に蓄えてあった兵糧のすべてを、五万の軍勢が運んできたのである。

陳宮も、慌てて飛んできた。

「あの兵糧を、賊徒どもに与えるというのは、まことでございますか、殿？」

「よく集めてくれた、陳宮」

「私は、賊徒のために集めたのではございません」

「いいのだ、いまは」

「しかし」

「兵糧は、また集められる。なにしろ、おまえがいるのだからな」

曹操は、声をあげて笑った。

「あの張毅という老人をはじめ、二百名ほどの者が、お礼を申しあげたいと控えておりますが」

典韋が入ってきて言った。

曹操が出ていくと、平伏していた二百人ほどが、一斉に顔をあげた。

「張毅、礼などはいらぬ。政事がまだ定まらぬ。それに対する、私の詫びの品だ。私はまだ小さく、これだけのことしかしてやれぬ。なんとか、一年はしのげよう。その間に、荒れた田畠を耕せ。青州を、豊かな土地にしてくれ」

張毅の眼から、涙がこぼれ落ちてきた。それは頰を伝い、顎のさきから滴り、とめどなく流れた。

「われらは、陣を払う。再び会うことはないかもしれぬ。願わくば長命を保ち、青州の地がどうなるか、その眼で見届けてほしいと思う」

張毅が、かすかに嗚咽を洩らしながら平伏した。

十月の終り、曹操は帰還し、濮陽に本営を置いた。曹操軍、八万である。兗州牧に任ずる、と袁紹から知らせが来た。部将たちは怒っていたが、曹操はとり合わなかった。

これで、袁紹、袁術に並んだ。気持としてはそうだが、青州兵が十五万に達するのは、十年後である。袁紹、袁術が組めば、まだ対等には闘えない。

ただ、二歩も三歩も、天下に近づいた。

「青州兵は、日に日に、精強になっていきます。数カ月で、見違えるようになりましょう。もともと、訓練は受けている兵ですから」

青州兵の調練を任せた夏侯惇が報告に来た。

陳宮には、馬を集めさせている。

騎馬一万。曹操はそう考えていた。

黒きけもの

1

劉備は、戦に明け暮れていた。

動いたのは、主に予州である。賊徒が侵入すると、郡の太守から救援の依頼がある。ほとんどが、手勢の千二百で追い払える程度の、小さな叛乱ばかりだった。予州汝南郡に、駐屯していることが多かった。兵糧や武具は、救援を依頼してきた郡で、いくらでも手に入れることができる。馬も五百頭になり、動きのいい軍という評判も立っていた。

それでも、流浪に違いはなかった。

どこかの郡を拠点にして立つ、ということは無理な話ではないだろう。賊徒や黄巾軍の叛乱が頻発しはじめてから、力のある将軍を求めている地域は多いのだ。

郡の太守となり、頭角を現わす。それでも、袁紹や袁術や劉表などには追いつけるはずもないのだ。有力な将軍に都合のいいように使われ、脅威を与えるほど大きくなると、潰される。潰されれば、また流浪の軍である。

長安で、董卓が呂布に殺され、王允の政権になったと思ったら、すぐに李傕が長安を落とした。いま、帝は李傕の手中である。帝が戦や権力闘争の具に使われることに憤りを覚えても、すべては劉備から遠いところで起きている出来事にすぎなかった。

力のある者が、大きくなっていくのは難しくない。袁紹や袁術の勢力は大きくなる一方だし、北では公孫瓚が幽州牧の劉虞と対立し、圧倒しつつあった。

公孫瓚からは、常に誘いが来る。しかし、深入りは避けていた。そうでなくても、公孫瓚とは盟友と思われている。これ以上近づくと、自分の意志がどうであろうと、公孫瓚の部将と人には見られるだろう。公孫瓚は、袁紹とも対立していて、いずれ本格的にぶつかることになるはずだ。

袁紹とは一度やり合ったが、それを忘れたような誘いが、何度も来た。袁紹は、なぜか異母弟の袁術と対立していて、袁術の拠点である南陽郡の近辺にいる武将は、みんな味方に引きこもうとしているように思えた。

兵力では、袁紹と袁術である。勢いのいい者もいた。長沙の孫堅がそうで、北上して荊州牧の劉表を討ち、袁術と二人で荊州から揚州を支配するのではないか、と見られていた。孫堅は、袁術さえも倒すつもりで、北進の兵を挙げた、と劉備は思っていた。その孫堅も、流れ矢に当たるという、つまらない死に方をした。

勢いに身を任せすぎたのだ、と劉備は思っていた。

劉備にも、勢いがないわけではなかった。どこかの地に拠って兵を募れば、一万は集められる自信はある。しかし、流浪を選んで、自らその勢いを殺した。勢いだけで出ていくには、いまはまだ群雄が多すぎる。

野心を持たない将軍として、予州や徐州で劉備の名は上がりつつあった。かたちのあるものを求め、連携の対象にされたり、はっきり敵と認識されることは、いまは避けた方がいい。かたちにならないものでも、いずれ力にはなる、と劉備は思っていた。

「兄者、兗州の結着がつきましたぞ」

関羽が、陣屋に戻ってきて言った。劉備の駐屯地は、騎馬が多い分だけ大きく、いつも二千人規模のものだった。関羽と張飛は、劉備と同じ陣屋にいる。

「青州黄巾軍が、曹操に降伏したそうです」

心に、大きな動揺が走った。

「座れ、関羽」

動揺を関羽に気どられないように、劉備は言った。

青州の黄巾軍百万が、兗州に侵入したのは春だった。郡の太守どころか、兗州牧の劉岱までひと呑みにしたのだ。たとえ袁紹であろうと、冀州の防衛で手一杯で、鎮圧など及びもつかないだろう、と言われていた。

袁紹からは、劉備にまで出兵の催促が来た。手当たり次第に、催促したのだろう。袁紹が出兵しないものを、ほかの誰も出兵するはずもなかった。

ところが、賊徒を討伐して東郡太守となっていた曹操が、果敢な出兵をしたのである。

曹操は、董卓が洛陽から長安に都を移した時に、わずか五千の兵で無謀な追撃をやった。一敗地にまみれた曹操は、負けたと群雄の前で言った。負けたが、闘って負けたのだと。そして、闘わずして負けた者とは訣別する、という言葉を残して去ったのだ。

その曹操が、わずか三万で百万の黄巾軍にたちむかうと聞いて、その勝ちを予測する者などいなかった。果敢な性格はいいが、無謀すぎるというのである。

劉備は、曹操が果敢なだけの男だとは思っていなかった。もっと深い、なにかを持っている。恐るべきものを内に秘めながら、果敢を装っているだけだ、と思っていた。

勝算があるのかもしれない、という気がしていた。そして実際、激戦に激戦を重ね、黄巾軍の主力を済北に追いつめ、対峙を続けていたのだ。激戦の中で、かつて盟友であった鮑信を死なせている。

済北に追いつめたと言っても、兵力の差は百万と三万である。緒戦に勝ったのは幸運で、いずれ負けるという見方は変らなかった。

しかし、黄巾軍は降伏したのである。兵糧で締めあげたのか。三月の対峙は、異様に長いもののように劉備には感じられていた。

「百万を、たった三万で破ったか」

「降伏の交渉は、かなり長く続けられていたようです。太平道の信徒の信仰は認める、ということで、落ち着いたようです」

「やはり」

「兄者は、それを予測されていましたか？」

「いや、方法としては、それしかあるまい、とは思っていた。しかし、できはしないだろうとも思っていた。曹操殿は、実に思いきった賭けをされた」

「降兵の中から精鋭を選び出して麾下に加え、曹操軍は八万にふくれあがったようです。袁紹も、兗州は曹操のもの、と認めざるを得なくなったようです」

飛躍。その機を、曹操はじっと待っていたに違いない。そして、最も危険な賭けに挑んだ。信仰を認めよう、ということは、賭けに挑む決断とともにあったのだろう。

誰ひとりとして、なし得なかったことだ。黄巾軍と聞けば、鎮圧という言葉しか出てこない。劉備もそうだった。

曹操はなぜ、賭けに踏み切ることができたのか。兗州を領したとなれば、八万の軍はやがて十万に十数万にとふくれあがっていくだろう。

十万の兵を集めることはたやすいとも言える。名や、利や、大義があればいい。しかし、十万の兵を養い続けるのは至難である。少なくとも、州のひとつは必要だろう。

それをやっていたのは、袁紹、袁術と、益州に籠った劉焉ぐらいのものだ。

そこに、曹操が入ったのか。

劉備は、曹操勝利の知らせを聞いて動揺した、自分の心をふり返った。

袁紹、袁術は、もともと雲の上にいるようなものである。しかし、曹操は西園八校尉（近衛師団長）だったとはいえ、わずか五千の兵で出発した。孫堅は、二千余の義勇兵からの出発である。わずか数十とはいえ、関羽、張飛という、どこにいても一軍の将となれる豪傑を従えて出発した自分と、あの二人は近かったという気がする。

孫堅は死んだ。青州黄巾軍百万と闘うことで、曹操も死ぬだろう、とどこかで思っていなかったか。いや、曹操の死を願ってさえいなかったか。

「関羽、私は人間が小さい、という気がしてきた。曹操殿のような決断が、うまくできないのかもしれない」

「なにを言われる、兄者。いつも、思いきった戦をされるので、私ははらはらしながら見ているのですぞ」

「このままでいいとは、私も思ってはおらん。私には私のやり方がある。そう思っても、曹操殿の勝利を聞くと、心が乱れる。情けないものだ」

「いまは、かたちのあるものを求める時ではない。兄者はそう言われ、私も張飛もそれを納得して、賊徒との闘いに甘んじています。いいではありませんか。大将軍の何進が死に、宦官が誅滅され、董卓が専横をきわめていると思えば、あっさりと殺される。代った王允も、また殺される。乱世なのです。そこで、漢王室の再興の夢を抱く兄者は、立派だと私は思っています。こんな時は、誰もが強い者につきたがる。兄者は、決してそれをしようとはされぬ」

「よいのか、賊徒との闘いで？」

「いまは、どこへ行っても、客将以上の扱いをされます。それは、兄者が守り続けてきた、誇りがあるからです。漢王室のために闘う。だから少数でも、漢王室以外には臣従はしないという誇りは、もはや誰もが認めているところではありませんか」

「私は、いい弟を持ったな」

「時々弱気になる。兄者の欠点のひとつですな。ただ、弱気になった時は、私と張飛をほめてもくださる」

関羽が、見事な髭を撫でながら、大声で笑った。

難しい戦はなかった。兵は調練をくり返している。騎馬は五百になった。

いま、自分はこれでいいのだ。曹操がどう飛躍しようと、自分は自分だ。人には、それぞれ与えられた秋がある。その秋を、曹操は見事に摑んだのだ。

洪紀が、五十頭の馬を届けてきたのは、その年の終りだった。

「青州を通過するのが骨だろうと思っていたのですが、徐州の方がずっと大変でした」

洪紀は、劉備の軍に馬を供給し続けてきた。白狼山の麓で、数百頭の馬を飼っているのである。烏丸族の成玄固の一族と共同ではじめたことだった。それまでやっていた仕事の規模を、さらに大きくしたのである。いずれ、数千頭の馬を飼う、と言っている。

成玄固も陣屋にやってきて、酒盛りになった。

「天帝教というのが、徐州にはあるのですね。私は、太平道とか五斗米道というものしか知りませんでしたが」

「闕宣という者が、下邳で叛乱を起こしたという話だったが」

「それはもう、どうしようもない略奪で、運ぶものが馬でなかったら、私も奪われていたでしょう」

「そんなに、乱れていたか？」

「州牧の陶謙というのが、一緒になって略奪をしているのですよ。部下に天帝教の信者の身なりをさせて。私も、ちょっとびっくりしましたが、知り合いの商人が、そう教えてくれたのです。最後は、はっきりと州兵とわかる者たちに、追われました」

　徐州は、さまざまな問題を抱えていた。豊かな土地だが、それだけに各地に豪族が育った。その豪族たちは、自立の意志がかなり強いのだという。劉備に賊徒の鎮圧を依頼した豪族も、やはり自身で二千余の私兵を抱えていた。陶謙に救援を頼まなかったのは、部将にされたくなかったからだろう、と推測できた。

　それに、よそから流入している人間が、相当に多いはずだ。青州、兗州の戦乱を嫌った人間が、みんな徐州に流れこんだのである。

「とにかく、人を乗せていない馬は、なによりも速く駈けることができますのでね。それで逃れられたようなものです」

　洪紀は、二歳の赤子の父親だった。話がそれに及ぶと、恥しそうにしながら、よく喋った。

　成玄固の村も、百人ほどが兵になり、近隣の村と力を合わせて、賊から村を守っているのだという。

「先生は、大きくなられました。五十人ほどで涿県を出発された時のことを、よく思い出します」

「いやいや、私は結局大きくなれずにいる。恥しいかぎりだ」

「なにを言われます。先生の弟子というだけのことで、私は公孫瓚様には特別の知遇をいただいていますし、道中でも、よく先生の噂を聞きました。私心のない、立派な将軍で、ひたすら賊の平定に力を注いでおられると」

「関羽や張飛や、そして成玄固がよく働いてくれるからだ」

「幽州では、公孫瓚様が、州牧の劉虞様とうまくいっていません。劉虞様は、烏丸の賊徒をまともに扱いすぎておられます。公孫瓚様は、賊徒を打ち払うのに、力をお貸しくだされたこともあるのです」

幽州も、緊迫している。それは、公孫瓚からの執拗な誘いでもよくわかった。いずれ、劉虞とはぶつかるだろう。

劉備は、人をやって、徐州の情勢を調べさせることにした。そういうことを調べてくる人間を、ひとり雇っていた。応累という三十歳ぐらいの男である。報酬はかなり払わなければならなかったが、応累が調べたことで、いままでに間違ったものはなかった。

その応累が戻って報告に来たのは、年が明けてからだった。

天帝教の叛乱をそそのかしたのは、陶謙かもしれない、と応累は言った。しかし教祖の闕宣は、年が明けてすぐに、陶謙に殺されている。

「潰したい豪族がいたのでしょう。うまく天帝教を利用しました。もうひとつ陶謙にはおかしな噂があって、昨年の青州黄巾軍の蜂起の折りに、兵糧を黄巾軍に送っていたというのです。青州との境界は徐州が最も長いのに、一兵も黄巾軍は徐州に入っていません」

「陶謙は、なにを望んでいるのかな？」

「徐州を領して、私腹を肥やすことでしょう。政事の評判も、かんばしくありません」

頷き、劉備は報酬を与えようとした。

「受け取る前に申しあげますが、劉備様は私を臣下にしてくださるお積りはございませんか？」

「なぜ、私の臣下になりたい？」

「働く場所を、一カ所にしたいのです。これからは、さらに戦が増えます。私の仕事は、複雑になります。明日にでも、陶謙に呼ばれて、劉備様のことを調べる仕事を与えられることもあり得るわけで」

「おまえの、間者としての腕は悪くない、と私は思っている。もっと勢力のある将軍のもとに、なぜ行かぬ」

「袁紹や曹操は、何十人という間者を抱えています。袁術という男のために働く気にはなれませんし、つまり劉備様を見込んでお願いしているというわけで」

「しかし、臣下となれば、間者にはなれまい」

「私が臣下と申しあげたのは、毎月決まったものを頂戴したいという意味です。それで、劉備様の仕事だけができますので」

「なるほど。そういうことか」

「やがては、私のような者が、もっと必要になりますぞ」

「袁術や曹操の間者に負けぬ、という自信はあるか？」

「あります」

こういう男は、必要だった。しかし、まだ流浪の軍でもある。

「私は、どこにいるかはわからぬぞ。しかし、おまえが望むなら、毎月決まったものを受け取りに来い」

かなり秘密を握られる。なにを調べるかで、こちらが考えていることも予測できる。

「裏切りは許さぬぞ、応累」

「はい。ですから、臣下と申しあげました。主を裏切ることは、私にはできそうもありませんから」

「わかった。私はおまえを、今日から臣下に加えよう」

「ありがとうございます。決して無駄な金を使ったとは思わせません」

「命じたこと以外でも、私に知らせた方がいいとおまえが判断すれば、知らせに来い。そのたびに、報酬を払おう」

「私は、金は辞退いたしませんぞ、殿。金が好きなので、自分をなにかで縛っていなければならないのです」

眼（め）の細い、肥（ふと）った男だった。どこか、人の警戒心を緩（ゆる）ませるところがある。

応累が去ると、劉備は別のことを考えはじめた。

袁紹と曹操が、手を結ぶことはあるのだろうか。もしそうなれば、突出した最大の勢力ということになる。

しかし、お互いに相手の下風（かふう）には立ちたくないと考えるだろう。

まだまだ、複雑に動く、と劉備は思った。

2

仕掛けたのは、袁紹の方だった。荊州の劉表に、袁術の南からの糧道を断たせたのである。袁術は当然、それを読んで北へ攻めてくるはずだ。袁紹は、すでに曹操に出兵の要請をしてきていた。

こちらの力を使って、袁術を痛めつけるのがひとつ。こちらの今後の態度を探るのがひとつ。曹操は、袁紹の肚をそう読んだ。

従わなければ、袁術は後回しにして、先にこちらを潰しにかかるかもしれない。八万の兵力を擁した自分は、袁紹にとってはかなりの脅威のはずだ、と曹操は思った。ここまで大きくしようとは考えていなかっただろう。

しばらくは、袁紹に従うふりでもしているか、と曹操は呟いた。

「なにか？」

そばにいた典韋が、聞きつけてそう言った。

「いや、いま濮陽にいる部将を集めてくれ」

「かしこまりました」

典韋が出て行き、しばらくして集まってきたのは、夏侯淵、荀彧、陳宮という者たちだった。濮陽に入ってから近づいてきた者は、かなりの数になる。その中から部将が何人か育つだろうが、いまはまだ取り立てていなかった。一度でも戦を経なければ、ほんとうの力量は見えてこない。

「袁術が、北上してくる」

そのことはもうみんな知っていて、驚く者はいなかった。

「冀州をひと呑みというつもりだろう。十二万の軍勢だそうだ。袁術は、公孫瓚を動かして袁紹の北を脅かそうとしたようだが、公孫瓚は劉虞と対立していて幽州を動けん」

「それで、殿はどうなされるおつもりですか？」

「冀州への道筋。多分、陳留あたりを通るであろうな。どう思う、夏侯淵？」

「まず、通ります。できれば、殿と組んで、袁紹に当たりたいとも考えているでしょう」

「西園八校尉であったころから、私は袁術をよく知っている。まず、組んでいい相手ではない」

「ならば、黙って通されるのですか？」

「いや、兗州で打ち払おうと思う」

「もともとは、袁紹、袁術の兄弟喧嘩ではございませんか」

陳宮が言った。荀彧は黙って聞いている。袁紹と袁術では、武将としての力量は大違いだった。袁術にも兵が集まるのは、袁家の嫡流だからだ。袁紹のことを、常に妾腹と馬鹿にもしている。

「いまのところ、袁紹と対立したくない」

「だからと言って、兄弟喧嘩に口を挟むことはない、と私は思います。黙って通す方が、まだいいのではないでしょうか」

「そうもいかぬ。敵対の意志あり、と袁紹は思うであろうしな」

「そうですか。殿の決定ならば、私もこれ以上は申しあげません」

陳宮は、軍略より商才の方があるようだった。濮陽城の倉には、兵糧が蓄えられはじめている。

「とにかく、軍を整えろ。六万でよい」

「かしこまりました」

三人が出ていった。

荀彧がまたやってきたのは、かなり時が経ってからだった。

曹操は、従者も退がらせた。

「さてと、どういう意味の戦なのでしょうか、殿？」

「袁術を、もう少しまともな武将にしたいのだ。そのためには、戦をして、袁術を動かすしかない」

「南陽郡は、確かに地の利はありません。南に劉表がおりますから」

「寿春あたりに、袁術が拠るとしたら？」

「それは、揚州から荊州の一部まで力を持つことになりましょう。しかし、それほどうまくいきますか？」

「兄弟だという甘えは、袁術の方にある。本気で戦をする気はない、と私は見た。袁紹に、自分の力を見せつけようと考えているだけだろう。しかし袁紹は、本気で袁術を叩き潰す気だ」

「その両方に、利用されたくないということですな」

「それに、兗州を守るには、どこを扼すればいいか、実地に確かめたいとも思う」

「わかりました。袁紹のように、人を利用しようとばかり考える男に、ひと泡吹かせるのは、痛快なことだと私は思います。しかも、袁紹に従ったふりをしてそれができるのなら」

「おまえの仕事は、袁術の逃げ道を作っておくことだ。わかったな？」

「はい。とにかく、緒戦だけは、本気で闘っていただかなくては。十二万の軍です。侮れません」

「わかっている。私も、戦を甘く見てはいない。しかしこれからは、戦の虚実も使い分けなければならん。生き残るための戦ではないのだ。力を得ていくための戦なのだからな」

「戦の虚実でございますか」

「そうだ。闘うことには、意味がある。誰もが納得する意味が必要だ。しかし、裏にまた別な意味がある」

「わかりました。とにかく、私は袁術の逃げ道を作ります」

「ところで荀彧。おまえは陳宮とはうまくいっていないようだな」

「才が走りすぎる時があります。そういう時に、信用してはならない、という声がどこからか聞えるのです」

「わかる気もするが、その才で濮陽の倉も豊かになっている。うまくやれ、とどちらに言うべきか迷ったが、おまえに言っておくべきだろう、やはり」

「恐れ入ります。殿に言われなくても、うまくやろうという気は持っております」

袁紹を攻めにきた袁術に、曹操が襲いかかれば、袁術は意気阻喪する。当たり前だった。無理に突破すれば、袁紹と曹操の挟撃のかたちの中に入ることになる。すると次になにをやるか。南を劉表に塞がれた南陽郡に戻るより、安定した拠点を求めて動こうとするだろう。負け戦を利用して新しい拠点を求めるぐらいのことは、袁術でもやる。だから、袁術を助ける戦でもあるのだ。袁術が潰れれば、袁紹は袁家の声望を一身に集め、さらに大きく飛躍することになる。

濮陽には、人材が集まりはじめていた。それは、曹操が天下争覇の一翼を担っていると見られはじめたことでもあった。

思った通り、袁術軍は陳留に入ってきた。そのまま北上して、信都を衝こうという構えである。主力は封丘に陣を敷き、そこには黒山の賊の残党と、南匈奴の単于(王)於夫羅も合流した。於夫羅は、内乱で国を離れ、数千騎で流浪していた。賊徒と変らないこともやっているが、率いている騎馬隊はさすがに精強だった。

「まず、匡亭にいる二万を攻めよう。袁術は必ず救援に来る。そこで、全軍を当てる。青州兵の力量を測るいい機会だ」

騎馬隊五千と、歩兵五千だけで匡亭を攻めた。歩兵で一度攻撃をかけ、しばらく時を置いたので、救援の要請は封丘の袁術に届いたはずだ。騎馬隊は夏侯淵に任せ、匡亭の軍を蹴散らさせ、歩兵で掃討させた。

封丘の、袁術の全軍が動きはじめた。

曹操が率いている五万の歩兵は、すべて青州兵だった。待ち構えて迎撃するのではなく、二万を大きく迂回させ、長くのびた袁術軍の側面を衝かせた。青州兵の動きはよかった。指揮官の命令がある時は、その通りに動く。命令が伝わらない時は、自分で判断して動く。それもできるようだ。

三万を正面から当てると、袁術軍は総崩れになった。ここで戦になるとは考えていなかったはずだから、兵の気持も定まっていない。崩れはじめると早く、それでも袁術は潰走する軍をうまくまとめて封丘に戻り、城に籠ろうとした。追った青州兵五万は、速やかに封丘包囲の構えを作った。それでも一カ所は開けてある。そこから兵が逃げはじめ、全軍が襄邑にむかった。追撃する、青州兵の方が速かった。馬上で指揮する曹操が驚いたほどである。襄邑に留まる余裕は与えず、太寿の城まで追いこんだ。ここはあらかじめ、荀彧が掘割の水をせき止めさせている。堰を切って城に水を注ぐだけで、袁術は逃走した。

唯一、於夫羅の騎馬隊だけが、夏侯淵と激戦を交えたようだ。於夫羅は約三千騎。

兵力の差で散々に打ち破られたが、よく闘ったと夏侯淵は報告してきた。

とにかく、十二万の袁術軍を、追いに追った戦になった。

袁紹には、大勝の報告の使者を出した。

袁術は、遠く逃げ去って兵をまとめ、そのまま揚州刺史が拠る寿春に鉾先をむけ、攻略した。曹操が思った通りの動きをして、寿春に拠点を移したのである。

大勝の報告を受けた袁紹は、祝いの品を届けてきたが、袁術が寿春に拠点を移したのを見て、内心舌打ちしたい気分だっただろう。寿春なら、荊州の劉表に牽制させることはできない。

袁術を冀州まで引き入れ、曹操と挟撃する。それならば、袁術に逃れる道はなかった。名門の誇りが、領地を踏み荒らされることを肯んじさせなかったのか。それともやはり、人に闘わせて自分は見ていようという、袁紹のいつもの癖が出たのか。

とにかく、青州兵の闘いは見事だった。

この青州兵百万に、たった三万で闘いを挑んだ自分を思い返すと、肌に粟を生じる。それでも、闘い、苦しみ抜いたが、勝ったのだ。

濮陽に戻った。

民政は荀彧に任せ、兵の調練や武具の整備などは、それぞれ部将に任せた。

曹操は、人に会うのに忙しかった。人材は、いくらいても足りない。会って、臣下に加えることに決める。決めても、そのままにはしておかなかった。召し出して、喋ってみる。政事について、領国の経営について、軍事について、時には詩の話に及ぶ時もあった。話すことで、その人間の才能を発見できるかもしれないのだ。

はじめは、民政に適しているだろうと思った陳宮が、意外な商才を発揮した。一緒に兵糧を守っていた荀彧が、講和の交渉のために三月留守にしている間に、陳宮はかなりの兵糧を増やしたのだ。高い時に兵糧を売って、別の安いものを買い、安いものが高くなった時に、兵糧と買い替える。それだけで、兵糧が倍近くになったりもする。

兵糧が高く売れる。安いものが高くなる。そういうものを見通すのは、一種の才能だった。失敗もするかもしれないが、全体としては利があがればいい。

荀彧どころか、陳宮ほどの才を持ったものも、なかなか見つからなかった。

忙しくしていただけではない。

徐州琅邪郡に使者を出した。父の曹嵩が戦火を避けて疎開している。末弟の曹徳も一緒だった。兗州は平穏である。濮陽に呼び、一族が再会してもいいころだった。

曹嵩には、援助を受け続けていた。武具や馬を買う費用のかなりの部分を、家財を切り売りすることで曹嵩は担ってくれたのだ。

いまはもう、援助は必要ではない。

「そうですか。曹嵩様が、濮陽に来られますか」

夏侯惇は、懐しそうな表情をしていた。曹嵩でよくないと曹操が感じているのは、女の趣味だけだった。肥った女が好きで、琅邪へ連れていった妾も、肥っている。曹操は、痩せた女が好きだった。

兗州でも、女を捜させていた。三人ばかり、妾を置いておこうという気になったのだ。

荀彧が、程昱という男を連れてきた。すでに、六十近い年齢に見えた。しかし、話をしてみると明晰だった。軍学だけでなく、すべてにわたって、深い学識がある。

「民政に関して、程昱殿に教えられることが多かったのです。決して目立とうとはせず、それでも誰よりも仕事ができます」

「聞かなくてもわかる。臣下に加わって、荀彧とともに、民政をみてもらおう」

また荀彧は、ひとりの若者を連れてきた。郭嘉と言った。荒々しい軍人ではなく、参謀として使えそうだった。袁紹に仕官せよと言われていたことは、あとでわかった。主たるかどうかを見きわめて、曹操に仕官した。それも、曹操の気に入った。

ようやく人材が集まりそうな気配になってきたが、曹操の気に入るような女はなかなか見つからなかった。

「痩せているのと、貧相な躰とは違うのだ、荀彧。それもわからないか」

「女の方は、私はどうも」

「妾でも持ってみろ」

「妻で、充分です。女を捜す役目は、私には合わないと思います。意外に、程昱殿などの方が、見る眼を持っているかもしれません」

民と接することが多い荀彧が、結局は女を捜す役目を押しつけられているらしい。

その知らせが濮陽に届いたのは、六月の終りだった。

父の死である。琅邪から濮陽にむかっていた一行が、襲われたのだ。生き残った者が、それを知らせてきた。父だけでなく、一族は皆殺しに遭っていた。

護衛の兵はつけていた。雨を避けて宿舎に入ったところを、襲われたらしい。

「徐州の、陶謙の部下だったのだな」

曹操は、低い声でそう言った。

肚の底から、怒りがこみあげてくる。それは、吐き出されることはなく、冷たい塊になって心の底に沈んだ。

3

流れていた。

そうしていることが、呂布には快いことでもあった。野営の火が好きだ。夜の風の音が好きだ。兵士の咳、馬の息遣い、朝を告げる光。すべて好きだった。しかし、流れ続けることはできそうもない。

ひとりではなかった。

五百の麾下。家族と同じようなものだった。ひとりひとりの癖から、馬上で遣う武器まで知っていた。精鋭である。呂布が、自分の手で精鋭に育てあげた。

五百人の人間と、五百頭の馬は、食わなければならなかった。闘うことしか、知らない者たちである。

どこの郡でも、呂布の一行は、畏怖の表情で迎えられ、安堵の笑顔で送り出された。

しかし、袁術は違った。呂布と会おうともせず、いつまでも領内に留まれば、大軍をもって打ち払うと通告してきたのだ。

歓迎しない者のところに、留まる理由はなかった。第一呂布は、有力な将軍のところを、回って歩きたいなどとは考えていなかった。赤兎と二人きりなら、絶対に行ったりはしないところだ。

呂布は、袁紹のところへむかった。将軍の名前はいくらも浮かんできたが、袁術と袁紹の勢力が、最も強いと思えたからだ。

流浪の間に、王允は殺され、呂布は賞金のついたお尋ね者になっていた。どうせ、李傕あたりが考えたことだろう。李傕ごとき、眼の前に現われれば、片手でひねり殺してやる、と呂布は思っていた。呂布の前では、まともに口も利けない将軍だったのだ。董卓もそうだったが、涼州から来た将軍は、みんな弱い者には残酷で、強い者にはへつらった。

自分が追われていることなど、呂布は考えたこともない。

野営を続けた。見張りと馬の番だけが起きている深夜、呂布は草の上に横たわったまま、よく眼を開いて空を眺めた。

どこへ行っても、もう瑶はいない。むなしいというわけではなかった。瑶がいないことを、ただ実感してみるだけだ。いなければ、それは仕方がないことだった。

ひとりで死ぬ。その方がずっと楽だ。瑶に見つめられていたら、死のうにも死ねなかった。

呂布に見つめられながら死んだ瑶は、やはりつらかったのだろうか。自分に見つめられながら死んだ母は、ひどくつらかったのだと呂布は思っている。

原野を駈け回っていれば、そのうちに死ねる。ただ、麾下の兵を飢えさせたくはなかった。惨めな思いもさせたくなかった。

袁紹の陣営に到着した時、兵の動きが慌しかった。袁術と闘う、ということになったようだ。その戦に出ることに、異存はなかった。袁術のところから、追い出されてきたばかりなのである。

首でも取ってやろうか、と呂布は思った。

袁紹がやってきて、五百の騎馬隊を見てみたいと言った。日ごろの得物ではなく、竹の棒を持って、二千五百の袁紹の騎馬隊と対した。全員を馬から突き落とすのに、それほどの時はかからなかった。呂布の兵は、ひとりも馬から落ちていない。

「大変な騎馬隊だな、呂布殿。しかし、わが騎兵ながら、情けない」

「騎馬の訓練は怠らなかったのです。馬が、闘おうという意志を持っている。そういう馬に育て、鍛えあげてあります。騎兵は、ただ馬に乗っていればいい、というわけではありません。袁紹殿は、ただ馬の数を揃えておられる」

「まことそういうことだと、いまの闘いぶりを見ていれば、よくわかる」

袁紹は、対袁術戦になった時は、呂布の先鋒を約束してくれた。

しかし、戦にはならなかった。兗州で、曹操が袁術軍十二万も食い止め、追い払ってしまったのだ。袁術に態勢を立て直す暇を与えず、揚州に追いやったという。

戦の機会を曹操に奪われた。呂布が考えたのは、それだけだった。

しかしすぐに、常山郡の賊の討伐という仕事が回ってきた。

賊の頭は、張燕といった。二万ほどで、三、四千の騎兵もいるという。

袁紹が率いる四万の軍に、呂布はついた。黒ずくめの騎馬隊は、袁紹軍の兵士には異様に映るようだった。これで首に赤い布を巻き、俺は戦に出たのだ、と呂布は思った。赤い布は、いつも瑶が懐で暖めていた。病になってからも、寝床の中で暖めていた。

常山郡に入り、すぐに賊徒と対峙した。

袁紹の戦のやり方は、悠長なものだった。陣を敷いて、陣屋を造り、毎日そこで軍議を開くのだ。出る意見も、くだらないものばかりだった。戦というものは、まずぶつかって見なければわからないが、眼の前の敵はそうするまでもなかった。

「こんなところに、何日いれば気が済むのだ。早く結着をつけようではないか」

「結着と言ってもな、呂布殿。敵は二万いるのだ」

「こちらは、四万ではないか」

「兵力が多ければいいというものでもない」

言っているのは、文醜という部将だった。尊大に構えているところが、呂布は気に食わなかった。洛陽にも、長安にも攻めこんでは来られなかった連中だ。

「強兵ならばいい。あんな弱兵を相手に、俺はいつまでもじっとしていたくない、と言っているだけだ。あんな敵を蹴散らしもできなければ、袁紹殿の名に傷がつく」

漢王室きっての名門の戦とは、この程度のものか、と呂布は思った。

「策があるのか、呂布殿に？」

袁紹が喋りはじめたので、みんな黙った。

「まず、歩兵一万。敵陣の近くまで前進させます」

「騎馬に蹴散らされるだけだ」

文醜が嗤った。

「騎馬隊を正面に引き出すために、これをやるのだ。歩兵は、蹴散らされて真直ぐに逃げてくればいい。こちらの騎馬隊が、両側を絞りあげるように攻める。大した攻めでなくていい。ただ絞りあげればな」

「正面が抜けておるではないか。敵の騎馬が、そのままこちらの歩兵の中に突っこんでくるぞ」

「おまえのようなことばかり言っているから、あんな敵に何日もかかるのだ。袁紹殿の戦は、ただ勝つだけでは済むまい。一撃で蹴散らす。その見事さがあってこそ、袁紹殿の戦だろう」

「正面が抜けている、と言っているのだぞ、呂布。耳はついているのか」

「正面には、俺がいる。歩兵を追ってきた騎馬隊とは、俺がぶつかる。両側から絞りあげられ、正面からぶつかられれば、敵は馬首をめぐらして自軍へ逃げるしかなくなる。自軍の歩兵を踏み潰してしまうのだ。そこを、全軍で追撃する」

「たった五百騎だろう。敵の四千騎を、どうやって追い返す。正面の騎馬隊の数を揃えれば、敵はその策には乗らんぞ」

「俺の五百騎だけで充分だ。さすが袁紹殿の戦と、人の口の端にのぼるような戦をしてみせよう」

「それは、よい。やってみよう」

袁紹が言った。文醜は呂布を睨みつけていたが、眼が合うとうつむいた。強がるだけの、涼州出の将軍と同じだ、と呂布は思った。

歩兵一万が、前へ出された。

前進していく。本隊から、三里（約一・二キロ）離れた。敵とは、もう二里である。さらに進もうとすると、騎馬隊が一斉に押し出してきた。

呂布は、五百騎を小さくまとめた。小さければ小さいほど、逃げてくる歩兵を遮らないで済む。両側に、こちらの騎兵が押し出していった。それでも、逃げる歩兵を捨てきれず、騎馬隊は追ってくる。

小さくまとまったまま、呂布は駈けはじめた。『呂』の旗を掲げる。逃げる歩兵と擦れ違った。呂布は、方天戟を一度頭上に翳した。赤兎が、本気で駈けはじめた。敵はまだ、正面が一番手薄だと思っている。

方天戟を振る。黒い花が開いたように、呂布の騎馬隊は拡がった。ぶつかる。ぶつかった者は、もう馬上にいない。横一線で、押していく。両側からも絞りあげられた敵は、次々に馬首をめぐらし、自陣にむかって駈けた。赤兎が、飛ぶように駈けた。方天戟に触れた者は、落馬する。自陣に飛びこんだのは、二千ほどだった。そのまま、呂布も突っこんだ。敵の陣は、すでに自軍の騎馬隊に踏み荒らされていた。

闘うこともせずに、敵が潰走をはじめる。総攻撃がはじまったようだ。

二十里（約八キロ）ほど追って、呂布は兵をまとめた。敵の砦が見えたからだ。すでに少数が残っているだけだった。

「砦へ行け。賊の砦だ。掘出し物があるかもしれんぞ」

兵が、喊声をあげる。

いつも、略奪は呂布の麾下が最初だった。他人の食い残しを食うような真似は、自分の兵にはさせていない。砦には、女もいるようだった。

「誰の許しで略奪をしているのだ、呂布」

文醜が駈けつけてきた。略奪が終るまで、呂布は砦の外で待っていたのだ。

「勝った者の、当然の権利であろう。あんな敗軍の追撃は、戦を知らない者でも充分だからな」

「なんだと」

文醜が、顔色を変えた。

「おい文醜。俺は呂布だ。それは、忘れないようにしておけ」

文醜の唇がふるえた。それ以上、呂布は文醜を相手にしなかった。

兵はすぐに戻ってきた。女などに見向きはせず、それぞれ金目の物を手に入れたらしい。邪魔になる物を、持っている者もいなかった。戦は、その場で終るとはかぎらない。次の戦で捨てなければならなくなるものには、はじめから手を出さないのだ。

賊は、三千を超える屍体を残していた。大勝利である。

信都に帰還した。客将に対する礼儀として、袁紹はわずかな報奨金を出した。名門のくせに、けちな男だ、と呂布は思った。麾下の五百に分ければ、あまりに少ないのだ。

呂布は、麾下の兵を城外の原野に野営させていた。城内にいることを、兵もあまり好まないのだ。なにかあった時の脱出にも、手間がかかる。

「なにか、不満なのかな、呂布殿？」

袁紹は、呂布が城外に駐屯していることを気にしていた。酒を届けさせようと言ったが、それは断った。兵に、酒は飲ませない。それは、ずっと続けてきたことだ。

「呂布殿の、官位は考えなければなるまいな」

機嫌を取るように、袁紹は言い続ける。官位をくれるとは、帝にでもなったつもりか、と言いかけた言葉を、呂布は呑みこんだ。

人との付き合い方が、自分はあまりうまくないらしい。こういうことは、笑って受け流していればいいのだ。

それでも、袁紹は見限った方がよさそうだった。名門というが、それは名だけということでもある。

曹操は、どうなのか。青州黄巾軍百万を破り、兗州牧となり、陽の出の勢いと言われていた。しかし、袁紹ごとき男の犬だ。袁術が北上してきた時、袁紹の代りに闘ったりしている。

急いで決めることもない、と呂布は思った。いまのところ、駐屯地にはいい食い物が届けられている。袁紹も、無理を言おうとはしない。とりあえず、兵たちの居心地は悪くないらしいのだ。

城内に宿舎が用意してあったが、呂布は自分の兵や赤兎と一緒にいることを選んだ。

4

殺し尽せ。

曹操は、それだけを命じた。

すでに秋になっていたが、曹操の肚の底の、怒りの冷たい塊は消えていなかった。いっそう冷たく、凍りついたような怒りになっている。

全軍の出動を準備する時間さえ、惜しい気がした。兗州に攻めこんだ敵を、迎え撃つのではない。遠征である。それでも、兵糧の備えもそこそこに、進発した。

徐州へ入ってからは、陶謙の支配下の城を、次々に抜いた。容赦はしなかった。彭城に陶謙軍の主力がいた。そこを抜くと、捕えた者の首は全部刎ねた。

陶謙は、彭城から郯城に逃げ、そこを固めた。出てきて闘うことはいっさいせずに、曹嵩を殺したのは自分の意志ではない、という竹簡（竹に書いた手紙）をしばしば寄越した。曹嵩が伴っていた荷車の荷を、部下が欲しがったのだという。

言い訳を聞く耳はなかった。昨年から今年のはじめにかけて、天帝教という宗教が叛乱を起こした。陶謙は、はじめは闕宣という教祖とともに自領で略奪をし、それから闕宣を捕えて殺している。やっていることは、賊以下である。

曹操が、青州黄巾軍と対峙する時、黄巾軍には陶謙から兵糧が流れていた。もともと、陶謙は敵でしかなかった。いままで、生かしておいたのが間違いだったのだ。

「郯城のまわりに人の姿があったら、全部殺せ。すべてを廃墟にする」

徐州を呑みこむ勢いで、進撃してきた。こんな小城のひとつ。曹操はそう思った。

しかし、陶謙は出てこない。

「兵糧が尽きます、殿」

夏侯惇が言った。

曹操は剣を抜き、夏侯惇に突きつけた。

「兵はすべて、白い喪章をつけて闘っている。旗も白だ。父の死の無念を雪ぐまで、濮陽に帰れると思うか」

「お気持はわかります。私とて、曹嵩様が殺されたのは、身を切られるほどにくやしいのです。しかし、お考えください」

「ここまで来て、兵を退けと言うか。兵糧がなければ、敵を殺してその肉を食らえ。あの老いぼれを殺すまで、俺はここを動かん」

「陶謙ごとき、準備さえ整っていれば、いつでも討てるではありませんか。急ぎすぎたのです。みんなが、急いでおりました。万端の準備を整えて、再度攻めましょう」

「夏侯惇、俺の言うことに従えないのか」

「従えません」

夏侯惇は、静かに曹操を見つめていた。

「敵地で兵糧が尽きるのがどういうことか、よくお考えいただきたい」

致命的なことだった。兵糧が尽きたとわかれば、敵を勢いづかせることにもなる。言われるまでもなく、曹操にはそんなことはわかっていた。

曹操は、抜いていた剣を、地に叩きつけた。

「陣を払え。撤収する」

「必ず、必ずや、曹嵩様の御無念は晴らします」

「もういい、夏侯惇。よく言ってくれた。私も、もっと冷静になるべきだった、と思う」

「殿のこれほどのお怒りは、臣下にとってはじめて経験するものでありました。地がふるえるほどの怒り。天下を見つめるお方の怒りは、そのようでなければならぬのだ、とも思いました」

「私憤を抑えるほど、私は人間ができていないようだ。陶謙討伐の意志は、これからも変えぬぞ」

「勿論です。青州兵も、来年は六万になっております。曹操軍は年ごとに大きくなります。どのようなお怒りであろうと、それをかたちとして見せてやれるようになります」

「兵糧は、どれぐらいだ、夏侯惇？」

「なんとか、濮陽に帰れるほどには」

「危ないところであった」

陣払いは、すぐに終った。

凱旋の兵ではない。敗軍でもない。ただ、帰還する。部将も兵も、みな寡黙だった。曹操だけが、ことさら明るく振舞っていた。

濮陽に戻ると、兵糧の準備からはじめた。留守の間の備えもせずに、出かけた。袁紹がその気になれば、たやすく兗州を取れたはずだ。

「兗州の要は、東の鄄城にある。その守備を、荀彧と程昱に任せよう。いまから準備をしておけ」

曹操が黄巾軍と闘った時も、泰山と蛇丘の線で糧道を断った。そこを押さえられるのが、兗州は最もつらいのである。

徐州に、援軍が入った。

なんと、劉備だった。予州で雇兵をしていると思ったが、今度は陶謙に雇われたようだ。馬鹿な男が、と曹操は思った。いままで、ちょっと買い被りすぎていたのか。

陶謙とともに滅びよ。曹操は、そう呟いた。

青州の田楷も、駈けつけていた。田楷は、無能な男だ。黄巾軍になんら対処できなかったし、いままた、その黄巾軍に兵糧を送って保身をはかった陶謙を助けようとしている。

劉備は、徐州に入ると、すぐに四千の兵を陶謙から与えられたようだ。五千の軍勢になる。無視はできなかった。曹操は、どうしても、関羽と張飛という豪傑を自分の両腕のように使っていた、劉備の姿を思い浮かべてしまう。

陶謙からは、曹嵩の死は間違いだった、という竹簡が何度も届いた。盗っ人根性を捨てきれない部下を使ってしまったことを、謝罪しているのだ。その一方で、徐州の防備も固めている。

ただ、徐州は豪族の力が強かった。いくら牧とはいえ、陶謙の思いのままにはなかなかならないようだ。だから、劉備のような、流浪の武将を雇うのだろう。

年が明けた。

作物は不作だったが、鄄城には充分の兵糧を蓄えた。

陳留に張邈がいて、鄄城には荀彧と程昱がいる。濮陽は陳宮で、兗州全体に夏侯惇が眼を配る。それで、遠征の間の防備は万全のはずだった。

山東の付け根、琅邪、東海を手中にし、それから徐州をひと呑みにする、と曹操は臣下の前で宣言した。それは、送りこまれている間者が、そのまま陶謙に伝えるだろう。策ではなかった。曹操は、本気でそうするつもりだった。

ただ、焦らない。焦っていいことなど、なにもないのだ。ゆっくりと、七万の大軍で徐州を呑みこんでいけばいいのだ。陶謙は、殺さずに捕え、一年二年の時間をかけ、絶望と希望を交互に与えながら、最後には切り刻んで殺す。

三月に、濮陽を進発した。

劉備が、郯城のそばに陣を敷いていた。陶謙の部将も、一緒である。二万の軍になっていた。しばらく対峙し、青州兵を先頭に立てて、その守備線を抜いた。

宣言した通り、琅邪、東海の二郡は扼した。これから、ゆっくり徐州を呑みこんでやればいい。

劉備が、最初のぶつかり合いで、実力を出したとは思えなかった。事実、劉備麾下の一千二百と、預けられている兵四千は、守備線の主力をなしてはいなかった。そのあたりが、陶謙軍の弱いところである。部将として陶謙の下についている豪族が、かなりの自立性を持っている。陶謙が絶対の支配権を持っていないので、劉備も思った通りには動けないのだろう。曹操の知っている劉備は、こんなものではなかった。

進撃の準備をさせた。

七万の軍が、二方向から南下する。下邳と彭城を同時に落とせば、あとは南の小城をひとつずつ潰せばいいのだ。

陣屋に、石岐が現われた。

典韋だけには会わせてあるので、陣屋に入ることを止められることはない。典韋は、石岐が何者かも知ろうとしなかった。黙々と、曹操の命に従うだけである。

「止めにきたのか、石岐？」

「なにをでございます？」

「私が、徐州で殺戮をくり返している。そういう噂が流れていることは、知っている。事実、私は徐州の兵は皆殺しにしたい」

「よく言う者はいないにしろ、風評は二つに分れましょうな。父を思う心がそれほどまでに強かったというものがひとつ。もともと残虐であったというのがもうひとつ」

「おまえは、どう思っている？」

「世の頂点に立とうとなされるお方の心の中には、極端なものがあり、いまはそれが出ているのだと思います。仕方がないことでございましょう。大きくなればなるほど、それは目立ってしまうものです」

「浮屠（仏教）の教えには、背くものであろうな」

曹操は、いくらか残酷な気分になっていた。石岐をはじめとして、五錮の者たちは浮屠の信者である。

「背きます。浮屠の教えに基づいた国ができればよい、と願っております。しかし、すぐは無理でございます。まずは、信仰というものを認めてくださる方に、国を治めていただくしかありません」

「浮屠とは、おかしな宗教だ。ほかの宗教も認めようというのだからな。五斗米道の張魯のように、自分らの国を作ろうという気もないのか？」

「争いに、利用されるだけでございましょう、五斗米道は。事実、いまは益州の劉焉に利用されております」

「まあよい。五錮の者たちが、いままで通りに働いてくれれば、私に文句はない」

いま、信仰の話などをしたくはなかった。言われれば、兗州では浮屠の寺の建設を許すつもりだったが、石岐はすぐにそれを望んでいるふうでもない。

「実は私が来たのは、われらの仕事のことについてでございます」

「聞こう」

「いままで、外を探って参りました。袁紹や袁術や劉焉の動きなどを。あるいは、戦陣での敵の動きを。しかし、今後は、内側を探ることをお許しいただけませんか？」

「それは、わが軍に、私に反逆を企てている者がいる、ということか？」

「今後は、あり得ないことではない、といまは申しあげておきます。なにしろ、殿は実力で一州を領され、袁紹や袁術と並ぶ力をお持ちになったのですから」

わざわざ、遠征の陣にまで追いかけてきて、石岐がそう言う。なにか、摑んでいることはあるはずだった。

「誰が、私に反逆の心を持っている？」

「内側のことは、軽々と申しあげることはできません。動かぬ証拠がないかぎり、私は殿に決して申しあげません。内側のことは、それほど微妙なことです」

なぜ微妙かは、曹操にも理解できた。人間には、疑心暗鬼というものがある。石岐に証拠を持ってこさせるまで、知らないでいた方がいいと思った。

「調べることは、許そう。ただし、調べられているということを、決して悟らせてはならん。それも、調べられている者の疑心暗鬼を眼醒めさせることになる」

「かしこまりました」

それから石岐は、益州の劉焉の病が篤いという話をして去っていった。

誰が、自分に反逆をしようとしているのか。ひとりになると、束の間曹操はそれを考えたが、すぐにやめた。

「明日には、進撃できます」

曹洪が、報告に来た。

「殿には、よくお休みくださいますよう。斥候は、すでに出してあります」

曹操は、黙って頷いた。

陶謙の首を取れる。

父に対して曹操ができるのは、それだけだった。

複雑な父子だった、と言っていいだろう。宦官の養子になった男。少年のころから、曹操は父をそう見ていた。そのために、自分は宦官の家系を継ぐ者として生まれた。

袁紹のような名門に生まれていたら。よくそう思ったものだ。

しかし、ある時まで、父は曹操に厳しかった。男の心のありようも、父に教えられた。宦官の家系ということを、父は曹操よりも気にしていたのではないのか。兵を挙げてからは、父は惜しげもなく家産を傾けて、曹操に援助を送ってきた。宦官であった祖父の代に蓄えられ、養子であった父の代に厖大なものになった家産も、いまではほとんど残ってはいないだろう。家具まで切り売りしながら送ってくる銭は、最後には悲しいほどに少額なものになっていた。

父の援助を、曹操は当然のものとして受け取ってきた。自分は、曹家を名誉ある一門にする存在なのだ、と心の底で思っていたからだ。だから、父に礼を言うこともなかった。

父を失ったという喪失感の大きさは、そういう理由から来るのだろうか。怒りの激しさは自分でも戸惑うほどで、それはいまになってもまだ消えない。

そんなことを考えながら、夜明けを迎えた。大きな戦の前に、ぐっすり眠れたためしはなかった。

典韋を伴って曹操が陣屋を出た時、すでに進撃の準備は整っていた。

全軍を二隊に分けてある。彭城攻撃の三万は夏侯淵が指揮し、下邳攻撃は曹操が自ら指揮する。

先鋒が進発した時、兗州からの使者が到着した。荀彧からの使者である。

「張邈と陳宮か」

裏切りだった。張邈は古くからの友人で、盟友であり続けた。友情があった、と曹操は思っている。しかし、思っているのは曹操の方だけだったのかもしれない。張邈が自分より上にいても、昔からの関係を考えれば不思議ではなかった。曹操が兗州を取り、張邈を下に従えたのが、許せなかったのかもしれない。

陳宮は、なぜ裏切ったのか。その才は、これからもっと役に立つと、曹操ははっきり認めていた。それを言外に伝えるような、仕事も与えてきた。それが、流浪していた呂布を招き入れたというのだ。張邈の反逆より、ずっとわかりにくかった。自分と呂布を較べ、呂布を主に選んだということなのか。

「呂布は濮陽に入ったのだな？」

「はい。夏侯惇様が、呂布を濮陽の西、白馬あたりに引きつけておく、ということになっております」

「鄄城が無事ならば、こちらが有利だ。徐州の制圧は中止し、進撃の軍はそのまま兗州に帰る。駈けに駈けることになるぞ。余分なものは捨てろ。兵糧も、必要な分だけ持て。鄄城までは、眠る間もない覚悟をするように、兵たちに伝えろ」

命じた時、曹操はすでに馬に乗っていた。

駈け出す。典韋だけが、遅れずについてきた。

5

張邈とは、気が合った。流浪している呂布に、よくしてくれた。

しかし、陳宮という男に会ったのは、はじめてだった。張邈に引き合わせられたのだ。その陳宮が、自分を濮陽城に入れた。その上、兗州は呂布殿のものだ、とまで言ったのだ。

それなら、兗州を奪ってやろう、と呂布は思った。

濮陽の西で、夏侯惇が盛んに牽制してきたので、呂布は何度か兵を出した。濮陽にいた兵と張邈の兵を合わせて、およそ一万である。夏侯惇は、五千ほどだった。攻めれば逃げる。相手にしていると苛立つだけで、呂布は濮陽に腰を据えることに決めた。

各郡の、数千単位の兵が降りて従いはじめ、兵力はすぐに二万を超えた。黒山の賊の残党なども集まってきているから、やがて三万、四万になるだろう。

「ここにいても、仕方がないのですよ、殿。鄄城の攻撃に加わってください」

鄄城を攻撃しているのは張邈で、いまのところ、落ちそうな気配はなかった。

兗州を制するには、東が大事だということはわかっていた。だから鄄城を落とせば、兗州はほぼ手に入れたようなものだ。

しかし呂布は、濮陽を動かなかった。

兗州の主である曹操は、主力を率いて徐州に遠征している。一時、袁術と闘ったりしたころは、袁紹の犬だと思ったが、徐州での殺戮は痛快なものだった。勝った者が負けた者を殺す。これこそ戦なのだ。曹操もやるではないか、と呂布は思った。西園八校尉のころから知っているが、堅苦しいつまらなそうな男で、主の丁原に似ている、と呂布は思ったものだ。しかし、徐州でのやり方を見ていると、むしろ次の主の董卓に似ている。

董卓は、臆病さを荒々しさで隠していたが、曹操は違うような気もする。なにしろ、青州黄巾軍百万を、わずか三万で破った男だ。

どうせ戦なら、曹操と闘いたい。それが呂布の気持だった。いま鄄城を落とせば、曹操はあっさりと兗州を捨てるかもしれない。

それに、曹操が戦を知っているなら、濮陽より鄄城の守りに力を注いでいるはずだ。張邈がいくら攻めても落ちないところを見ると、やはり守りは堅いのだろう。自分が行ったところで、どうなるものでもなかった。攻城戦は、性に合っていないのだ。原野で敵とぶつかる戦の方が、呂布は好きだった。

「なにゆえ、鄄城を攻めないのです？」

呂布が楼上で城外を眺めている時、陳宮が登ってきた。ほかには、誰もいない。

「おまえは、大将として俺を担いだのだろう、陳宮。ならば、戦のやり方は俺に任せろ」

「しかし」

「兗州のすべての郡は、俺の名を聞いただけで降伏したではないか。戦では、そういうかたちのないものが力を持つ」

「曹操は、七万を率いているのですよ」

「だからこそだ。まともに曹操にぶつかってこれを破らないかぎり、兗州はほんとうには手に入らない。七万の軍は、事あるごとに兗州に攻めこんでくるだろう。なにかの拍子に、それは十万になったり、もっと増えたりするのだ。はじめに、その七万を叩いておく。敗軍は、なにもできん。いま鄄城を落としても、曹操は敗軍というわけではないのだぞ」

言っているうちに、ほんとうにそうなのだという気が、呂布はしてきた。

「それに、俺が張邈の増援に行ったところで、鄄城は落ちんぞ」

「やってもいないではありませんか。殿、私は、殿が兗州の主であればいい、などとは思っていません。予州、徐州、青州を制し、いずれ袁紹を破って、この国に覇を唱えていただきたいのです。つまり、ともに天下を取ろうという思いで、殿を濮陽に迎え入れたのですぞ」

「天下か。よかろう。奪ってやろうではないか。しかし陳宮、それには、俺の戦ができなければならん。まあいい。俺が曹操と、どういう戦をするか、よく見ておけ」

「ほんとうに、鄄城は抜けませんか？」

「曹操が、まことに優れた武将だったらな。まず、この男ならという人間を、守備に当てているはずだ。おまえ、荀彧と程昱という二人を、よく知っているのだろう」

「曹操の信頼は、まず夏侯惇。そして、荀彧でしょう」

「ならば、俺の言うことを聞け。俺が戦をやる。曹操であろうが、袁紹であろうが、破ってみせる。その後のことは、おまえが適当にやればいい。おまえがやりたいのは、戦ではなく、政事だろう。ならば、戦には口を出さないことだ」

陳宮が、呂布を見つめ、しばらくすると息を吐いた。

「殿に、賭けたのです、私は。戦に関する判断は、すべて殿に従います。ただ、兗州を領するなどと小さなお考えだけは、お持ちにならないでください。いつも、天下を見つめていてください。それが、並ぶ者なき将軍であられる、殿のなさるべきことです」

おかしな男だった。濮陽に引き入れてきたので、自分を援軍として使うのだろう、とはじめ呂布は思った。しかし、臣従してきているのだ。それほど、自分の名は高かったのか。それとも、陳宮は別の目論見を持っているのか。

「おまえはどうして、曹操を裏切ったのだ、陳宮？」

「夢を、託せなかったからですよ」

「大事なことだ。まことのことを言え」

「言っています。私は、平和になったこの国の政事に取り組んでみたいのです。いままでより、この国を栄えさせる力はある、と自負しています。曹操も袁紹も袁術も、天下を平定しようという志は持っています。その中で、ましなのが曹操でしょう。しかし曹操は、政事までわが手でなそうという野心を持っています。万能の王たらんと、望んでいるのです」

「天下を取るというのは、そういうことではないのか？」

「違います。平定をする力と、政事をなす力とは、別なものでなければならないのです。万能の王は、時として判断力を失います。万能なるがゆえにです。董卓は、かぎられた地域ではありましたが、いわば万能の王でした。政事は、悲惨をきわめました。政事は、政事にむいた人間がいます。それを下に置いて、王たる者は黙って見ていればいいのです」

「つまり、俺が王になり、その下でおまえが政事を担うということか？」

「殿は、政事をなしたいという思いを抱かれたことがありますか？」

「いや、ない。ごめんだな」

「そういう英雄豪傑を、私は捜していました。曹操を裏切ったことは、認めます。青州黄巾軍百万に、果敢な闘いを挑んだ時は、これこそ自分が求めている英雄だと思いました。しかし、下で働くうちに、万能の王たらんとする野望も見えてきました。だから、裏切りました。殿が万能の王たらんという野望を持たれたら、やはり私は裏切るだろうと思います」

確かに、自分は万能の王になりたいなどとは思わない。戦がやれればいいのだ。幼いころから、戦のことしか考えてこなかった。

「曹操が、徐州で大変な殺戮を行った。それでこわがったのか、と俺は思った」

「あんなことは、軍人ならばよくあることでしょう。軍人は、勝てば殺し、負ければ殺されるのですから。ただ、政事をなす者が、殺戮をなせば、董卓にしかなりません」

呂布は、陳宮から眼をそらし、城外に拡がる畠に眼をやった。八月ごろには、収穫はできるだろう。戦をする時は、必ず兵糧のことも考える。

それにしても、曹操はなぜ、父の仇を討つぐらいのことで、兗州を空けてしまったのか。八、九万の大軍を擁しているのなら、せめて半分の兵を兗州に残せば、たやすく奪われるということはなかっただろう。それほど陶謙が憎く、徐州を全軍で蹂躙したかったのか。われを忘れるほど、怒りが激しかったのか。自分の知っている曹操とは、まるで別の人間だった。

たかが親父への思いで、一州を失うか。

そう思って、呂布はふと胸を衝かれた。自分にとって、父などなにほどのものでもない。実際に、父子の契りを結んだ相手を、二人まで殺しもした。殺しても、心に傷も残ってはいない。それは、父だからそうではないのか。

父を母に、あるいは瑶に置き替えたとしたら、自分ならどうするか。母も瑶も、病に命を奪われた。どれほど精強な兵を持っていても、病を攻めることなどはできない。しかし、誰かに殺されたのだとしたら、自分はたとえ一生をかけても、その人間を殺すだろう。事実、丁原を斬ったのも、董卓を殺したのも、瑶のためではなかったのか。

俺と似たところがあるやつなのか。呂布はそう思った。そう考えると胸は衝かれたが、どんな戦をするのか、手合わせをしてみたいという思いも、いっそう強くなった。

「陳宮、戦には勝つぞ。たとえ倍する兵力を曹操が擁していたとしてもな。俺は戦に生きてきた。これからも、そうだ」

「殿が戦に生きてくださるかぎり、私はその戦のために後方で全力を尽します」

「忘れるな、それを。俺は、戦をするだけだ」

面白いから、天下を奪ってやろう、という気分にはなっている。気分だけで、ほんとうはどうでもよかった。それは、口に出しては言わなかった。

陳宮の夢は、陳宮のものだ。

6

　鄄城に攻撃をかけていたのは、張邈だった。

　曹操の軍が近づいていることを知ると、慌てて囲みを解いたという。呂布は、濮陽でゆったりと構えているようだ。

「あの狼は、確かに強いが、軍略などというものはないな」

　鄄城に入った。

　荀彧と程昱が迎えた。眠ることもなく闘っていたのか、二人とも憔悴している。鄄城が抜かれていれば、兗州の拠点は失った。蓄えていた兵糧も、奪われていたはずだ。

「二人とも、よく守ってくれた。安心してよいぞ。私はすぐに、濮陽の攻撃に移る」

「急がれたのではありませんか、殿？」

「眠る間も惜しんで、駈けてきた。呂布も、私がこれほど早く戻るとは、考えていなかったであろう。むこうの態勢が整う前に、速やかに打ち払う」

　軍を進めた。

　濮陽に近づくと、まず一万の先鋒を出した。とりあえず、陣を組ませる。そこを襲ってきた時、大軍で包みこもうと考えていたが、呂布は動く様子を見せなかった。

先鋒の陣のところまで、全軍を進めた。

布陣が終っても、呂布は出てこない。

「夜襲に備えよ」

曹操自身も緊張していたが、夜襲はなかった。

濮陽城から大軍が出撃した、と斥候が知らせてきたのは、もう陽も高くなってからだった。

曹操は、全軍に戦闘の態勢をとらせた。

「敵が矢を射てくるなら、射返す。ぶつかってくるようなら、こちらからもぶつかる。速戦で決める。最初のぶつかり合いで、全力を出せ。先鋒、夏侯淵。畳みかけるように攻めるぞ」

夏侯淵の騎馬隊が、前衛の歩兵の脇についた。主力の騎馬隊は離してある。曹操の周囲には、典韋をはじめ、百騎ほどの旗本がいるだけだ。

呂布の軍が見えてきた。

およそ、三万五千。騎馬を前面に出して、悠々と進んでくる。

「正々堂々と、勝負を挑んできたのか。それも、半数の兵で」

曹操は、呂布を見直すような気分になった。下手をすれば、濮陽城を囲んでの攻城戦になると考えていたのだ。

陳宮と張邈に乗せられたのだろうが、戦のやり方まで乗せられはしなかったということか。あの二人なら、間違いなく城に籠って大軍を避けようとするはずだ。

「よし、ぶつかってやろうではないか」

次々に、曹操は下知を出した。陣内の動きが慌しくなった。

敵の騎馬が、両側に分かれた。

正面に残った五百ほどの騎馬隊を見て、曹操は言い知れぬ圧力を感じた。圧力と自分に言い聞かせたが、恐怖なのかもしれない。

黒ずくめの兵装。『呂』の旗。虎牢関を、まざまざと思い出した。あの戦で、はじめて呂布の軍勢を見たのだ。

「やれ」

すべてを断ち切るように、曹操は言った。

夏侯淵の千騎ほどが突っこんでいく。

赤い馬。方天戟。前面に出てきたのは、呂布自身だった。

五百の騎馬隊が動きはじめる。見る間に夏侯淵の騎馬隊とぶつかり、駈け去った。

強い水の流れが、河原の土を削り落とすように、夏侯淵の騎馬隊が削り取られるのが、曹操のところからもはっきりと見えた。

夏侯淵ほどの者が、駈け去る呂布を追うこともできず、むしろ退がりながら態勢を立て直していた。そこにまた、呂布が突っこんでくる。一回突っこんでくるごとに、三十から四十は突き落とされていた。

呂布の騎馬隊は、微動だにしていない。黒く巨大な、一頭のけもののように見えた。

「弓だ。矢で射落とせ。夏侯淵は退げるのだ。急げ」

言ったが、夏侯淵の騎馬隊が退がりはじめるのと同時に、敵の騎馬隊が両脇から突っこんできた。敵味方入り乱れている。弓は使えない。曹操は唇を嚙んだ。

槍を持った青州兵三万を、とりあえず前面に出した。槍の穂先を揃え、なんとか騎馬を止めようという構えである。さらに後段に三万の兵。これで進むしかなかった。

一万の騎馬隊を、動かせない。曹操自慢の騎馬隊だった。横に拡がった兵は、いきなり、敵の歩兵が縦列になって突っこんできた。縦に攻められると脆い。一点が破られやすいということなのだ。後段の三万の陣形を、曹操は慌てて変えようとした。その時、敵の歩兵はすでに突破して、前衛を背後から襲うかたちをとっていた。前衛が混乱する。そこに、呂布の騎馬隊が突っこんできた。真直ぐに、自分の方にむかってくる。

恐怖を克服するのに、曹操は全身全霊を傾けた。あるだけの気力を、ふり搾った。

「騎馬隊を、側面に突っこませろ。後段の歩兵は、呂布の騎馬隊だけに槍をむけろ」

叫んだ。うまくすれば、自分にむかってくる呂布の騎馬隊だけを、押し包んでしまえる。

しかし、呂布の騎馬隊は、鋭く方向を変え、前衛を蹴散らして駈け去った。

「退がれ」

呂布の騎馬隊が離れている、一瞬を狙った。

退がった。一万の騎馬隊が、すかさず間に入った。五里（約二キロ）退がったところで、陣を組み直した。前衛は、弓を三段に構えた。その後ろに、槍。騎馬隊は、二度ほど呂布の攻撃を受けたが、なんとかしのぎきっていた。騎馬隊も退げる。追ってきた敵の数十騎を矢で射落としたが、そこに呂布の騎馬隊はいなかった。

すでに、呂布は五百騎を引き連れて、悠然と濮陽城にむかっているという。

座りこみそうになった曹操の腕を、典韋が掴んで支えた。ここで座りこめば、兵たちにも見える。

曹操は、天を仰ぐようにし、大声で笑った。

「さすがに呂布だ。果敢な戦をするではないか。しかし、手強いのはあの五百騎だけ、とわかったぞ。今度は、あの五百騎だけが敵と思い定め、全軍で当たろう」

部将が集まってくる。損害の報告が夏侯惇に入ってくる。短い時間の戦にしては、損害は大きかった。

「あの『呂』の旗は、私が濮陽城の西で動き回っていた時は、一度も出てきませんでした。身の毛もよだつような騎馬隊です」

「たった五百で、実に五千にも匹敵する騎馬隊だな」

曹洪が言った。

こちらが必死に退却している時、あっさりと引きあげていった呂布の姿を、曹操は思い浮かべていた。精強である。精強すぎる。しかし、あの騎馬隊に弱点はないのか。

あれは、呂布そのものとしか思えない。呂布が五百騎を率いているのではなく、五百騎がひとりにふくれあがったのだ。

「あの騎馬隊に、弱点を見た者はいないか？」

「長くは、駈けられないのではないでしょうか」

誰かが言った。曹操は眼を閉じていた。

「しかし、赤兎は一日千里を風のごとく駈けるといいますぞ。あの騎馬隊の馬だけは、選び抜かれたものであったと思う」

柵で騎馬を止める。虎牢関で、劉備がとったやり方だった。それがひとつあるが、柵がこちらの軍の動きを制限することも確かだ。それに、まともなぶつかり合いでなければ、柵の効果は少ない。

「戦のやり方を根本から変えないかぎり、呂布には勝てないのではありますまいか」

曹操は眼を開いた。于禁だった。鮑信の部将だったが、鮑信が死ぬと兵をとりまとめ、そのまま曹操軍に加わったというかたちになっている。

「なにか、あるか？」

「濮陽城の西に、呂布が砦をひとつ築いております。まず、これを取る算段からはじめてはいかがでしょう」

曹操が留守の間に造られた砦だが、呂布の考えではないという気がした。濮陽が攻囲を受けた時に、城内を掩護するという位置にある。呂布は、攻囲を受けることなど考えてもいないだろう。ひた駈ける。それが、呂布の戦だ。

「あの砦を、落とそう。今夜だ」

「今夜、でございますか？」

誰かが、上ずった口調で言った。

「今夜でなければならん。すぐに、進発の準備だ。兵は一万でよい。私自身が、指揮を執る。留守は夏侯惇」

すぐに、出動の部隊が動きはじめた。

「あの砦は、多分、陳宮の考えで築いたものだ。守りには強いが、内からの混乱には弱い。陳宮とは、そういう男だ。三百の部隊を編成し、濮陽の陳宮からの増援であると言わせろ。城内に入った三百は、城門を開けることだけをやればいい」

進発した。

三百がうまく城内に入ったのは、斥候が見届けた。攻撃は夜明け前。

一万が、一斉に攻めよせた。城門は、たやすく開いた。守備兵は五百ほどで、戦意は持っていなかった。

いやな気がした。防備の隙はいくらでもあり、外からは砦に見えるが、攻められたらすぐ落ちることもわかった。

「速やかに本陣に戻る。罠かもしれん」

兵をまとめた。

砦を飛び出した時、横から五千ほどの兵が駈けてくるのが見えた。すでに、夜は明けている。『呂』の旗はなかった。迎え撃ち、押し潰せる。しかし、曹操は駈けた。罠ならば、必ずほかに伏兵がいる。しかし、敵にこちらの夜襲を予測して動く時間はあったのか。

とりあえず、本隊とひとつになることだった。先手を取られすぎている。

五千は、追ってきているようだ。五千しか出す余裕がなかったのではないのか。駈けながら、ふと思った。ならば、反転して叩き潰す方がいいかもしれない。敵にとって五千は大きい。

そう思った時、不意に行手に五千ほどの軍勢が現われた。やはりいた。しかも、挟撃のかたちに嵌りこんでいる。

「駈け抜けるぞ。敵を倒すことより、駈け抜けることだけを考えろ。散らばってもいい。馬を捨ててもいい。這ってでもいい。とにかく本陣に帰りつけ」

叫んだ。それほど強い敵だとは思えなかった。構えを見れば、それはわかった。ぶつかったが、すぐに突き抜けた。

精鋭が、それほどいるわけがない。もともと濮陽にいたのは、陳宮に預けた兵で、主力は張邈の兵だ。あとは、各郡からいやいや集まってきた兵だろう。呂布を呂布の騎馬隊が、あまりに見事に動くから、全軍が精強と見えてしまう。呂布を引き引き離しさえすれば、打ち破るのは難しいことではない。どうすれば、呂布を引き離せるか。駈けながら、曹操は考えていた。

丘の下。駈け抜けようとして、曹操は弾かれたように顔を丘の上にむけた。どれぐらいの数かは、判断のしようもなかった。すでに、丘の斜面を駈け降りてきている。馬腹を蹴ったが、駈け抜けきれなかった。敵がとりついてくる。二人、三人と打ち倒した。背後からは、一万が追ってきているはずだ。

焦ったが、身動きはとれなかった。打ちかかってくる敵をかわす。それぐらいしかできない。不意に、視界が回った。棹立ちになった馬が、そのまま地面に崩れた。投げ出され、転がり、立った時は敵の剣が頬を掠めていた。かわす拍子に、また倒れた。敵兵が、剣をふりかぶっている。その兵の胸から、戟の先が突き出してきた。

「大事はありませんか、殿？」

典韋だった。引き起こされていた。そうしながら、片手で戟を振り回し、三人、四人と倒した。典韋の勢いに押され、敵は遠巻きにするだけになった。その敵を蹴散らして、旗本が集まってくる。馬も曳かれてきた。

「殿、駈けますぞ」

典韋が言った。曹操は、典韋の後ろを駈けた。遮る敵は、典韋が戟で突き倒し、打ち払う。旗本の兵だけ三十騎ほどだったのが、いつの間にか五百を超えていた。それぞれに、斬り抜けてきたのだ。

きわどいところで、罠を脱した。そう思った。歩兵も、少しずつ集まっている。

曹操は唇を嚙んだ。緒戦で、呂布にいいようにあしらわれたので、つい功を焦ってしまったのか。思えば、ありふれた罠だった。ひとつ負けると、こうやって抜き差しならないところに嵌りこんでしまう。

死にはしなかった。主力も失っていない。駈けながら、曹操はさまざまなことを考えた。罠に嵌めきれなかったというのは、敵の失敗でもあるのだ。

前方の小高い丘。小さな軍勢が現われた。旗。全身が硬直したのは、『呂』の字をはっきりと読みとった時だった。待っていた。呂布。黒い具足。巨大な、黒い一頭のけもの。動き出した。

ここまでか。はじめて、曹操はそう思った。黒いけものが、風のように駈け寄ってくる。典韋が、前に出た。旗本たちも、前に出た。それでも、せいぜい二百。呂布の顔が、はっきりと見えた。方天戟を低く構え、赤い馬に乗っている。

不意に、別のところから喊声が起きた。黒いけものが、むきを変え、駈け去っていった。夏侯惇だった。五千ほどの騎馬を率いている。歩兵はずっと遅れているのだろう。

「呂布を追え。騎馬を小さく五隊に分け、決して一隊だけでぶつかるな」

「殿は？」

「濮陽城を落とす。呂布すらも出てきている。城の中は、わずかな兵しかいない」

「本陣には、三万が残っています」

「伝令を出す。早く、呂布を追え、夏侯惇」

「網の中にいるようなものです。逃げた方向は岩山で、馬では無理です。岩山ごと、囲んでしまいます」

すでに、騎馬隊は千騎ずつまとまって駈け出していた。

「必ず、本陣の三万を使われますように。曹洪がおります」

「わかっている」

曹操は駈けた。本陣への伝令は、二騎ずつ、三組出した。周囲には、ほぼ四百騎。歩兵は二千を超えている。本陣に三万ということは、夏侯惇は三万を率いてきているはずだ。

　四百騎で、迷わず濮陽城へむかった。帰還した味方だ、と思わせるのは難しくない。城内に入り、ほんのわずかの間、四百騎で闘えばいいのだ。後れてくる歩兵が先か、本陣の三万が先か、とにかく味方はすぐに来る。

　駈けた。旗などは、とうに捨てている。濮陽城が見えてきた。開門。先頭の者が叫んでいる。近づく。門が開いた。勝った、と曹操は思った。

　城内に駈けこむ。城門の守備兵を蹴散らした。そのまま、駈けた。旗。手綱を引き、曹操は、しばし言葉を失った。『呂』の旗。間違いはなかった。呂布は、先に城に駈け戻っていたことになる。赤い馬。低く構えられた方天戟。呂布が、近づいてくる。四百騎が、曹操の前に出た。

　駈けはじめたと思った時、呂布の騎馬隊はもうすぐそばにいた。曹操は、城門にむけて駈けた。城門が、火に包まれはじめている。

　遮る敵の歩兵を、蹴散らした。典韋。曹操の脇を駈け抜け、敵兵の中に躍りこむ。その後ろを、曹操が駈けた。駈けながら、ふりむく。呂布が、追ってきていた。四百騎は、もう五十も残っていない。

「殿、城門が崩れる前に、駈け抜けてください」

典韋が、敵を蹴散らしながら叫んでいる。棹立ちになりかけた馬を押さえこみ、曹操は馬の尻に剣を突き立てた。駈ける。火。迫ってきた。馬の首に抱きつくように、躰を低くする。熱気。躰が浮いた。馬ごとだった。そのまま倒れ、反射的に曹操は跳ね起きた。馬の尻に、方天戟が突き立っている。

呂布。二人を弾き飛ばし、こちらへむかって駈け出していた。躰が浮いた。熱気の中に突っこんだ。躰が、燃えはじめている。火が移ったのだ。地面に放り出された。覆いかぶさってきたものがある。それで、躰の火は消えた。典韋だった。

「馬を遮れ」

曹操は、呟いた。自分の躰が、持ちあげられるのを感じた。曹洪の騎馬が、すでに到着しているようだ。

「馬を遮るのだ」

いつの間にか、本陣に運びこまれていた。火傷の手当てをした。

「馬を遮る柵を作れ。兵が十名ほどで担げるものだ。それを、二重に並べる。そして、弓手を配置せよ」

すでに、夜になっていた。具足も新しいものに替え、焼け縮れた髪を隠すために、深い幘(頭巾)を被った。

夏侯惇の軍が、むなしく戻ってきた。

「柵は、どうした？」

「いま、作らせております」

「馬止めの柵を作り、弓手を配置。兵を休ませるのは、それからだ」

歩兵一万と騎馬の五千に、夜通し襲撃に備えさせた。火傷しているところが疼いていたが、曹操はそれに耐えた。夜明け。曹操は、馬で柵を見て回った。弓手も、きちんと配置されている。

「夏侯惇、兵を編成し直せ。傷ついた者は、鄄城へ送れ。終ったら、軍議だ」

「殿、少し眠られた方が」

「まだ眠れぬ。眠れる時が来たら、眠る」

陣屋で待った。

水が用意してあり、顔を洗おうとして、そこに映った顔を、曹操ははっきりと見た。頬が削げている。髭は焼けてしまい、別人のように見えた。負け犬の顔か、と曹操は思った。それでも、生きている。

「旗を掲げよ。柵は、少しずつ前へ進めろ。城に圧力をかけるのだ。攻城戦に移る。そのつもりで、城門の正面には騎馬も配置しろ」

七万が、六万に減っていた。実に、一万は失ったことになる。敵も、城に戻れなかった者がかなりいる。いま城内には、二万とちょっといるだけだろう。戻れなかった兵が、そのまま散ってしまえばいいが、ひとつにまとまって襲ってくることも、考えておかなければならない。

「倍する兵を擁しながら、呂布に負けた。負けたことを、悔みはすまい。しかし、忘れぬ。われらは、百万の軍に対して耐え抜いた経験もある。負けた者ができるのは、耐えることだ。いまは、耐え続ける。持久戦しかないのだ。呂布とて、鬼神ではない。耐えた先に、活路は見えてくるはずだ」

「負けたと言うほどの、負けではありません。私は、そう思います」

すべての点で、負けた。兵の動かし方も、先の読みも、すべてが後手に回った。兵力が同じなら、生きてはいないだろう。どこかに、驕りはなかったか。

「勝って当然のものが、勝てなかった。それだけでも、負けだ。曹洪の言うことが、わからぬではない。私は生きているし、部将たちで死んだ者もいない。いまなお、六万の兵を擁している。だから、必要以上に呂布を恐れることはない。ただ、呂布のやり方に引きこまれたと思う。私は、これからは自分の戦をやる」

「長くなっても、耐えましょう、殿」

夏侯惇が言い、曹操は頷いた。

「兵を、交替で休ませてやれ。武具の欠けたものは、鄄城から運ばせろ」

それだけ言い、曹操は陣屋の居室に戻った。

典韋が、立っていた。

「おまえも休め、典韋」

「私は、大丈夫です」

「一緒に城に駈けこんだ四百騎は、みんな死んだか？」

「出てきたのは、殿だけです」

「それと、おまえとな。それにしても、呂布の騎馬隊は恐ろしい。恐ろしいものとは、闘わぬようにしたいものだ」

曹操は具足を脱ぎ、寝台に横たわった。

すぐには、眠れなかった。兵糧はいつまでもつのか。それが、頭に浮かんだ。鄄城から運ばせることはできるが、途中で襲われれば、元も子もなくなる。一万は、どこかに潜んでいるのだ。

畠がある。その作物は、当然呂布も狙ってくるだろう。

次の勝負はその時だろう、と曹操は思った。それから、ようやく眠りに落ちた。

大志は徐州になく

1

劉備は、徐州に留まったままだった。予州小沛に駐屯地は与えられていたが、そこにいるより、下邳にいることの方が多かったのだ。

陶謙が、徐州を譲りたい、と何度か申し入れてきた。その真意が、よくわからなかった。無論、陶謙に徐州を譲る権利などはない。しかしこういう時代で、強い者がそこを領地とするようにはなっていた。つまり、朝廷の任命など、もうなんの意味も持たなくなっているのだ。

それでも、一州を譲るというのは、解しかねた。

「なぜ、受けてしまわれないのです、兄者？」

「そんなうまい話があると思うか。血眼になって、群雄が一郡を奪い合っている時代だぞ。まして一州を丸ごと譲るなど、おかしいと思わないか、関羽？」

「それは、まあそうですが。貰ってしまえば勝ちだとも、考えられます」

下邳には、関羽を伴って来ることが多かった。

張飛は、陶謙から借りた四千の兵の訓練に忙しい。

下邳城内には、館も与えられていた。関羽と、ほかに十名ほどの従者。敵地であったなら、ひとたまりもない人数である。

少数でいることで、陶謙の部将たちの反撥をかわせる、と劉備は考えていた。

「それほどにか」

応累に、徐州のほんとうの内情を探らせていたが、報告を聞いて劉備は声をあげた。

陶謙を頂点として、兵力五万。

それだけなら不思議はないが、陶謙の手勢そのものは、一万にも満ちていない。

しかも、半数の四千は劉備に預けている。

「二千近くの兵を抱えている豪族が、およそ十名。一千の兵、五百の兵を抱えている者は、いやになるほどいます」

陶謙は、豪族をうまくまとめて、五万の軍勢にしているのだ。しかし豪族は自立性が強く、かなりのことでなければ、兵は出さない。曹操が徐州に攻めこんできた時は、さすがに三万の兵は集まっていた。

豪族をひとり殺すと、ほかのすべての豪族に反撥される。それで、豪族の連合体のような州になっていると思えた。

「問題は、税でございますな」

応累が、細い眼をいっそう細くした。

「豪族が税を取り立てます。それを、州にほとんどあげないのですよ。ですから、陶謙は、自領と豪族たちに認めてもらった土地の税だけで兵を養っています。その数が八千というわけで、それは豪族を潰さないかぎり増えることはありません」

「つまり徐州を譲られても、その実、一郡を譲られた程度のものなのだな」

「殿が、豪族をすべて誅殺してしまわれれば、五万、いや実際は六万を超えましょうが、それだけの兵を擁することができるわけです」

「それは、ほとんど斬り取るようなものではないか」

「そういうことです。ならば、予州でもいっこうに構わないわけで、あとは殿のお心次第ということになります」

「何人を誅殺すれば、徐州は私のものになると思う？」

「まず、大きいところから二十名。一族や家臣を含めると、二千名というところですか」

「暴虐の誹りをまぬかれまいな」

「二十名をひとつずつ潰していく間に、豪族たちは連合します。陶謙は、はじめに徐州に入った時に、それをやって失敗しています」

「ならば、豪族の誰かに譲れば、それで徐州は落ち着くのではないか？」

「強大な豪族がいればです。誰に譲っても、争いは起きます。みんな、同じぐらいの力しか持っていないのです。いずれ徐州は、袁術に狙われます」

「それなら、それでよかろう」

「豪族たちはです。陶謙よりもっと強い者が現われて、力で押さえつけてくれれば、仕方がないと諦めるでしょう。ただ、陶謙は納得できますまい。せっかく手に入れた徐州は、息子たちに譲りたいのですよ。しかしそうすれば、すぐに豪族たちに潰されるでしょう。戦もしたことがない、軟弱な息子たちですから」

「私が、豪族たちを潰したのちに、息子たちにこの土地を返すと、陶謙は考えているのか、もしかすると？」

「徳の将軍でありすぎましたな、いままで。殿を見ていると、そうされるだろうと思ってしまいます。世間がそういう眼で見れば、殿もそうせざるを得なくなる。そういうことは、抜け目なく腹心に命じていますよ」

「ただのお人好しか、私は」

「そういうことになります」

応累は、表情も変えずにそう言った。

「しかし、陶謙は押しつけてくるな」

「曹操が、また攻めてくるかもしれません。あるいは、袁術が狙ってくるかも。殿にその戦も受け持ってもらえば、陶謙としては言うことはありますまい」

「困ったな」

「また、流浪に戻られますか？」

「それも、悪くない気がする。しかし、陶謙を見捨てた、と世間には言われる」

「老練な男です、陶謙は。すべて計算して、最後は殿が受けざるを得なくなる、と読んでいるのです」

下邳に与えられた館は、小さなものだった。目立つとも言える。応累は、商人の恰好や、農夫の姿、兵士の伝令というように、容子を変えていた。それでも、あまり館では会わない方がよさそうだ。

「殿は、徐州を欲しいと思われますか？」

「のどから手が出るほどにな」

劉備は眼を閉じて、腕を組んだ。徐州を譲り受けたところで、ほんとうに自分のものにするためには、血まみれの闘争が必要であることは、眼に見えている。そして、いままで培ってきた風評も、決定的に崩れる。血を見ないで豪族たちを懐柔するには、あまりに時がかかり過ぎるという気もする。

たとえ徐州を自分のものにしたところで、陶謙の息子たちは、父から預かっている領土を返せと言いはじめるだろう。

「のどから手が出るほど欲しいが、ここは絶対に手を出してはならんのだ、とも思う」

とりあえず譲り受けろ、と応累は言いたいのだろう。関羽も、自分のものにすれば勝ちだ、と言った。

しかし、時期がどうなのか。袁紹、袁術がいる。曹操もいる。公孫瓚は、ついに幽州の牧であった劉虞を打ち破り、首を刎ねた。完全に、幽州を掌握したのである。

ほかにも、動きが活発ではないにしろ、大勢力を持った武将は何人もいる。

徐州へ来たのは、曹操の攻撃を防ぐためだった。いままで特に敵対していたわけではない曹操と、わざわざ争う必要はない、と助言してくる者も、ひとりや二人ではなかった。まして、曹操は、父の仇を討つために徐州を攻めていたのである。陶謙の援兵の依頼を受けたのは、そろそろという気持が働いたからだ。賊の討伐ばかりではなく、群雄との手合わせも、そろそろ経験しておいた方がいいのではないのか。

勝てる、とは思っていなかった。ただ、有力者の争いの中に、自分の名がしばしば出るということは、必要な時期でもあった。いまは、負けると決まっている戦の方がいいのである。その負け戦の中で、きらりと光る闘いぶりを見せていけばいい。曹操にも、その光を見せつけておくつもりだった。ところが、兗州での思わぬ反逆である。曹操も予想はしていなかっただろうが、劉備にも不測の事態だった。陶謙が病に倒れているので、いまは徐州から引き揚げることもままならないのである。曹操は兗州に帰ったが、担ぎ出された呂布にてこずっているようだ。緒戦の騎馬を主体とした戦では、呂布に翻弄されている。それから陣を堅め、攻城戦の構えをとって、対峙を続けていた。

両者とも、兵糧を睨んでの対峙だった。畠の作物をどちらが取るか、ということに勝敗がかかっているように見えた。ところが、その畠の作物が消えてしまったのである。飛蝗に襲われたのだ。蝗は、空が暗くなるほどの群れで飛んできて、作物はおろか、雑草の一本にいたるまで、緑のものはすべて食い尽してしまう。

兵糧を睨んでの対峙は意味をなさなくなり、両者は兵を退いた。曹操は鄄城に入り、呂布は山陽郡にむかったらしい。

徐州から、曹操の脅威はとりあえず消えている。

心の重いことばかりではなかった。

小沛の駐屯地に帰ると、ひとりの男が待っていた。

顔を見て、劉備は胸が詰った。すぐには言葉も出てこなかった。

趙雲子竜である。

「三年ぶりかな」

「はい」

「逞しくなった。眼の光も、落ち着いている」

「何人もの大将の軍に、身を投じました。大将を見、自分も見つめてきました。そして、戻ってきました」

胸が熱くなった。趙雲とは、やはり一度きりの縁ではなかった。しかし、劉備は横をむいた。

「三年という歳月は長い。おまえも変ったろうし、私も変った。しばらくここにいて、お互いを見きわめようではないか」

「そのつもりです。もう急ぎません」

「この国の乱れは、三年前よりもずっと大きくなった。趙雲（ちょううん）、おまえはおまえの器量で、一軍の大将になれるかもしれんのだぞ」

「なれません」

声をあげ、趙雲が笑った。

「流浪をはじめた時は、一軍の大将にという気持も持っていました。なれはしない、とわかるための三年だったような気もします」

「なれぬか、ほんとうに」

「国のありようというものを見つめている人間だけが、大将になるべきなのです。私には、それはありません。そういう器量は、もともとないようなのです。それに、大将の狡（ずる）さを持ち合わせていません」

「狡い、と言ったのか？」

「はい。狡い大将でも、殿は特に狡い。一方で国のありようを見つめながら、もう一方では狡く立ち回っておいでです」

当たっているかもしれない、と劉備は思った。秋を待つのは、それまで自分が潰れるのを防ごうということでもある。一郡の太守ほどの兵も擁しようとしてこなかったのは、確かに狡かったかもしれないのだ。

「一夜、宴を張ろうではありませんか、殿。張飛など、飲みたくてうずうずしているというふうに見えます」

「趙雲が、いい男になって戻ってきた。俺はそう思います。大兄貴。いや、殿」

関羽と張飛が劉備を兄と呼ぶのは、余人を交えていない時だけだ。この趙雲が、一番下の弟になれる日が来るのだろうか。

「酒を、陣屋に運ばせろ、張飛。それから、成玄固も呼んでやれ」

「心得た」

張飛が、駈け出していく。

ここには五千の兵がいるが、劉備のほんとうの手勢は、千二百だけだ。それでも、一軍を指揮できる男がひとり加わった、と劉備は思った。

2

陶謙の病が篤くなったのは、十二月に入ってからだった。

劉備は、ずっと下邳の館にいた。寿春の袁術が、微妙な動きを見せている。徐州内の豪族に、工作を仕掛けている様子なのだ。ただ、豪族の方は、ほとんど動いていない。

これが徐州の豪族か、と改めて劉備は見つめていた。何人かが袁術に靡いてもよさそうなものだが、その気配はない。かつて、陶謙が徐州の牧として入ってきた時も、豪族の切り崩しには失敗している。陶謙に靡いて権勢を得ようとした者が二人ほどいたようだが、一族ことごとくが死んでいた。なぜ死んだのかは、よくわからない。

徐州の豪族の切り崩しが難しいのは、ほかの者の上に立って、さらに大きくなろうという野心を誰も持っていないからだ。たとえ持っていても、それを見せた時に、死ぬ。

特に、有力な七名の結束が固かった。それを崩すには、七名のうちの四名は殺す必要がある。そして、泥沼の闘いを二、三年は続ける覚悟もいるだろう。

陶謙は、しばしば劉備に会いたがった。もう長くはないだろうというのは、見ていてわかった。その陶謙の最後の仕事が、劉備に徐州を引き受けさせることなのだった。

危険は大きすぎる。いずれ曹操とぶつかることは避けられず、それまでに徐州をひとつにまとめるのも難しい。豪族たちは、外敵となればそれなりの兵を出してくる。一応は州を守ろうという姿勢は示すのだ。しかし必死の戦をするわけではないことは、郯城のそばで曹操と小競り合いをしてみて、すぐにわかった。

これが、寿春の袁術だったら、どうだろうか。徐州以外のところで、その数倍の力を持っている。少々の泥沼に落ちたところで、外からいくらでも叩くことができるのだ。だから豪族たちは、袁術が来ると困るのだ。陶謙と一緒になって、懸命に劉備を担ごうとする。そのあたりに自分の活路が見いだせないのか、劉備は考え続けていた。

関羽と張飛を呼んだ。

小沛の兵の訓練は、趙雲に任せられる。張飛も、劉備と行動をともにすることが多くなった。

「私は徐州牧を辞退し続けてきたが、陶謙殿の病も篤くなり、なかなかに難しくなった。亡くなられる前に、返事をしなければなるまい。それも、断るという返事では、陶謙殿も納得はされまい。引き受けざるを得ない」

「私は、以前からそう申しあげていますぞ、兄者」

「俺も、大兄貴がなぜ断られるのか、不思議に思っていました。これだけ頼まれているのですから、無理に牧の地位を奪った、ということにはならないと思います。世間の人も、そう言うはずはありません」

やはり、二人とも戦場の英傑だった。こういうことでは、背後にあるものを見ようとはしない。

徐州の統治がどれほど難しく、危険なものか、劉備は理を尽して二人に語った。

二人とも、黙りこんだ。

「陶謙殿の執念も、並みではない。自分が得たものを、二人の息子に引き継がせたいと、必死なのだ」

「それで、大兄貴はどうされるおつもりです?」

「私は、引き受けようと思っている」

劉備が言うと、二人は顔を見合わせた。

「無位無官同様の身から、そろそろ脱け出したいのだ。州をひとつ治めた、という実績が欲しい。いずれ徐州は失うことになるかもしれぬが、その時も、ただの流浪の義勇兵ではなくなる」

「兄者が、そう決められたのなら」

関羽が言うと、張飛も小さく頷いた。

「私が徐州を引き受けたら、いろいろある。陶謙殿の家臣がいて、豪族がいる。陶謙殿より、私はずっと複雑な立場に立つことになる。二人とも、腹の立つこともあるだろうが、ここは耐えてくれ。すべては、まだまだ動き続ける。徐州にこだわって、その流れを見落とすこともできん」

「わかりました。張飛、俺たちも兄弟だと言って、大きな顔をしてはいられぬぞ。兄者がなにをなされたいのか、しっかりと見きわめなければならん」

「それは、小兄貴の仕事だ。俺は、たとえ大兄貴がどこかの盗賊になったとしても、黙って付いていく。そう決めている。ひとつだけ言えるのは、劉備軍はもっと強くなるぜ、小兄貴。あの趙雲が加わったからな」

劉備は苦笑した。確かに、趙雲という部将が一枚加わったことで、軍の指揮には厚みが出る。三人に一隊ずつ率いさせれば、いまよりずっと多様な動きも可能だ。

それは、張飛が言うように、軍の強さでもある。

しかし、その強さをいつ生かせるのか。

劉備のもとに、説得の使者が次々に訪れるようになった。陶謙の臣だけでなく、豪族たちもやってくる。袁術に出てこられると困る、という思いが第一なのは、よくわかった。袁術は強大だが、劉備は小さい。

やがて、陶謙が死んだ。

劉備は、徐州の牧を引き受けた。陶謙の残した兵も加え、劉備軍は一万ほどになった。混成の軍である。陶謙の息子たちは、それなりの地位に就かせた。陶謙の遺臣たちの眼が光っている。

七名の有力な豪族とは、個別に会わず、一度に会った。個別に会うと、分断と見る者が出てくるだろう。それは避けた。統治の方法についても、豪族の意見を聞き、できることとできないことについて、はっきりとさせた。陶謙の遺臣と豪族たちが口を挟んできたが、そちらはできるだけ遠ざけた。陶謙の遺臣たちの分断については、不平を並べる者はいない。いまできることは、それだけだった。

袁術と曹操の動向には、眼を配った。

寿春に拠点を移してからの袁術は、荊州の劉表の重圧から離れ、いつでも出撃できる態勢にはあるようだった。

問題は、曹操だった。

劉備が徐州牧を受けたのを聞き、激怒したとも伝えられてきた。陶謙の病死でも、父を殺された恨みは消えていないようだ。ただ、呂布がいる。

蝗の害で一度は兵を退いた両者も、年が改まるとまたぶつかりはじめていた。

まず、定陶で呂布が破られた。曹操は、徹底して騎馬の動きを封じる作戦に出たようだ。柵を使い、要害に拠り、馬を使えない戦をしている。曹操が、全体の戦略を変えたのもわかった。一気に呂布を打ち砕こうというのではなく、呂布側についた兗州内の城を、ひとつずつ攻略していくという構えなのである。呂布にすれば、どうしようもない防衛戦になるはずだ。兗州の諸城は、もともと曹操の勢力下にあり、曹操の留守中に呂布を恐れて下った者が多いのだ。呂布は、徐々に力を失っていくだろう。

死んだ陶謙の家臣に、糜竺という者がいた。ひとりだけ、徐州牧を受ければどれほど苦労が多いか、劉備に語った人物だった。糜竺は陶謙に命じられてきたのだが、それを話した上で、やはり徐州の牧を受けるべきだと思う、と自分の考えを述べた。困難はあっても、乗り越えてうまく統治するのが、真の為政者だと言った糜竺の意見を、劉備はよく憶えていた。徐州のみならず、この国には真の為政者がいないから、こんな乱世になったのだ、とも言った。

言うのはたやすい、と劉備は答えた。すると糜竺は、たやすく言われるのが為政者の宿命である、と言って笑ったのだ。

その糜竺が、劉備に面会を求めてやってきたのである。

「どうされた、糜竺殿。ずいぶんとお顔を見せられなかったではないか？」

「憶えておられますか、私を？」

「当たり前だ。たやすく言われるのが為政者だ、とも申したではないか」

「そして、劉備様は、徐州牧をお受けになりました。そのお心の底になにがあるのか、私には見える気がいたします」

「ほう」

糜竺は、とりたてて特徴のない男だった。ただ、むき合って腰を降ろすと、たえず膝を動かしている。この間、会いに来た時もそうだった。

「私は、劉備様がどれほどの御苦労をされているか、よく存じません。戻ってきてから、親しい者に聞きましたが」

「旅にでも出ておられたか？」

「はい。長安まで」

長安と聞いて、劉備はちょっと緊張した。帝がいる。その帝を、董卓の遺臣たちが奪い合っている。そういう噂を知っていたからだ。

「長安とは、また遠いところまで」

「私は、帝がこの国の頂点に立たれるべきだろう、と思うのです。別に政事はなされずとも、民の心の拠りどころは必要なのです。漢王朝が倒れれば、また別の王朝が立ちます。その王朝が民の心の拠りどころになるまでに、何代もかかるでしょう。漢の歴史は四百年。この王室を、この国は守り続けていけばいいのです。為政者は、その下でたやすく言われ続け、好かれたり嫌われたりいたします。しかし帝は、常に民の心の拠りどころとなっている。乱れに乱れたこの国が、国らしい姿を取り戻すには、そうすることが最上だと、私は信じています」

劉備が考えていることと、非常に近かった。この国には、秩序の中心が必要なのだ。それが帝の権威なら、民にはわかりやすい。秩序を守っていくのは、帝ではなく為政者の責務である。

「興味深いことを聞くものだ。徐州一州さえ治まっていないのに」

「帝がこの地におわしても、治まりませんか？」

麋竺の、膝の動きが止まっていた。

劉備は、麋竺を見つめた。帝がこの地に、とはどういうことなのだ。確かに、帝をこの地に迎えれば、劉備は豪族の意向など気にしないだろう。陶謙の遺臣の意見もどうでもいい。いや、曹操や袁術がなんと言おうと、劉備には闘う意味がある。大義。つまり、そういうことだ。いかに漢王室が傾いたとはいえ、帝にはまだ大義がある。

「まさか、麋竺殿は？」

「この地に、帝を迎えるということは、できませんか？」

「本気で、言っておられるのか？」

劉備にむけた麋竺の眼から、涙が流れ落ちてきた。膝の上の麋竺の手が、しっかり握りしめられている。

「劉備様は、中山靖王の末裔、漢王室に連なるお方。なにとぞ、このことをお考えいただけませんか」

「しかし」

「いまの長安は、地獄です。帝は昨年元服され、今年になって御成婚もなされました。しかし、事実は幽閉の身。長安の民も、御成婚を喜ぶどころではありません」

「それほどに？」

「帝のお命が長らえている。これは、董卓の遺臣どもが、かつての主の真似をしているからだけなのです。董卓は、帝を掌中にすることによって、他の諸将の上に立ちました。遺臣どもの間だけで、それがくり返されているのです」

　麋竺は、まだ涙を流し続けていた。

「帝の不幸は、この国の民の不幸ではありませんか、劉備様。漢王室に連らなるお方として、それを放っておかれるおつもりですか。いま、劉備様は一州を領しておられる。速やかに長安に兵を出し、逆賊を討ち、帝をお迎えすべきです」

「待て、麋竺殿。一州を領しているとはいえ、徐州にはさまざまな問題がある。豪族たちは、州牧たる私に服従しているというわけではなく、曹操や袁術の圧力もたえず受けている」

「待てぬ。帝のあのようなお姿を見て、待てるものか。問題など、いつでもあるのだ。兵を出せぬというのは怯懦に過ぎぬ。なんのために、劉備様は州牧におなりになった。自らの私欲のためですか」

「無礼な」

　劉備が一喝すると、麋竺ははっとしたように顔を動かし、うつむいた。

「これは、州牧たるお方に、まことに失礼を申しあげました。つい、憤激の情を抑えきれず」

「帰っていただこう。私は、なりたくて州牧になったのではない。乞われに乞われて、引き受けたのだ。それが、すぐに長安まで遠征しなければ、不忠者か。袁紹に、同じことを言えるか。曹操には、袁術には？」

糜竺は、うつむいた顔をあげなかった。

劉備の怒鳴り声を聞きつけた関羽が、飛びこんできて、すぐに糜竺を外に連れ出した。

ひとりになった劉備は、しばらく眼を閉じていた。なぜ、怒鳴ってしまったのか。おのが腑甲斐なさに、思わず怒鳴ったのではなかったのか。

「久しぶりですね、兄者が本気で怒られたのは。私は、兄者が糜竺を打ち殺されるのではないかと、心配しました。連れ出した糜竺は、無礼なことを申しあげたと、自分を責めているようでした」

「もういい」

劉備は言い、自室へ戻った。

関羽にまで、なにか言ってしまいそうな気がしたのだ。

3

二十歳になっていた。

父の孫堅が流れ矢に当たって死んだ時、孫策は、その軍の維持が使命だと思った。しかし、大将を失うというのは、思った以上に大変なことだった。まず、孫堅につこうと思っていた兵たちが去った。それでも四、五千の兵は残っていたが、劉表に抗することもできずに長沙を失い、別に拠って立つ土地も得られなかった。

部将たちも、わずかな兵を率いて、揚州の各地に埋もれた。

袁術に頼ったのは、どうしようもなくなったからだ。四、五千の兵は袁術軍に吸収され、孫策はただの部将ということになった。

屈辱に、孫策は耐えた。

父が生きてさえいれば、袁術などものの数ではない、という思いも忘れた。袁術の前では身を屈し、時には平伏までした。

名門であるというだけで、袁術のもとには兵が集まっている。その理不尽も、見ないようにした。ひたすら袁術の前で臣従を誓い、わずか百名ほど与えられた部下の訓練に打ちこんだ。

程普、黄蓋、韓当の三将は、しばしばひそかに孫策を訪った。自立の時を待て、と言うのである。いつか、必ず自立できる、ということを信じよとも言った。

その日が来ることを、無論孫策は疑っていなかった。袁術の、肥った躰の前で平伏するのも、その日までなのだ。

はじめて、兵を率いて戦に出たのは、昨年だった。初陣の祝いの言葉を、孫策は袁術から黙って受けた。心の中では、父とともに初陣は飾っている、と思っていた。わずか数百の敵を討つ戦だったが、孫策は日ごろの鬱憤を晴らすように、敵の半数は斬り殺した。殺していると、心が燃える。戦をしているのだ、と叫び声をあげたくなる。

戦は、好きだった。南の雄と言われた孫堅の息子なのだ、とも思った。わずか数百でもいい。自立して出発したかった。しかし、袁術がそれを許さない。廬江郡の太守を攻めた時は二千の軍を率いたが、袁術の派遣した部将が、いつも二人付いていた。

その戦にも、勝った。

そのころから、孫策はひそかに、三日四日の旅に出るようになった。

各地の、人と会っていたのである。十人二十人と、徒党を組んでいるような、盗賊ともつかない者たちである。荒っぽいが、気は合う者が多かった。孫策は名乗りもせず、身なりも粗末にして、その者たちの中に入り、時には喧嘩をし、時には議論をした。誰も、孫策に勝てる者はいなかった。時には、丹陽郡のあたりまでも出かけていった。

ならず者たちの間では、すぐに顔が売れた。腕っぷしで、人の上に立つのが好きだった。同時に、自立する日のことも、孫策の眼は見ていた。

揚州は、不穏なものを抱えていた。袁術が、荊州南陽郡から、強引に寿春に拠点を移したからである。寿春にいた揚州刺史の劉繇は、押し出される恰好で、長江を渡って曲阿に移った。そして、しばしば劉繇は袁術の背後を衝く構えを見せたのである。

荊州では、いつも背後に劉表がいた。劉繇の圧力は、劉表と較べると格段に小さかったが、それでも背後で隙を狙っていることに違いはなかった。

袁術の政事は、悪逆ではないにしても、民のことを考えたものではなかった。民の間では、たえず不満がくすぶっていたのだ。

曲阿を中心とする江東を平定するのは、目下、袁術の急務になっている。兗州では、曹操が呂布をじりじりと圧迫して、力を盛り返しつつあった。徐州では、劉備が牧に就任した。そして冀州を中心とする一帯で、袁紹がますます勢力を強めつつあった。

袁術が耐えられないのは、妾腹である兄の袁紹が、民心を集めていることだ、と孫策は思っていた。一度討とうとしたが、北進の軍は兗州で曹操に遮られた。完璧な負けだが、背後に劉表がいたからだ、と袁術は思いこんでいるようなふしがあった。

寿春に拠点を移したのは、袁紹と手を結んでいる劉表を避けるためだった。それでも、また背後に劉繇がいるのだ。

そろそろ、時が来ている、と孫策は思っていた。曲阿の劉繇を討つことを、袁術は考えはじめているのだ。その討伐軍を任せてさえ貰えたら、と孫策は考えていた。今度は、数百の兵では足りない。少なくとも、五千は必要である。かつての孫堅軍を、返して貰えるいい機会かもしれないのだ。

「焦るなよ、孫策」

手綱を引きしめたのは、父の同母兄の孫賁だった。丹陽郡の都尉（部隊長）で、しばしば寿春に来ては、孫策と会っていた。幼いころから、かわいがってもらっている。戦は得意ではないが、交渉や謀略はうまい、と父は言っていた。

「袁術は、口と肚が違う男だ。絶対に信用してはならん」

袁術は、父の兵を返すと、孫策に何度も約束し、そのたびに理由をつけては引きのばしていた。自分の力だけで、賊の頭目からはじめてやろうか、とさえ孫策は思うことがあったのだ。

「女のような男だ、あれは。董卓の軍と対峙した時、緒戦に勝った殿にわざと兵糧を送らなかった。私は、あの時のことを、いまだに忘れぬ。人が勝つのは、許せないのだ。おまえは、小さな戦だが、見事に勝った」

「しかし、曲阿は攻めなければなりません。曲阿から戦火が拡がることは、充分に考えられるのですから」

「そこだ、孫策。おまえは、孫家の長男で、殿譲りの武勇も持っている。袁術は、勿論おまえを家臣だなどと思っていない。おまえの武勇を嫉み、どこかで潰してやろうと考えているだけなのだ」

「わかります」

「あえて望めば、丹陽郡にいる私と二人だけで、曲阿の劉繇を攻めろなどと言い出しかねぬ」

孫賁が預っている兵は、せいぜい五十というところだった。自分と合わせて百五十にしかならない。劉繇は一万の兵を擁している。

「後詰だと言って、大軍を率いてくる。そして、おまえが死ぬまでじっと見ている。それから、自分で劉繇を討つだろう。おまえも、もう二十歳だ。袁術の、そういう汚なさもわからぬではあるまい」

「私は、このまま袁術に飼い殺されるのですか、伯父上」

「ひとつ訊く。曲阿を攻めるのに、どれほどの兵が要る。これは、袁術から借り受ける兵という意味だ。おまえが、自立の日のために、州内のならず者たちと通じていることを、私は知っている。いざ戦となれば、その者たちが集まってくるだろう」

「二千」

孫賁が自分がやっていることを知っているのに、孫策はいささか驚いていた。これが、父が認めた謀略の才なのかもしれない。

「まず、無理であろう」

「最低でも、一千」

「勝てるか？」

「負けていい戦ではありません。袁術のためでなく、自分のための戦ですから」

「よし。私が交渉しよう。亡き殿から預けられた、伝国の玉璽を質にしなければならんが、それでいいな？」

「あんなものは、ただの石だ、と伯父上は言われたことがあります」

「その石が、強欲で、女のようなやつには役に立つのだ」

「兵数はともかく、出陣を許されるかどうかなのです。それに、誰か部将を監視に付けてくるでありましょうし」

「私に、任せておけ。おまえは、袁術の前に出て、涙を流し、平伏しろ。この三年、袁術のもとでよく耐えてきた。孫郎（若君）と人から呼ばれ、万余の軍勢を与えられるはずだったおまえが、袁術ごときに身を屈しなければならなかったのが、どういう思いだったか察しはつく。荒武者だと思ったが、大きくなった。いまこそ、自立の時だ、と私は思う」

「袁術の前で、涙を流して平伏するのなど、なにほどのこともありません」

孫賁は、しばらく孫策を見つめていた。この三年で、孫賁はひどく歳をとった、と孫策は思った。自分のために、苦労をしたのだろう。程普や黄蓋や韓当も、なにくれとなく気を遣ってくる。袁術から与えられているものは皆無に等しかったのに、惨めな思いをしなくて済んだのは、彼らがいたからだ。

「伯父上、程普らの、かつての父の部将たちは、一緒に出陣できるでしょうか？」

「ひとりでは、不安なのか？」

「いいえ。ただ、かつて父とともに闘った部将を」

「今度だけは、それはならん」

孫策は頷いた。言った自分が愚かだと思った。袁術は、あの三人の動きは、注視しているだろう。何度も臣従することを勧められたが、あの三人は決して応じようとしなかった。それが出陣すれば、袁術は疑心を抱くどころではない。

「亡き殿は、荊州を平定すると、揚州を併せるおつもりであった。そして、荊、揚どちらかの州をおまえに任せ、ともに北進しようと考えられていた。亡き殿の抱かれた夢を、決して忘れるな」

孫策は頷いた。

袁術が曲阿への出兵を考えている、という部将間の噂を耳にしたのは、それからすぐのことだった。

雨の激しい日だった。孫策は、袁術の館の庭で、平伏していた。すべてが濡れていた。服や肌だけではない。誇りすらも濡れている。それでも、陽さえ射してくれば、乾かすことはできる。

「孫策か。なぜそんなところで濡れている。中へ入れ」

袁術が出てきた。ずいぶんと長い間、雨の中で待たされた。それでも、やっと出てきた袁術は、こんな言い方をする。

「殿に、お願いがございます」

「ほう」

袁術様と、これまでは呼んできた。殿と呼んだのは、はじめてである。たとえ身を寄せていても、自分は孫堅（そんけん）の子だ、という思いがあった。孫策は、それも捨てた。

「私は、二十歳になりました。殿の部将として、器量は不足でしょうか？」

「なにを言う。私の命じた戦には、二度とも見事に勝ったではないか。さすがに、孫堅殿の子だ」

「父のことは、どうでもよいのです。私は部将となって、殿のもとで闘いたいのです。殿は天下を争われるお方。そのためなら、どんな戦でも結構です。どうか、私に困難な戦をお与えになり、私の力をお認めになられたら、部将として働かせてください。死など、いといはいたしません」

雨が、項（うなじ）を打っていた。肩も背も打っていた。孫策は、水溜（みずたま）りの中に額をつけた。

「もうよい、孫策。考えておこう」

「それでは、曲阿に私を送っていただけますか。五千の兵があれば、劉繇は必ず打ち破ってみせます」

「考えておく」

袁術が、回廊を歩み去っていった。

孫策は顔をあげた。顔も濡れている。涙ではない、と孫策は思った。ただの雨だ。あんな男のために、平伏はできても、涙は流せない。

袁術に呼ばれたのは、それから三日後だった。衛兵のほかに、幕僚が二人付いていた。袁術は、機嫌がよさそうだ。

「孫策、曲阿に出陣したいと申していたな」

袁術の声も機嫌がよかった。孫賁が、伝国の玉璽を渡す約束をしたのだろう。先に渡せば、そ知らぬ顔で横奪りする。そういう男だ。そのあたりの交渉は、孫賁は抜け目なくやったはずだった。

「兵千二百を与えよう。速やかに、曲阿にむかうがよい」

頭を下げながら、自分の部下を加えると千三百になる、と孫策は思った。

「殿、申しわけございません」

千二百の兵をまとめていると、孫賁が来て言った。

「殿とは、どういうことです、伯父上？」

「一軍の将となられた時、私は臣下の礼を取ることを決めておりました。いま、一軍の将です。しかし、袁術はどうしても千二百以上の兵を貸そうとしませんでした。馬はたった十五頭。あの男には、もう愛想がつきました。名門を鼻にかけただけの吝嗇家で、野望を抱いてならぬとは申しませんが、それがひどく薄汚ないものにしか見えません」

「伯父上は、二千は無理だが、一千はなんとかとおっしゃったではありませんか。一千二百です。私が思っていたより、二百も多い。お礼を申しあげます」

「心では、二千と思っておりました。ただ、口に出して言うなら一千。私にとっては、つまり八百も少ないのです」

「それは、私の伯父上に対する思いで補います。この三年、未熟な私を、よく見ていてくださいました」

孫賁がうつむいた。

孫策は、兵を整列させた。千二百の兵の質は、よくわからない。曲阿までの行軍の過程で、ある程度は見きわめられるだろう。直属の部下の百名は、充分に訓練しである。かつて父が練兵に練兵を重ねたように、孫策自身がひとりずつ鍛えあげたのだ。

「行って参ります、伯父上」

「御武運を。それから権は、私のもとに移します。いずれ、殿のお役に立つように、私が鍛えあげます」

頷き、孫策は馬に乗った。

自分のための戦である。しかし、気負いはない。自分の戦をすれば勝てる。それだけを、孫策は考えていた。

4

長江の近くに達するまでに、四千ほどが集まってきた。五千に達したではないか、と孫策は思った。ほとんどは、付き合いのあったならず者が、二十、三十と仲間を語らって加わってきたのである。身なりもまちまちだが、武器を持っている者さえ少なかった。

「よし、槍のかたちに棒を削れ。木の皮を剥いで、楯に見えるようなものを作れ」

斥候の報告では、長江の対岸の牛渚にある劉繇の軍営は、守兵四千。兵糧と武器が蓄えてあるところである。まず、ここを落とすことだった。それで、少なくとも兵に武装はさせられる。

五十ほどの騎馬隊が、土煙をあげながら近づいてきた。

孫策は、一瞬身構えた。劉繇の別働隊が、長江を渡ってきている可能性はある。しかし、先頭を駈ける男の顔を見きわめて、声をあげた。

周瑜だった。

「一軍の将となって、劉繇を攻めると聞いた。わが一族五十騎、孫策殿の軍に加えていただきたい」

「来てくれたのか」

「当たり前だ。待っていたのだ。待ちくたびれたぞ」

「ありがたい。礼を言う、周瑜。俺は、いい友を持った」

「早まるな。これから行動をともにするかどうかは、貴公の腕を見てからだ。俺の方が腕がいいと思えば、俺は俺で一軍を組織する」

「わかった。とりあえず、牛渚を攻める。いま、その準備をさせているところだ」

「余計なことだったかもしれんが、船を二十艘用意した。一艘に五十人は乗って、長江を渡れる」

五往復で、ほぼ全員を渡河させられる。泳いで渡る気だった孫策には、またとない助けだった。

「ほう、擬兵か」

木の皮で作った楯を手に取り、周瑜が笑った。

「仕方がないのだ。袁術殿が貸してくれた兵は千二百。一度だけ、この手は使える」

「船は、いつ必要になる？」

「今夜。できれば、上流十里（約四キロ）のところに」

周瑜が頷いた。変っていない。三年前の周瑜と同じだ。

棒と木の皮の楯で武装した四千は、夜になって動きはじめた。牛渚では、当然孫策軍の出動は摑んでいるだろう。もしかすると、袁術が知らせているかもしれない。それぐらいは、やりそうな男だ。

牛渚では待ち構えている。それを考えての十里。夜明け前に攻撃をかけるためには、それ以上離れたところでの渡河はできない。

長江に到着すると、すでに船の用意は整っていた。まず、直属の百名から渡した。

すべてを渡し終えて、孫策と周瑜が最後の船に乗りこんだ時は、夜半を過ぎていた。

「よし、発見された気配はないな。ここさえ無事に通ってしまえば、あとは俺にも考えがある」

「どうするのだ」

「全軍で攻める。擬兵を見せ、本隊は裏に回って攻める。本隊が攻め、擬兵を援軍のかたちで使う。方法はそんなもので、その場でどれをとるか決める。どうかな、周瑜？」

「安心した。果敢なところは失っていない。袁術のような男のもとにいたので、弱腰の攻めをするかもしれないと思っていた」

「はばたけるのだ、いま」

「つらい三年だったのか、孫策？」

「なに、こうやってはばたける日を迎えた。どうということはなかったな」

月も星もなかった。長江の上は、濃い闇である。船の行手を決めるための、小さな灯が前方に見えている。

渡河すると、すぐに斥候の報告を聞いた。

四千は、しっかりと軍営を守って、動かない構えだという。

「五十騎を借りていいか、周瑜?」

「勿論だが、どうする気だ?」

「二重の擬兵。まず、武器もなにも持たない者たちを、騎馬で軍営に追いこむ。二百人ほどでよかろう。この近辺の農民で、兵の徴発を拒んだら、殺されそうになったのだ、と言わせる。袁術軍は、精鋭五千だとも言わせよう。それに、無理に徴発された農民が数千は付いていると。まず、擬兵二千が、正面から攻めかかる。残りの擬兵は、軍営のむこう側で、声のかぎりに叫ばせる。敵は、守備を二つに分ける。最悪でも二つに分けるだろう。うまくすれば、むこう側が本隊と見て、主力が集中する。武装兵が攻めるのは正面。中に追いこんだ恰好の二百も、その時に呼応する」

「頭に、戦を思い描いているのか、孫策?」

「いや。おまえとははじめての戦だ、周瑜。だから、一番ありそうなことを説明している。戦がどうなるか、ほんとうのところは、はじめてみなければわからん」

「なるほどな」

「擬兵の効果をあげるために、明るくなる前に攻撃する」

全軍が、静かに進みはじめた。

直属の部下であった百名は、三つに分けて擬兵の中に入れてある。孫策が率いているのは、袁術から与えられた千二百だった。

軍営の灯が見えてきた。

「勝てるぞ、孫策」

「勝敗は、気持の外にある。いま俺は、闘えることが心から嬉(うれ)しいだけだ」

「二百を軍営に追いこむ役は、俺にやらせてくれ」

「頼む」

二百を、先に駈(か)けさせた。かなりの時が経(た)ってから、周瑜の騎馬隊五十が動きはじめた。

孫策は、周瑜が戻ってくるのを、じっと待った。

戻ってきた。擬兵の二千を前へ出した。むこう側からも、喊声(かんせい)があがった。軍営の中の兵の動きが、慌(あわただ)しくなった。

「行くぞ」

孫策は、声を出した。馬腹を蹴(け)りつける。正面。内側からの動きもあった。最初の一撃で、孫策は正面を破った。混乱は、すぐに収まった。

夜が明けている。守兵は、歳(とし)をとった者が多かった。

まず、四千の武装を整えた。擬兵が、本物の兵になった。倉庫には、武器と兵糧がかなりある。

降兵の中で、老いた者は武器を取りあげて外へ出した。自軍に加えたのは、五百余人である。全軍で、五千をかなり超えた。牛渚に留まることはしなかった。丹陽郡の南部にある、劉繇の部将が守る小城を叩き、すぐに北に転じて駈けに駈け、海陵の三千の軍を潰走させた。

「曲阿の、劉繇の本隊とぶつかる。苦しくても、それまでは耐えて闘え。遅れる者は斬る。それが、この孫策の戦だ」

曲阿にむかって、駈けた。牛渚から、数日駈け続けていることになる。兵が疲労の限界に達していることは、よくわかっていた。限界の先に、もうひとつ別の限界がある。それは、父孫堅の練兵の様子を見ていて学んだのだ。

曲阿の劉繇軍が、闘わずして逃げはじめている、と斥候が報告に来た。敵がいなくなった曲阿に入るまで、それは信じられない。

袁術軍五万を、孫策が率いている。こちらからも、そういう流言は流しているのだ。

曲阿から二十里（約八キロ）ほどのところで、騎馬五、歩兵二百ほどの軍にぶつかった。

曲阿への道を遮る構えである。しかし、それにしては兵が少なかった。ひと呑みにできる。しかし孫策は軍勢を止め、ひとりで前へ出た。敵のひとりも前へ出てきていて、明らかに一騎討ちを望んでいることがわかる。

「太史慈、字は子義。楽に曲阿に行けると思うな、孫策」

「おう、見あげたものだ。おまえがまことに強ければ、この孫策の首をくれてやるぞ」

お互いに駈け出し、馳せ違った。強い。最初の手合わせ。それでわかる。太史慈も、同じことを感じたようだ。再び馳せ違う。槍の穂先が、孫策の首を掠めた。思わず、孫策は唸り声をあげた。さらに、五度、六度と馳せ違った。全身に汗が噴き出してくる。

太史慈が、退いた。

「なぜ、逃げる？」

孫策は叫んだが、太史慈はふりむきもしなかった。

曲阿に攻めこんだ。敵の姿はなかった。

勝った。そう思ったが、孫策は口に出さなかった。劉繇は、五千ほどの軍勢を率いている。その上になお、散った残兵を集めるだろう。七千。態勢を立て直させれば面倒だが、いまならば、追い撃ちに討てる。

兵を休ませはしなかった。追った。すぐに追いついた。劉繇は、残兵を集め、まとめながら進んでいたからだ。

陣形もなにもなかった。ぶつかる。勝ちに乗った軍である。一度で、かなり押しこんだ。周瑜が五十騎で突っこんでくると、崩れた。かさにかかって、攻めあげた。

太史慈。殿軍だった。五百ほどだ。包みこんだ。逃げたのは、殿軍をつとめるためだったのか。五百にてこずった。孫策は、全軍で押し包んだ。

「無駄死はするな、太史慈。おまえはともかく、部下まで死なせるのか？」

太史慈が、武器を捨てた。縄が打たれている。

それを眼の端に留めたまま、孫策は劉繇の追撃を続けた。二千近くを討ちとったところで、兵をまとめた。

曲阿に戻る。

兵には、まず兵糧を与えた。直属の部下百名に、兵の監視をさせる。略奪は、どんな小さなものでも許さなかった。これからは、曲阿に拠って立ち、袁術のもとには戻らないのだ。

「勝ったな、孫策殿」

周瑜が近づいてきて言った。何日、闘い続けたのか、孫策はよく憶えていなかった。強敵ではなかった。しかし、こちらも精鋭ではない。

「みんな、よくやった」

孫策は叫んだ。

「これからは、孫策軍だ。略奪は許さん。誇りを持て。いまは丹陽郡の一部に拠って立つ小勢力にすぎないが、必ずやかつての孫堅軍を超えてみせる。いいな、みんな、鯨波をあげろ」

鯨波。周瑜がそばにいる。

「どうだ、周瑜？」

「よく、手並みは見せてもらいました。これからは、私は孫策軍の部将のひとりとして働きましょう」

「俺たちは、兄弟のようなものだ。望みは大きく、二人で天下を目指そうではないか」

降兵が、一千ほどいた。その選別は、周瑜に任せ、孫策は引き出されてきた太史慈に会った。

太史慈は、じっと孫策を見つめている。孫策は、太史慈の縄を解いてやった。

「果敢な殿軍だったと思う」

孫策は、太史慈のそばに座りこんだ。

「負けたのだ。首を刎ねてくれ」

「そんなことはしない。負けたのは劉繇で、おまえではない。俺たちの一騎討ちは、勝負がつかなかった。違うか？」

太史慈がうつむいた。

「なにか言いたいことは？」

「戦は、大将を選ばなければならん。私は、それを間違った」

「しかし、おまえは生きている」

「恥を晒しながらだ」

「俺に、ついてこい、太史慈。天下を目指すために、俺は勇猛な部将が欲しい」

「天下？」

「嗤いたくば、嗤え。この孫策は、孫堅の倅なのだ。父は、いつも天下を見つめていた。だから俺も、天下を見つめる」

太史慈が、顔をあげる。

孫策は、笑ってみせた。太史慈も、強張(こわば)った笑みを浮かべる。

「私は、二百の部下を持っていました。その者たちはみんな、死もいとわずに殿軍に加わりました。離れ難い思いがあります」

「わかっている。おまえの部下は、いま周瑜(しゅうゆ)という者のもとにいる。私は、まだ若い。袁紹(えんしょう)や袁術(えんじゅつ)より、曹操(そうそう)や公孫瓚(こうそんさん)や劉備(りゅうび)より。時は多くある」

「まことに、私を天下奪(と)りの軍に加えてくださるのですか？」

「俺の方が、頼んでいる。返事はすぐでなくともよい。その気になったら、周瑜に言え。俺とは、兄弟のような男だ」

孫策はそれだけ言うと、腰をあげ、曲阿(きょくあ)での営舎となった館(やかた)の方へ歩いた。

5

五千の兵を二隊に分け、騎馬と歩兵を組み合わせて、ぶつかり合わせる。

劉備と関羽(かんう)と張飛(ちょうひ)は、丘の上からそれを見ていた。兵の持っている武器は、棒の先を丸くしたものである。それでも、突かれるとかなりこたえる。この訓練では、すでに六人ほど死んでいた。

「大兄貴、どうです、あの騎馬隊の動きは。趙雲は、成玄固にも劣らぬ馬術を持っております。俺と較べても、馬ならば互角かな」

劉備は頷いた。馬術では、趙雲が上を行くだろう。すべて合わせて、張飛と互角。劉備はそう見ていた。ただ張飛は、ここという時に出てくる、信じ難いほどの力を秘めている。

「ほう、成玄固が」

成玄固は、劉備軍随一の、馬術の達人だった。烏丸族で、生まれた時から馬とともに暮してきたのだ。ただ、戦士としては欠けているものがある。いつも冷静で、心優しさを忘れることができないのだ。だから、成玄固が一隊を指揮している時、劉備はいつも心配だった。ひとりを助けるために、百人を殺してしまうというところがあるのだ。

趙雲が加われば、成玄固にはもう少し別のことをさせられる。騎馬隊だけによる牽制など、まさしく適任だろう。囮の役をしても、成玄固の騎馬隊なら、逃げきれる。

「大兄貴、五千の軍の指揮になると、俺などの手には余ります。やはり一千ぐらいがよい、という気がしているのですが」

「なにを言っている。おまえはこれから、五千どころか、一万二万の軍を指揮しなければならなくなる。それは、仕方がないことだ」

張飛の気持が、劉備にはわからないではなかった。はじめは、五十に満たなかった。それから少しずつ増え、十数年で一千に達してきたのだ。兵の顔は、よく見えた。性質も、ある程度はわかった。だから、手足のように動かせる。それがいきなり五千に増えれば、身に馴染んだ具足の上に、さらに大きな具足を着せられたような気分になるのだろう。

そういう点で、関羽には軍学を学ぼうという態度がある。

「馴れるのだ、張飛。一万でも二万でも、手足のように使いこなせるようになれ」

「いざとなれば、俺にもできます。ただ、われら兄弟も、大きくなったと思うのですよ」

「大きくなったか。確かに、涿県を数十人で出発した時、おまえは髭も生えていなかった。いまでは、その立派な虎髭だ」

大きくなったといっても、かたちだけのことだった。徐州の豪族の力は、はじめに想像した以上に強かった。陶謙の遺臣も、当然の権利のように、いろいろと言ってくる。

徳を捨てても、力を得る。いまはまだ、その時ではなかった。五千の兵は、麾下として動かせる。陶謙の遺臣は、脅せば屈服させられるし、豪族たちのうち少なくとも五人を誅殺すれば、ほかの者は従ってくる。

そして、徐州は、ほんとうの意味で自分のものになる。

そこまでは、見える。しかし、徐州を領したところで、周囲に強敵が多すぎるのだ。

曹操がいる。袁紹がいる。袁術もいる。劉備が徐州を完全に掌握するまで、黙って眺めているほど、彼らは甘くないだろう。そしてたとえ徐州を掌握したところで、彼らの力にはまだ遠く及ばないのだ。

今後、徐州をどうするかは、劉備の命運を左右しかねなかった。いまのところ、豪族の言い分は聞いているので、徐州は平穏である。

劉備は、二百三百の手兵を抱えた小豪族と、しばしば会った。それだと、有力な者に会う時ほど警戒はされない。

徐州の人間の心には、再び曹操が侵攻してきて、殺戮をくり返すかもしれない、という恐怖感があった。小豪族にこそ、その傾向が強かった。だから劉備に忠誠を誓い、曹操の侵攻があった時は守ってもらおうと考える者も、何人か出はじめている。

しかし、微々たる力だった。

いまは徳の人を続け、徐州の民に劉備という名を刻みこんでおくしかないのか。予州でも、その名は知られている。しかし、すべては蟻の這うような歩みでしかなかった。

「どうです、大兄貴。騎馬の動きが格段に上がりましたろう。呂布の騎馬隊が精強だと言われていますが、一度手合わせをしたいものです」

呂布は、兗州で追いつめられていた。まともなぶつかり合いなら、曹操といい勝負をするだろうが、さすがに曹操は二度と同じ愚は犯していないようだ。城をひとつずつ潰し、蚕が桑の葉を食うように、兗州を自領として取り戻している。兵糧などでも、かなり締めあげているようだ。

「よし、いいぞ。成玄固の動きも、趙雲を相手にするといっそう冴えてくる」

張飛が、馬上から身を乗り出している。

半日続いた訓練が終った。あとの半日は、張飛も入れて、武器の扱い方を兵たちに教える訓練になる。趙雲の槍に人気があった。張飛の蛇矛は、普通の力では自由に操れないのだ。

劉備は、関羽ほか従者五騎ほどで、下邳へ戻った。

住民たちはみな、劉備を見ると笑顔で挨拶してくる。好かれてはいる、とそれを見て劉備は思う。しかし、それがどれほどの力になるのか。民は、敬慕より、恐怖心で動いてしまうものではないのか。

関羽が、五人の従者を先に帰した。

「ここです」

しばらく馬を並べて歩き、関羽が言った。小さな館だった。

「なんのことだ、関羽？」

「糜竺の館です」

名を聞き、劉備は先日の怒りを思い出した。怒りとして思い出したのではなく、怒ったことを思い浮かべたのだ。いまは、むしろ忸怩たる思いがある。

「先日の、糜竺に対するお怒りは、なかなかのものでございましたぞ、兄者」

「おまえは、私に謝れと言うのか？」

「まさか。もっと胸襟を開いて、語り合えばいいと思っただけです。陶謙の遺臣の中では、不平も言わず阿ってもこないのは、糜竺だけでしょう。私は、陶謙の遺臣の中では、第一と思っています」

「語れとは、なにを？」

「それは、兄者が一番よくわかっているはずです。麋竺は、徐州のことだけでなく、この国のことを心底から考えています」

「おまえ、麋竺と喋ったのだな？」

「勿論です。兄者をあれだけ怒らせた。場合によっては、斬らなければなりませんし」

「斬るなどと」

「話されますか。麋竺は、驚くでしょうが」

「おまえは、なにを言った？」

「兄者は、決して徳一辺倒ではなく、あんなふうに怒ったりもすると。そういう時は、二人の弟の手にも負えぬと。あとは、麋竺の話を聞いただけです」

「そうか」

心にはひっかかっている。しかし、麋竺の言うことは、いまは無理だ。どうやって長安まで兵を出し、帝を下邳に迎えられるというのだ。それは、麋竺にもわかっているだろう。わかっていて、言ってしまうほどに、長安の帝は惨めなのかもしれなかった。

関羽と、眼が合った。

「私は、外で待ちます、兄者」

頷き、劉備は館に入っていった。

出てきたのは、若い女だった。ふっと、劉備はその愛らしさに心を動かした。

「麋竺殿に、会いたい。劉備と申す者だ」

「まあ」

女は、息を呑んで立ち竦み、それから奥へ駈けこんでいった。

「これは、劉備様。直々の御来訪とは恐れ入ります。狭いところですが、客間にお通りください」

麋竺は、先に立って劉備を案内し、むき合って腰を降ろした。

「謝りに来たのだ、麋竺殿」

「そのような。私こそ、言葉が過ぎました」

「貴公に、怒りを投げつけたことを、謝っているのではない。あれは、まだ怒っている。無理を言い、それでできぬと申したら、不忠者扱いにしたのだからな。いまの徐州で、長安に兵を出せるだろうか。あっという間に、徐州は野望の餌食になる。なのに兵を出せとは、いま思い出しても腹が立つ」

「恐れ入ります」

　糜竺の膝が、小刻みに動いていた。

「それでも、徐州を領しながら、貴公の漢王室に対する赤心に応えられぬ。その赤心に対しては、徐州牧として謝らなければなるまいと思う」

「私も、憤激のあまり、出過ぎたことを申しあげたと思っております」

「では、あの日の諍いは、これでよいな」

「御寛大なお心を見せていただきました」

「しばらく話したい。その前に、茶など所望できぬか。兵の調練の帰路で、いささかのどが渇いておる」

「これは、気の利かぬことでございました」

　糜竺が、奥へ声をかけた。

　しばらくして、茶を運んできたのは、さっきの女だった。もうひとり、若い男が一緒だった。

「弟の糜芳でございます。こちらは妹の燐。兄妹三人で、この館に暮しております」

　糜燐は、しとやかにお辞儀をし、茶を出した。眼が澄んでいる。唇には意志の線があった。美しい、と劉備は改めて思った。

「美しい妹御をお持ちであるな、麋竺殿」

「幼少で母を亡くし、それ以来私ども兄弟の身のまわりの世話は、燐が引き受けています。兄弟の世話をさせるのも、不憫だと思うのですが」

麋芳と燐が退出していった。劉備は、茶に手をのばした。茶は、貴重である。それでも、来客のためには備えてあるのだろう。あるかなきかの、淡い色がついていた。

劉備は、自分が思う、国のありようを語りはじめた。帝の血が、漢王室では四百年受け継がれてきた。これが五百年になり、一千年になり、二千年になる。帝の血は、澄んだ神聖なものになる。その血を持った帝を頂点に立て、その下で政事が行われればいい。

つまり、国には秩序の中心となる存在が必要なのだ。それが、帝だ。四百年続いたからには、新しい王室を作ってまた四百年待つより、このまま続けた方がずっといい。五百年で貴いものになり、千年で触れてはならぬものになるだろう。国には、そういう存在が必要なのだ。帝の下で争いが起きようと、秩序の中心として、帝は超然と存在している。つまり、民の心の拠りどころ。帝がいるかぎり、亡国の道を歩くことも決してない。

「私も、まったく同じ考えでございます。劉備様。そういうお考えをしっかりと述べられる武将の方に、私は生涯ではじめてお目にかかります」

糜竺の、膝の動きが止まっていた。

「帝を、滅ぼしてはなりません。そういう歴史を、もう作ってはならないのです。そうでなければ、国は滅び、民は死に絶えます。帝を、触れるべからざる存在にする。まずそれがあって、その上で武将が覇権を争いたければ争えばいいのです。世界は、この国だけではありません。事実、北方には匈奴がいて、西には羌族。ほかにも民族は数多くあります。ずっと西へ行くと、もっと巨大な国もあるという話ではありませんか」

劉備は頷いた。国のありようを、これほど明晰に語る人物とは、はじめて会った。

「明日から、出仕せよ、糜竺。徐州の民政の一端を、貴公に支えて貰いたい」

「それは」

「帝を、絶対無比なものとして、永久に仰いでいく。そういう志を持った者が天下を取らなければ、国はできぬ」

「劉備様は、天下を」

「そのためには、徐州にもこだわらぬ」

「そうですか」

糜竺の膝の動きが、また止まっていた。

「出仕いたします、明日から。戦では大して役に立ちませんが、民政にはそこそこの自負を持って臨めます。行動を、ともにいたしましょう。帝を仰ぐ国を作りあげるまで、なにがあろうと劉備様に従います」

劉備は、頷いた。こうやって、人は集まってくるのだ、と思った。孤独な志など、あるはずがない。国を思う心があれば、志が孤独であってはならないのだ。

劉備は腰をあげた。

すぐには家を出ず、糜燐が出てくるのを待って、茶の礼を言った。

流浪果てなき

1

城は固めた。

地図を睨み、呂布の位置をたえず探り、隙のある城を落としては、数千の守兵を入れて防備を強化し、兵糧も運びこんだ。

曹操は一月に、山陽郡から出てきた呂布と、定陶で闘って破った。六万の軍すべてに、移動できる柵を持たせた。弓を、通常よりも三倍にした。とにかく、呂布の騎馬隊を防ぐことだった。柵で馬を遮り、弓で射落とす。すべての作戦より、これを優先させた。曹操軍の騎馬隊は、わずか二千である。余った馬は、鄄城の付近で鍛えさせた。馬も、走らせていなければ使いものにならなくなる。

いまのところ、呂布に決定的な攻撃はさせていない。闘わせないようにした方がいい男がいる。呂布とぶつかって、曹操はいやというほどそれを知った。

一年弱で、ほとんど兗州の城は制した。

こういう時、活発に動けるのは、五錮の者である。徐州、予州、司州から、冀州の袁紹の動きまで、集められるだけの情報を集めさせた。

徐州を、劉備が押さえていた。しかし、豪族を服従させることはできず、妥協しながらの統治となっている。その点では、陶謙とそれほど変りはなかった。

袁紹は、冀州から、并州、青州にまで力をのばしているが、幽州を制した公孫瓚に、大きな動きを封じられている。

袁術は、曹操の眼から見ると、明らかに力を落としていた。兵数は増えている。領地も拡がっている。大きくなったとも見えるが、それは直属ではない部将の力が増しているだけなのだ。たとえば、孫堅の子の孫策である。建業に本拠を置き、丹陽郡一帯に力をのばしている。いまはまだ袁術配下と見られているが、どこかで離脱するはずだった。

それにしても、孫策はなかなかの武将と思えた。流れ矢で死んだ孫堅がもし生きていればと考えると、空恐ろしい気がするが、その孫堅の血を受け継いでいるのだろう。見事な戦ぶりで、丹陽郡から呉郡の一部にかけて、風のように制したのだ。

孫策が大きくなればなるほど、袁術は小さくなっていく。

荊州の劉表は、のんびりしたものだった。南陽郡の袁術が拠点を寿春に移したので、重圧はまったくなくなった。その間に、力を蓄えて天下を窺うという気もないようだ。袁紹と手を結んだままで、いずれ袁紹の天下になればいいと考えているのかもしれない。

益州の劉焉は、昨年死んでいる。五斗米道の教母も、寿命をのばすことまではできなかったらしい。後継は、子息の劉璋である。劉璋については、まだよくわからないが、漢中郡の張魯は健在で、相変らず益州の出入口を塞いでいる。

呂布が諦めないので、曹操は予州にも兵を出し、潁川、陳の二郡は勢力下に置いた。

「司州の一部まで、制しておくべきです」

進言してきたのは、荀彧だった。郭嘉という男を連れてきて、参謀として使ってみてくれと言ったこともある。

その郭嘉が、意外に働きそうだった。軍略に関しては、一流のものを持っている。ただ、曹操はすぐには信用しなかった。陳宮の反逆は、いまだ心の中で熱い。

洛陽は、制しておきたかった。焼けて、人も住めないような、かつての都である。

それでも、帝が長安を嫌い、洛陽に戻りたがっているという情報は、五錮の者が伝えてきていた。荀彧も、洛陽を睨んで、司州と言っているのだろう。帝を推戴して闘うべきだ、というのは以前からの荀彧の考えだった。

洛陽の制圧は、郭嘉に任せてみた。強敵はいないが、黒山の賊はいまだ姿を消していない。うまくやらなければ、兗州の曹操と分断され、孤立してしまう。

郭嘉は、ものともしなかった。兵の動かし方、陣の取り方、洛陽近郊の固め方、どれを見ても申し分なかった。

曹操は、そのまま郭嘉を洛陽に留まらせた。

呂布がまた兗州に入り、不意を討って定陶を落とし、そのままそこに拠った。兗州全域から予州、司州の一部にまで支配地が拡がってきたので、すべての城の防備を完璧にするほど、兵力の余裕はなくなった。

定陶は、囮だったと言ってもいい。城に拠ったところで、兵糧はわずかしかない。呂布との闘いは、兵糧の闘いでもあり、それは完全に制していた。いくら陳宮が、その商才を発揮して兵糧を集めようとしても、物自体がない。

兵糧を蓄えた城は、たやすく落ちないだけの防備を固めてある。

許昌に本拠地を移した方がいいのではないか、と荀彧が進言してきた。支配地を見渡すと、確かに許昌に拠る方がずっと動きやすい。濮陽は、冀州の袁紹に対する、前線基地である。まだ呂布は定陶にいたが、荀彧はその先を見ているようだった。

「帝を推戴して闘うとしても、いまはまだ長安だ。まさか長安までは軍を出せぬ。袁紹が喜んで南下してくるであろう」

「あくまで、将来はという意味です。国の基本は政事にありますが、それを権威づけるのが帝の存在です。四百年も続いた漢王室ですから、推戴する者によっては、帝の権威はいくらでも高まってくるはずです。帝を絶対のものとして尊ぶ思想が生まれれば、この国は長く平穏を保ちましょう」

荀彧の考えが、わからないではなかった。しかしそれでは、帝はいつも政争の具である。いまも、帝がどれほどの役に立っているのか。この国は、覇者が王となるべきなのだ。覇者の血が最も力強く、新しい。覇者が立つことによって、この国の血は新しくなる。覇者の血が衰えれば、また別の覇者が立つだろう。そうやって、国はたえず新しい衣をまとうべきなのだ。

帝も、覇者の末裔である。衰えきった血の、最後の一滴だと曹操は思っていた。そしていま、新しい覇者を目指して、力のある者たちが死物狂いで争いはじめている。

いかに衰えきった血であろうと、最後の一滴がいまはまだ役に立つ。その点では、曹操と荀彧の考えは一致していた。

長安の情勢は、ひどいものだった。

はじめは、董卓の遺臣の、李傕、郭汜、樊稠の、三つ巴の争いだった。ただ、三人となるとなかなか決定的な争いに踏みこめない。お互いに牽制し合うからだ。ところが、頭ひとつ抜け出しそうだった樊稠を、李傕があっさりと殺した。それから、李傕と郭汜の争いになった。まず、帝の奪い合いである。李傕が帝を奪うと、郭汜は宮殿を燃やす。長安の城下は、そこここに屍体が転がり、血が流れない日はないのだという。巻き添えで、市民が殺されるのも、めずらしいことではなくなっている。

李傕も郭汜も、せいぜい都尉（部隊長）がいいところだ、と思える器量である。呂布が董卓を殺したあと、王允の政事が馬鹿げたものであったために、武力を持っている者が結局は権力を握ることになった。

大義名分のために、まるで物のように身柄を翻弄される帝は、憐れとしか言いようがない、と曹操は思った。衰えきった血の、末路を見るようでもあった。

曹操も、いまだかたちの上では、漢王室の臣である。五錮の者の報告を聞くたびに、心が痛まないではなかった。西園八校尉（近衛師団長）までつとめたのである。

心を痛めながらも、曹操は最後の血の一滴の使い道も考えていた。

李傕や郭汜ごときを討つのは馬鹿らしく、誰もが長安に兵を出そうともしない。李傕や郭汜が長安から中原に出てくれば、二流の武将にさえなれはしないだろう。

呂布が、定陶を出てきた、という知らせが入った。兵糧が尽きたのだろう。

曹操は、五万の軍を出した。

まず、定陶を遠巻きにした。徐々に、その輪を縮めていく。呂布の軍は一万ほどで、陳宮も張邈もその中にいる。ここで三人とも殺してしまいたいと思ったが、無理も避けた。呂布の騎馬隊は、想像を絶する動きをする。戦術の基本を、馬を使わせないというところに持ってくるのが安全だった。

飢えた軍は、兵糧を求める。秋の作物の収穫を、曹操はところどころ残しておいた。そこに呂布軍はむかう、と読んだのである。

もともと地形の入り組んだところの畠に作物を残しておいたので、伏兵を置くのはたやすかった。千人単位で収穫にむかった呂布の兵を、三度ほど散々に打ち破った。それでようやく、畠の作物は囮だ、と気づいたようだ。

陣を組み、呂布は動かなくなった。

呂布軍からの脱落者が増え、六千ほどに減った。脱落してこちらへ来れば、いくらでもものが食える、と教えてやったのである。

「敵は裸同然。兵の士気も低下しています。ここで、一気に押し包んで、皆殺しにすべきではないでしょうか」

夏侯淵が、そう進言してきたが、曹操はまだ迷っていた。総攻撃のためには、柵を取り払わなければならない。呂布の騎馬隊の動きを封じてはいるが、決戦となるとこちらの動きも封じられるのである。

呂布、陳宮、張邈の三人は、やはり始末しておきたい。生きたままどこかにやると、あとがまた面倒だという思いもある。

鄄城から、馬を運ばせた。これで、曹操軍騎馬隊一万になる。それだけ揃うと、さすがに圧巻だった。呂布軍の騎馬は、一千にも満ちていない。せいぜい八百というところだ。

曹操は、総攻撃を決意した。

柵を取り払わせる。歩兵を、何段にも構えさせる。騎馬は二千ずつに分け、一隊は曹操自身で指揮することにした。

こちらの動きに合わせるように、呂布の陣営も動きはじめた。

呂布には、逡巡というものがない。決断した時は動いている。そんな感じだった。

そして、迅速だった。

黒ずくめの騎馬隊が動きはじめた時、曹操は、すぐに騎馬二隊四千に、両側から挟むようにして攻める合図を出した。しかし、『呂』の旗は、挟撃の間を突き抜けるようにして、曹操に近づいてきた。一瞬の恐怖を抑えきれず、曹操は後退した。夏侯惇、夏侯淵の騎馬隊が、正面からぶつかっていかなければ、呂布に背中を見せたかもしれない。

激しいぶつかり合いだった。黒ずくめの呂布の騎馬隊だけは、やはり一分の無駄もなく動いている。はっと気づいて、曹操は自分の指揮する騎馬隊を、横からぶっつけた。

さすがに、呂布の騎馬隊も崩れていく。包囲の中から、赤い馬が飛び出してくるのが見えた。『呂』の旗がそれに続いている。数百騎。ほとんどが黒ずくめの軍装だった。

「追うな」

曹操は、そう伝えた。原野に出て反転してくれば、こちらの犠牲は大きくなる。

「六千のうち、三千は討ち取りました。二千が降伏。逃げたのは一千ほどで、騎馬隊は五百です。大勝利であります」

五万で六千を打ち破って、なにが大勝利だ、と報告を聞きながら曹操は思った。

「黒ずくめの兵は、何人殺した。それだけを数えて報告しろ。降兵の中の者もな。それから、陳宮と張邈の屍体はないかも調べろ」

報告が来た。

黒ずくめの軍装は、屍体が百四十。降兵の中にはひとりもいない。陳宮と張邈の屍体もなかった。

降伏した者がいない、というのが呂布の騎馬隊らしかった。五百はいた騎馬隊が、いまは三百ちょっとに減っている。

呂布は、東にむかって駈け去ったという。

勝ったのだろうか、と曹操は思った。呂布が、兗州に攻めこんでくることは、もうないだろう。それでも、勝ったという気が曹操はしなかった。

兗州を完全に奪回するのに、一年数カ月がかかった。それは長かった、と曹操は思った。

2

陳宮が、憔悴していた。

呂布は、麾下の兵の怪我を見ていた。使いものになりそうもない者が、四人いる。ここにいない者が百四十二。これまでの戦で死んだ者が十六。三百三十八騎が、残ったということになる。

呂布は、動けない四人のそばに屈みこんだ。

「よく闘ってくれた、これまで」

「殿のもとで、生きていると思える日々がありました」

口が利けるのは、ひとりだけだ。ほかの三人は、眼だけ見開いて呂布を見ている。

「いずれ、どこかで会おう」

言って、呂布は四人の胸に短刀を突き刺していった。骸は、そのままである。土に還る。死とは、それだけのことに過ぎない。

「申し訳ありません、殿」

兵糧と武器の調達は、陳宮の仕事だった。それがうまくいかないので、負けた。

陳宮はそう思っているようだが、呂布は負けを誰のせいにする気もなかった。負けたくて負ける者など、どこにもいない。

「次にどうするかを、考えろ、陳宮。まだ五百の兵はいるのだぞ」

「誰かに頼りたいと思うのですが、殿はそれに耐えてくださいますか？」

「いいだろう。ただ陳宮、ひとつだけ俺がやりたくないことがある」

「なんでございましょうか？」

「他人から、戦の指図をされることだ」

「わかりました」

「もともと、流浪の軍だった。兵糧がなければ、どこかで略奪すればいい。客将として迎えてくれるところがあれば、そこへ行こう」

「幽州の公孫瓚とも考えたのですが、それでなくば、このまま東へ進んで、徐州の劉備」

「劉備か」

虎牢関で、一度ぶつかった。赤兎でなければ、あの時二度は斬られていた。関羽と張飛。二人とも、もう一度手合わせをしてみたい武将だった。

「徐州へ行こう」

「その方が、私もよいと思います。劉備は徐州を領したものの、豪族をまとめきれず、苦労している様子です。殿の力を、高く評価してくれましょう」

そんなことは、どうでもよかった。豪族を殺してくれと頼まれれば、何人でも殺してやろう。麾下の兵と、そして馬に、充分なものをしてくれれば、それでいい。つまり、兵糧と秣だった。野営などは、苦にならない。

「陳宮、おまえは劉備という男を、どう見ている？」

「徳に篤い武将、と評判をとっております。予州、徐州では、最も評判の高い武将でしょう。ただ、徐州を領することができたのも、陶謙が死ぬ時にそれを譲ったわけで、自分の力ではありません。もともとは、千名ほどの義勇兵を率いて、賊の討伐などに渡り歩いていた男です」

「そんな男に、陶謙はなぜ一州を譲ったのだ？」

「徳に心を動かされたのでしょうか。息子が二人おりますが、それをひどい目に遭わせることはない、と思ったのかもしれません」

「笑わせるな。そんなことで一州だと」

「余人にはわからぬことが、二人の間にはあったのかもしれません」

「武将としての力を、陶謙は買ったわけではないのか」

「そのあたりは、どうも。黄巾討伐のころから十年余、義勇兵から抜け出せておりませんでした。一郡の太守にすら、なっておりません」

「それでも、予州、徐州では、最も評判が高いか」

「勇猛という評判ではないのです」

「もういい。徐州へ行くことは決めた」

昔から、考えるのは好きではなかった。だから、兵糧や武具の調達も、陳宮に任せた。戦のやり方だけは、いくらでも考えられる。

「天下は遠いな、陳宮」

「そうでしょうか。曹操とは、互角以上の闘いをされた、と私は思っております。いま少し兵があれば、勝てていました」

そうではなかった。最初の戦で、曹操を討てなかった。運のようなものが、曹操に傾いていたのだ。濮陽城から逃げようとする曹操の背に、戟を投げた。それが曹操に当たらず、馬の尻に突き立った。はずすはずのないものが、はずれた。

曹操は、あそこで運を拾ったのだ。

張邈がそばへ来て腰を降ろした。兵たちは、兵糧の準備をしている。ひとりの口に入るのは、ほんのわずかだ。

「どこへ行かれます？」

立ちあがった呂布に、張遼が言った。

張遼は、弟に預けてきた家族のことを、ずっと気にしていた。ほんとうは、曹操に、降伏したいのだ。ただ、曹操が許さないだろう、と決めてかかっている。

気の小さい男だった。勝ち戦の時は、かさにかかって攻める。負け戦の時は、諦めが早くすぐに退がる。

「そこの川だ、張遼」

「徐州へ行く、と決められたのですか？」

「決めた」

「劉備などという男を、あまり信用されない方がよいと思います」

「ならば、どこへ行けばいい？」

「ちょっと遠いかもしれませんが、長安はどうでしょうか。あそこにいる武将は、みんな呂布様の部下だったのではありませんか？」

「長安などに、行くものか」

瑶が死んだ場所。行っても、瑶を思い出すだけだろう。そして瑶は、すでに長安の土に還っている。

「俺は、長安へは行きたくないのだ。二度と、口に出すな」

草を食んでいる赤兎を呼んだ。枯れた色になりかけているが、原野には草がある。馬だけは、飢えさせずに済んでいた。

呂布が歩くと、赤兎は川までついてきた。

具足を脱ぎ、裸になって川に入った。赤兎は、躰を洗われるのが好きだった。洗えば洗うほど、赤兎の毛の赤さは深みを増してくる。

「負けたなあ、赤兎。おまえがいたのに、曹操ごときに負けてしまった」

洗いながら、呂布は赤兎に話しかけた。

「それでもこうして生きているのは、おまえのおかげなのだろうな」

赤兎は、じっとしている。時々、耳が動くだけだ。赤兎を洗うことと、武器の手入れをすること。それだけは、他人に任せたことがなかった。

もっとも、誰かが赤兎を洗おうとすれば、ひどい目に遭うことになる。呂布以外には、決して洗わせないのだ。

「俺はまだ、飛んでくる矢を手で摑める。おまえは、風のように駈けることができる。つまり、戦ができるということだ」

赤兎が、一度首を振った。これは癖で、気持がいいのだ。

「俺はだから、戦はやめぬと思う。俺が矢を摑めなくなったら、おまえが風のように駈けることができないようになったら、戦をやめるしかない」

赤兎は、躰のどこにも、傷ひとつ受けていなかった。あれだけの乱戦でも、槍も剣もかわすのだ。それが、赤兎だった。

「やめられるのかな、戦が」

赤兎の躰が、ちょっと動いた。麾下の兵が、馬を洗いに来たのだ。みんな、馬だけは大事にする。命と同じだと思っている。

ゆっくりと進み、三日目に下邳に入った。

あらかじめ陳宮が使者を送っていたようだ。

劉備は、五人の幕僚とともに、部屋に入ってきた。陳宮が、弾かれたように立ちあがった。呂布は、腰を降ろしたままである。

「劉備です、呂布将軍」

「名乗り合うのは、はじめてですな。呂布です」

「虎牢関で、一度お手合わせをした」

「そちらのお二人ともな。関羽殿と、張飛殿か。いそうもない豪傑がいると、感心したものだ」

「なんなら、結着をつけてやってもいいぜ」

張飛が言った。呂布は、ただ笑い返した。

「この三人は、成玄固に、趙雲に麋竺といいます」

趙雲という男は、並みの手練れではなかった。成玄固の方は、馬をよく扱う。多分、烏丸の出身だろう。麋竺というのは、文官にしか見えなかった。

「御迷惑をおかけします、劉備様。曹操の悪逆にたちむかいましたが、力足りず、破られました」

「卑屈になるな、陳宮」

呂布は、腰を降ろしたまま言った。

「劉備殿がいまあるのも、われらが兗州を衝いたからだ。でなければ、曹操の大軍にこの徐州は呑みこまれていた」

「殿」

「人は、恵まれている時と、そうでない時がある。いまは、劉備殿が恵まれていて、俺が恵まれていないというだけのことだ」

「まさしく」

劉備が言い、笑った。耳の大きな男だ。自分の耳の二倍はある、と呂布は思った。

呂布の耳は、耳朶がなく、立っている。

「俺は、天下の呂布将軍と、一騎討ちをしてみたい」

張飛が言った。五人の中では、一番頭に血が昇っているようだ。

「よさぬか、張飛。呂布将軍は、いま帰る家を失われている。戦に生きる者には、よくあることだ。ひと時、われらでお迎えすると決めたのだぞ」

劉備が言うと、呂布の背後で陳宮が息を吐くのが聞えた。張邈はいない。下邳に入る二日前の夜、部下数十名とともに逃げ出した。呂布はそれに気づいていたが、放っておいた。袁術を頼ったのだろう、と陳宮は言った。

「今夜は、酒宴を張ろう。明日、小沛の城に入られればよい。私が下邳に入る前に、駐屯していたところです」

「ありがたいな。兵たちを、飢えさせなくても済む」

言って、呂布は腰をあげた。

「ただ世話になるというのも、気がひける。豪族たちを押さえきれずにお困りという話だが、私が五、六人斬ってもよい。劉備殿は徳の名に傷がつくだろうが、この呂布なら、少々人を殺したところで、やりそうなことだという話にしかならん」

「そんなことはしてくださるな、将軍。徐州は、少しずつまとまりはじめているのですから」

「早くまとめておかねば、曹操が来る。袁術も。みんな、涎を垂らして徐州を眺めておりますからな」

「余計なお世話というものだ。曹操の首ぐらい、俺が片手で胴から離してみせる」

また張飛だった。呂布は、もう一度笑いかけた。こんなふうに荒々しい時期が、自分にもあった。ただ、そのころは瑶がいて、いつもたしなめたものだ。

「宴席の用意は、しばし待っていただかなくてはならん。それまで、別室でお休みくだされい、将軍。麋竺が案内いたします」

呂布は頷き、麋竺の後ろから歩いていった。

3

麋竺が入ってきた時、劉備は応累と話をしていた。

袁術が、徐州を狙っているのかどうか、探らせていたのである。

「やはり来そうだな、麋竺」

「そうですか。兵力は？」

「少なくとも、六、七万は」

応累が言う。応累の存在を知っているのは、関羽と麋竺の二人だけである。

「こちらは、せいぜい集めて、二万というところですか」

「六、七万の大軍が相手となると、日和見を決めこむ豪族が、ほとんどであろうしな」

「厳しい戦になります」

「わかっている、麋竺。陶謙殿にこの徐州を譲られた時から、覚悟はしていたことだ」

「曹操の使者が、何度か寿春に入っています。曹操と袁術はかつて闘った間柄ですが、これからは手を結ぶことも考えられます。曹操としては、兗州を一度奪われかけた呂布が徐州にいることだし、いろいろと気になるのでしょう」

「曹操と袁術なら、徐州を挟み撃ちということになりますな、殿」

麋竺の膝は、小刻みに動いていた。それほど緊張はしていないが、頭は働かせているということだ。

「曹操が袁術をけしかける。それはありそうなことではありますが。また袁術が、ひそかに呂布に使者を送っている気配もあります」

「応累殿の考えを聞かせてくれ。私は、絵図を描いている者がいる、という気がするのだが」

「曹操でしょう。複雑な動きを見せています。しかし、曹操がなにを欲しがっているかを考えれば、複雑なものも、ある程度は見えてきます。曹操は、天下に覇を唱えるなら、いずれ河北の袁紹と雌雄を決しなければなりません。そのためには、もっと領土を拡げて、力をつけたがっているはずです」

「徐州と予州を併せるということだな」

「いま、洛陽にまで手をのばしているのです。領土の野心は当然ありましょう。袁術が寿春にいるので、予州南部と揚州北部はなかなか難しい、と考えているでしょう。そして徐州には、殿と、耐えに耐えてやっと兗州から追い出した、呂布がいます」

「袁術と殿が潰し合えばいいわけか」

「あわよくば、呂布の力もそこで削いでおきたい。そういうことではないでしょうか」

「袁術も、徐州を取れば、やがて予州にも手を出せる。そうなれば、袁紹と並ぶ勢力になる。この国は、袁兄弟の間で覇権が争われることになりかねぬな」

袁術が、まず徐州を狙ってくる。それについては、三人の意見が一致した。

「今日のところは、これでいい。袁術は、間違いなく徐州を狙って動くだろう。応累、曹操の方を少し探ってくれ」

応累が頷き、出ていった。麋竺は、出ていこうとしない。膝を小刻みに動かし、あらぬ方を眺めている。

劉備は、地図を拡げた。

「なにか、言いたいことがあるのか、麋竺？」

「袁術と、どこで戦をなさるおつもりですか、殿は？」

「こちらから、攻めこもう。広陵あたりかな。建業の孫策には、竹簡（竹に書いた手紙）を届けさせよう。父孫堅と私は、黄巾討伐の義勇兵のころから、ともに闘った間柄であるとな。あくまでも、闘う相手は袁術であり、徐州に攻めこんでこようとしているから、逆に攻めこんだと言ってやれば、あえてわれらと闘おうともしない、と私は読んでいる」

「それで、寿春まで攻めこまれるおつもりですか？」

「勝てるものか、そんな戦。全力を尽してたとえ勝ったとしても、二度と立ちあがれぬほどの傷を負いかねん」

「負けるのですね」

麋竺が、にやりと笑った。

「下邳で袁術を迎え撃つ、という方法もないではないが」

「いま徐州の客将である呂布が、援けてくれるかもしれません。それは避けたい、と殿は考えておられますね。少しずつ、殿のお考えが見えてきました。呂布は、戦の天才と言ってもいい男です。呂布が殿につくとなれば、日和見を決めこんでいる豪族も、こちらの味方になります」

「もし勝つようなことになれば、すぐに曹操と闘わねばならん。それも、呂布と組んでだ。関羽、張飛と、呂布。うまくいくと思うか。あの二人も、戦に関しては呂布に劣らぬ才を持っている。しかし、合わぬ。それぞれが、自分の闘い方にこだわるであろうし。曹操が、そこを見逃すはずはあるまい。離間の計をかけてくる。気づくと、われらと呂布が闘っている、ということになりかねん」

「負ければ、どういたします？」

「下邳へ逃げるしかあるまい。そのあたりまで私は読めているのだが、実はそれから先どう動けばいいか、頭を悩ませている」

麋竺は、地図を見つめていた。口もとにあった皮肉な笑みは、もうない。麋竺が眼を閉じた。膝は小刻みに動き続けている。

　再び眼を開いた時、麋竺の膝もぴたりと動きを止めていた。

「陶謙様の真似をなされたらいかがでしょう、殿」

「陶謙殿の真似？」

「私は乞われて、陶謙様のもとで文官として働いて参りましたが、もともと臣下というわけではありませんでした。実は、代々の商人なのです。ですから、陶謙様のために働きながらも、そのなされよう、その意志を、離れたところから見ていた、という気がします。実に巧妙ななされようでありました。兵力もわずかで徐州へ入られ、はじめは豪族と揉めましたが、なんとか恭順させることに成功されました。狡いところをお持ちで、その狡さに豪族たちも騙されたのです。欲も、強い方でした。小さな豪族を潰しては、手に入れた。それが、晩年の陶謙様の兵でもありました。私も、ひとつ間違えれば、商人として代々蓄えてきた財を、没収されかねず、陶謙様の前ではいつも気を張り、隙を見せないようにしていたほどです」

　麋竺が、自分のことを語るのは、はじめてだった。このところ、麋竺の館に行くことが劉備は多かったのだが、商人であったということさえ知らなかった。館も質素なもので、商人のものとはとても思えない。使用人は、下女が二人いるだけなのだ。

劉備は、糜竺の妹の燐が気に入っていて、事あるたびに糜竺を呼ばず館の方へ立ち寄っていたのだった。

「晩年も、欲にはしばしば眼を奪われておいででした。青州黄巾軍が兗州に侵入した時、兵糧を流すことで徐州への侵入を防ごうと提案されたのも、陶謙様でした。その兵糧は、豪族たちから集められたもので、半分も黄巾軍には流れていませんでした」

「黄巾軍に、兵糧を？」

「それを、曹操に知られたのです。曹操の父親を襲ったのも、その身柄を徐州で押さえて、曹操の口を封じようという考えをお持ちだからでした。間違って、殺してしまったのです。天帝教の叛乱の時は、賊の頭の闕宣とともに略奪をなし、私腹を肥やしてから、すべてを闕宣に被せて処断するということをなされました。これなど、欲に眼が眩んだ証左でしょう」

「もういい、糜竺。なにを言いたいのだ？」

「徐州を、お捨てください」

「うむ」

それは、劉備が考えていることのひとつだった。しかし、捨てると言って、たやすく弊履のように捨てられるものでもなかった。これまで、領内には徳の将軍という顔を見せ続けた。強敵が現われたら逃げる。これでは、徳の意味もなくなるのだ。十数年かけて築いてきた、唯一の財産ともいえる風評が消える。その風評で集まっていた人も失う。

「あの欲の強い陶謙様も、最後はあっさりと捨てられました。殿に引き受けていただくのが、息子たちと、息子たちに伝えた私財を守るのに一番いい、と判断されたからです。たとえ曹操か袁術に攻められたとしても、闘うのは殿で、殺されるのも殿。死の間際には、さすがに狡猾な判断をされたものだと、私は感心いたしました」

「わかった、麋竺。実は、私もそれを考えないではなかった。しかし、やり方が見つからぬのだ。私は死の間際にいるわけではないし、守りたい財産があるわけでもない」

「殿は、強い運をお持ちだろうと思います」

「そうとも思えぬがな」

果敢に闘い、破れる。何度もそれをくり返してのちしか、徐州を捨てるわけにはいかなくなっている。うまく闘ったとしても、かなりの犠牲は強いられるはずだ。

だから、徐州を捨てるという道は、なかなか選択できなかった。

「この際、奪われてみてはいかがです？」

「呂布か」

袁術や曹操が徐州を取るより、呂布がいてくれた方が、劉備にとってはずっといい。どちらが大きくなっても、追いつくのが容易ではない勢力ができるということだ。

呂布がいれば、曹操と袁術の間に楔を打ちこんだかたちになる。特に、曹操にとっては、頭の痛いことだろう。

「しかし、呂布が動かせるかな」

「呂布ひとりでは、動きますまい。領地や権力などというものには、恬淡とした男です。しかし、担ぎ出されることを、いといもしません」

「陳宮か」

「私は、兗州の叛乱について、調べました。陳宮とも、何度か語りました。野心を捨てきれない男です。いや、野心に振り回されている、と申してもよいでしょう。呂布のような戦の天才を担いだ。これは陳宮の眼のよさですが、同時に運のなさでもあるような気がいたします。あれだけの軍人を担いでいれば、またぞろ同じ気を起こすでありましょうし」

「そういうことか」

「殿が、先に袁術を攻められる。これには別の大きな意味が出てくることになります。とにかく、下邳にすぐ戻るというわけにはいかないのですから」

出陣中に、流浪を助けて小沛に置き、なにくれとなく面倒をみてやっていた呂布に、徐州を奪われる。呂布と陳宮には、曹操から兗州を奪いかけた、という前歴もある。

自分には同情は集まっても、誹りを受けることはまずないだろう。

奪ったあとの徐州は、呂布ではなく陳宮が統治するのだろうが、それがうまくいくとも思えない。謀反をなす者は、いつも急ぎすぎているのだ、と劉備は思っていた。

「さてと、私の部将たちが、このやり方に従ってくれるかどうかだ。みんな、謀略などには無縁な心を持っている」

「殿が決断してくだされば、説得は私がいたします。それは、お任せいただいて結構ですから」

劉備は眼を閉じた。

これが、一番傷の少ない方法だと思えた。徐州を陶謙から受け継いだ時、将来どう扱えばいいか苦慮してもいたが、それも同時に解決することになる。

「それにしても、おまえが代々商人であったとはな、麋竺。その商人が、私の前で尊王の志を叫んで涙を流したのか」

「商人である前に、この国の人でありますよ、私は」

麋竺の膝が、また小刻みに動きはじめていた。

4

長安の乱れ方は、尋常ではなかった。

力の強い者がいれば、みんなそちらへ靡くが、同程度の力を持った者たちが、ぶつかり合ったり和睦の調停に入ったり、ひどく面倒なことになっていた。それでも曹操がすでに、いつの間にか長安は、取るに足りない勢力になっていた。

が気にしたのは、帝がいるからである。

力のある者が帝の身柄を押さえれば、第二の董卓が現われないともかぎらない。

曹操は、五錮の者を二人やって、ある工作に当たらせた。二人は、それぞれ五人の部下を持っている。

曹操が考えたのは、帝の長安離脱である。長安の乱れ方は、あまりにひどい。帝の心の中には、洛陽に帰りたいという思いがあるはずだ。

李傕と郭汜の抗争に、弘農郡の張済が入り、また三つ巴になりかけたが、張済は仲裁に動いた。もともとこの三人は、董卓の幕僚である。和睦がなったところで、張済は帝の弘農郡への行幸を提案した。つまり、自分で帝を擁し、董卓の真似をしようというのである。李傕と郭汜は互いに牽制し合っていたが、その問題については連合し、帝の移動の間は、張済も長安に留まるということになった。

帝と皇后に供奉する者は、わずかに数百だった。

五錮の者の報告を聞きながら、さすがに曹操は呆れていた。董卓の旧幕僚たちは、自分たちの関係だけしか見えていない。世界は、長安とその周辺しかないと考えているようなのだ。帝さえ擁していれば、袁紹も袁術も曹操も、長安に攻めこんでくることはない、と考えているとしか思えなかった。

帝の一行を警固しようという者も、また現われた。それは五錮の者の工作で、警固がなければとても弘農郡には行きつけない、と判断したのだ。いざとなれば、長安の三人はなんの容赦もなく、帝を殺すだろう。生きていなければ、曹操にとっても利用価値はない。

董卓の死後、各地に配置された守備隊の兵で、まだ残っている者がいた。李傕などの専横にはついていけない、という連中である。それが、二千、三千と何カ所かに集まっていた。長安の混乱は、それをひとつにまとめる力さえ失って、小豪族とも呼べる勢力を乱立させていたのだ。

五錮の者は、それをうまく利用した。弘農郡へむかう帝の一行は、二万近い軍勢に警固されることになった。

それを見て、不安になったのが長安の三人である。すぐに連合して一行を追いはじめ、警固する軍との激しい戦闘になった。

帝側に、白波谷の賊や南匈奴なども加わり、一度は三人を追い返したが、また反撃され、散り散りになっている。

見かねた河内郡の太守張楊が兵を出し、帝はようやく安邑に到着した。

曹操は、本拠地とした許昌に帝を移そうとしたが、司州の諸将の反撥を受けて果せなかった。兗州と違い、司州はいくつかの点を押さえてあるだけである。

安邑にいれば、一応は安全である。

それから先、曹操は急がなかった。反撥する司州の諸将を、理由をつけてひとりずつ討っていけばいい。やがて、帝は洛陽に帰りたいと言い出すだろう。その時は、帰してやればいい。廃墟同然の洛陽に、帝が住める場所などないのだ。

司州の諸将対策は、洛陽を押さえている郭嘉に任せた。五錮の者が、曹操の意を受けて裏で動くはずである。

曹操には、しっかりと見定めておかなければならないことがあった。

呂布が徐州に入り、劉備を頼ったのである。陳宮も一緒だった。

張邈は、弟の張超に一族を任せ、袁術のもとに走ろうとした。

張超が籠った陳留郡の城を、曹操は数万で包囲した。無理な攻め方はしなかった。攻囲をしている間、陳留郡の各地に兵を出し、鎮撫した。張邈についていた豪族たちも、ほぼ曹操の方へ靡いた。

大勢は、覆えりようもないのだ。ただ、張邈は古くからの友人だった。曹操が好きになった、数少ない友人のひとりでもあった。袁紹なども友人ではあるが、好きだと思ったことは一度もない。

その友人に裏切られた。一時は、完全に兗州を奪われかかった。裏切られた憎しみは強い。同時に、なぜだという思いもつきまとっている。張邈は陳宮とともに、呂布に臣従するかたちをとったのだ。呂布は、ただの流れ者にすぎなかった。

それほどまでに、自分を嫌っていたのか、と曹操は思う。張邈を超えて、はるかに大きくなりすぎたからか。苦労もせずに、陳留郡の太守のままだった張邈と較べ、自分は青州黄巾軍百万と、長く苦しい闘いを続けたのだ。その後の、自分の興亡を決する、きわどい賭けでもあった。

「劉備が二万の兵を集め、呂布は小沛に駐屯したままだというのだな」

陳留郡の曹操の陣屋は、張超が張邈の一族とともに籠った城を、遠望する丘の上にあった。そこで、徐州にやった五錮の者の報告を受けた。

劉備が、陶謙から徐州を譲り受けた時は、曹操は怒りを禁じ得なかった。陶謙が病死したので、父を殺された怒りが、そのまま劉備にむかったというところがあった。

劉備は、徐州でも徳の将軍のままだった。いまは、怒りよりも、どこで本性を出すのかという興味の方が強かった。

父を殺された怒りはあるが、怒りのままに行動した自分を、反省してもいた。そのために一度掌握した兗州を失いかけ、奪回するのにずいぶんと時を要したのだ。

「なぜ、呂布は小沛を動こうとしない？」

「わかりません。恐らく、劉備からの出兵の要請がなかったものと思われます」

袁術を相手にするのだ。劉備は、一兵でも多く欲しいはずだった。まして、呂布は当代一の武将と言っていい。その武将を使わないというのは、どういうことなのだ。

劉備という男が、いまひとつ曹操にはわからなかった。底知れない大きさがあるのだ。その場の利に飛びつかない、冷静な忍耐力もある。しかし曹操が知るかぎり、戦場の劉備は、忍耐の男ではなかった。

「数年前、予州のどこかで妻帯したという話も聞いたが」

「はい。しかし家族とはほとんど一緒に暮してはおりませんでした。千余の兵を率いた義勇軍で、各地を転戦しておりましたから。いまは、下邳城に、妻子を入れたようです」

武将とは、そんなものだ。帰るべき城と、妻子がいる家は違うことが多い。曹操も、長い間そうだった。

そういう点で、張遼はずっと家族と一緒だった、と曹操は思った。張遼の妻や子も、曹操は知っている。お互いになにかあった時は、それぞれに親代りになろう、と張遼と話し合ったこともあった。

自分のどこが憎かったのか。張遼を捕えたら、殺す前にそれは訊いてみたかった。

「呂布がなぜ動かぬのか。その理由を知りたい。劉備は、呂布なしで、どうやって闘うかも」

五錮の者が、一礼して去っていった。

張邈が、袁術のもとへむかう途中で、自分の部下に殺された、という知らせを持ってきたのは、夏侯惇だった。

「部下にか」

「自分で招いたこととはいえ、馬鹿げた死に方をしたものです」

不思議に、友を失ったという気分に、曹操は襲われた。そういう自分に、戸惑った。

友とはなんなのか。

夏侯惇となら、それを語ってみたいという思いがあった。口には出さなかった。友などはいらぬ。そう自分に言い聞かせただけである。友だと思うから、裏切られたら腹も立つ。自分に服従する者か、敵か。そう分けるだけで充分ではないか。

相変らず、呂布には動きがなかった。

呂布と劉備が組めば、手強い。そう思っている曹操にとっては、悪いことではなかった。しかし、劉備のやり方は、やはり納得ができなかった。あの二人が、合うわけはないという気もする。しかし、自分と闘うためには連合すべきではないか。袂を分かつのは、それからでもいいのだ。

張超の城が、そろそろ音をあげるだろう、と攻囲軍を指揮している夏侯淵が報告に来た。張邈が殺されたことも、城内には伝わっているはずだ。

降伏してきたのは、夏侯淵が報告してきた翌日だった。

一族二十数名が、縄を打たれて曹操の前に引き出されてきた。張邈の妻の顔もある。肥った女だったが、やつれ果てていた。

「張邈の子から、首を刎ねていけ。母や叔父には、その死に行くさまをよく見せてやれ」

処刑がはじまった。首を刎ねる前に、手足を四カ所斬り、それから首を刎ねる。張邈の妻が、叫び声をあげはじめる。兵が何人かで押さえつけ、つぶろうとする眼を指で開いていた。

血が匂う。戦場の血とはまるで違う、と曹操は思う。張邈の妻は、最後に処刑した。

友などはいらぬ、と曹操はもう一度思った。自分に服従する者か、敵か。人は、その二種類でいい。

5

燐を、妾として差し出された。

糜竺の気持は、わからないではなかった。劉備の部将たちに、徐州放棄を説得しなければならない。陶謙の幕僚であったことが、大きな障害となる。十数年、ともに苦労をしてきた、関羽や張飛とは違うのだ。

はっきりとそうは言わないが、燐は、そういう糜竺が差し出した、人質のようなものだった。

劉備は、燐を館に入れ、第二夫人とした。予州にいたころ、妻帯していた。しかし、ほとんど一緒に暮してはいない。情愛も、濃いものではなかった。

出陣前の慌しい時だったが、劉備は燐の寝室にいることが多かった。

人質同然の扱いをされてもよいのか、と劉備は一度だけ訊いた。燐は頷き、兄のためではなく、自分の心に従ったのだ、と言った。

燐は、きれいな躰をしていた。乳房から脚から、劉備は撫で回した。女体を、こういうふうに扱ったことはない。夜だけではなく、昼間も燐の寝室にいることが多くなった。

　燐は喜んでいたが、同時に戸惑ってもいたようだ。大事な戦が、間近に迫っていることを、燐も知っているのだ。

「糜夫人をめでるのは、いっこうに構わぬと思いますが、いまはやめておいた方がいいと思います。糜竺の立場が、微妙なものになりますぞ、兄者」

　関羽に、そう言われた。

　糜竺が、妹を使って劉備を籠絡した。張飛などは、そう思いこみかねないところがある。

　張飛、趙雲、成玄固、そして関羽でさえも、負けるための戦を肯んじてはいない。頭ではわかっていても、武将の血がそれを許さないのだ。

　関羽を納得させることはできたが、やはり張飛が抵抗している。おまけに、張飛が与えられた任務は、下邳城の留守部隊の指揮だった。負けるための戦に、張飛を伴うことはない。糜竺は、そう言った。

　気の荒さで売った陶謙の遺臣と、張飛は留守部隊の指揮を執ることになっている。

「関羽、私は徐州を手に入れた。それをまた手放す。陶謙殿から譲られた時、徐州の経営がうまくいくとは思っていなかった。確かに豪族が強すぎる土地で、圧倒的な力で押さえつけないかぎり、掌握は難しい。しかし、私は小豪族をこちらへ靡かせた」

「いま、そういうわかりきったことを、ことさら話す段階ではありませんぞ、兄者」

「一度手にしたものを、放り出す。私が、そうすると決めた。しかし、こんなことをしていて、私はいつか曹操に、袁紹や袁術に、追いつけるのだろうか？」

「わかりません、そんなことは。この乱世です。明日の命さえ、誰もわかってはおりません」

「燐のやわらかな躰を抱いていたら、私はふっとむなしくなった。戦に明け暮れ、あまりに遠いところを見つめ続け、人の喜びがなにかもわからなくなっていたのかもしれない、と思ってしまった」

「兄者らしくもないことを。気持がわからないではありませんが、こんな時に悩まなくてもよろしいではありませんか。いや、こんな時だから、悩んでしまうのかな」

関羽が、声をあげて笑った。

「とにかく、麋夫人との房事は控えてください。こんなことを、私が兄者に言わなくてはならないとは、情けない気もしますが」

「明後日、小沛へ行って呂布と会う。それまで、私は燐の躰に溺れるぞ。昼も夜もだ。誰にも文句は言わせぬ。よいな。明後日までに、出陣の準備さえ整えておけばよい」

「やれやれ。麋竺もつまらない気を遣ったものだ。兄者の弱点が女だとは、十数年も一緒に暮してきて、気づかなかった」

関羽がなんと言おうと、気にしなかった。

劉備は、燐の寝室にいて、燐の躰を抱き続けた。そうすることで、疲れきってしまいたかったのかもしれない。

もう、関羽が諫めに来ることもなかった。燐も、なにかを感じたらしく、どこまでも劉備を受け入れた。燐が身動きさえできなくなっても、劉備は抱くことをやめなかった。

燐の寝室を出て、具足をつけ、整列した兵の前に出た時、劉備はめまいを起こして倒れそうな気がした。

「陶謙殿の死の混乱が、この徐州ではまだ続いている。そこを、南の袁術が狙ってきた。討たれる前に討つ。徐州が生き延びる道は、それしかない。いいな、みんな。

指揮にはよく従うのだ。功名を立てろ。袁術を討ち取れば、一郡の太守も夢ではないぞ」

関羽が、主力の指揮をして、進発した。先鋒は趙雲で、殿軍は成玄固である。全軍で二万。これ以上は、やはり集まってくる者はいなかったようだ。

劉備は、糜竺と、旗本の百騎ほどを伴い、小沛にむかった。呂布に会ってから、本隊を追う手筈になっている。

「陳宮とは、何度話した、糜竺？」

「下邳に招いて、酒宴などを張りながら、二晩。なんとなく、陳宮という男がわかりました。陳宮には、自分より優れた大将は必要ないのです。王佐の才とも、また違います。天下に立ちたい。しかし、どこか自信に欠ける。それで、御しやすい武将と組もうとする、ということでしょう。呂布が御しやすいかどうかは別として、優れた武将であることは確かですな」

「下邳を奪るか、ほんとうに？」

「思った通りのことを、張飛殿がしてくれれば、必ず。眼の前の利を見過せぬのが、あの男の欠点です」

「呂布は？」

「惜しいかな、志がありません。戦の天才だというだけでしょう。小沛でも、毎日兵の鍛練に精を出しているとか。いい主君に会っていれば、呂布の運命も違ったのでしょうが」

「曹操が欲しがりそうな男だ」

「確かに。はじめに陳宮に会わず曹操に会っていたら、あの男は稀代の将軍となり得たでしょう。まことに惜しい」

「わかった、もういい」

呂布を臣下に従えるだけの力量が、自分にはないと言われているような気が、劉備はした。確かに、曹操とはそういうところで、大きさが違う。大きさで、人を魅きつけることはしてこなかった。

「孫策は、丹陽郡の平定を理由に、ずっと南に兵を退げているはずです。孫策の軍とぶつかることはありますまい。殿の竹簡が、効果を発揮いたしましたな」

「どれぐらいだ、孫策の軍は？」

「およそ三万だそうです。いずれ会稽を取る、と私は思っております。そうなれば、袁術のもとから、完全に離れるでありましょうな」

「いくつだ？」

「二十歳」

劉備は、思わず唸り声をあげた。

「親父の血を受けたな。果敢な男であった、孫堅は。しかし、急ぎすぎて、掌中から自分の運をこぼした」

「程普、黄蓋、韓当という、孫堅の遺臣も集まってきているようです。しかし、いまの力を得るまでは、ひとりで闘っています」

「広いな、この国は。人も多い。それだけ、信じられぬほどの英雄も現われる」

「美女もです」

言って、麋竺が笑った。膝が動いているのかどうか、馬上ではよくわからない。

「燐ごときに、いつまでもうつつを抜かし、眼に隈を作られているようでは、先が思いやられますな。あれぐらいの女、捜せばいくらでもいます。ほんとうに迷われたのかと思いましたぞ」

「以前はおまえの妹でも、いまは私の妻だ。あれぐらいの女などという言い草は、許さぬ。私は、燐に子を生ませたい」

「荒淫の果てに、子はできません。今後は、自重なさることです」

「みんな、心配していたか？」

「笑っておりました。やはり殿も、本心では徐州を手放したくないのだと。張飛殿も、それで承知されたようなものですな」

「口惜しいな、糜竺。十数年の流浪ののちに、ようやく手にした一州であったのに」

「そのようなことを、殿が言われますか。もともと、なにもせずに手にしたような土地ですぞ。それも、ほんとうに欲しがっておられなかった。大きな犠牲を払って手にした土地ならば、お気持もわかるというものですが。曹操が兗州を掌握するためには、青州黄巾軍百万と、筆舌に尽し難い凄絶な戦をしてきたのです」

「わかっている。わかることと気持とは、また違う。私も、少しはそのあたりでじたばたすることもあるのだ」

「まあ、よろしいでしょう。呂布の前でじたばたされなければ」

小沛までは、それほどの距離ではなかった。かつて、劉備が陶謙より与えられた城。そしていま、劉備が呂布に与えた城。

考え抜いた。あらゆることを考え、生き延びる道はこれだ、と決めたのだ。

小沛では、呂布と陳宮が迎えた。

「南へ出陣だそうだな、劉備殿。なぜ、この呂布を使わぬ。俺の軍では、頼りにならぬとでも言うのか」

呂布は不機嫌だった。それに較べて、陳宮は露骨に愛想を見せている。

「頼りになるから、頼みに来たのだ」

「五千で、出兵できる。俺はまだ、中核の騎馬隊を失っておらん。世話になった。縦横な働きをして、その恩を返そう」

呂布と組めば、袁術の軍を破れるかもしれない。それは、何度も考えたことだった。しかし、その後はどうなるのか。呂布とともに、曹操と闘うのか。

「出兵を頼みに来たのではないのだ、呂布殿。別のことを、頼みに来た」

「この呂布に、出兵以外のことだと？」

呂布の眼が、劉備を見つめてくる。それだけで、怯んでしまいそうな気分になる。呂布の騎馬隊は、巨大な一頭のけもののように動くという。そのけものの眼が、これなのか。

劉備は、笑った。笑うことで、怯みかけた自分の気持を立て直した。

「下邳が不安なのだ。呂布殿には、下邳でなにかあった時のことを、頼みたい」

「そんなことを、この俺にだと」

「殿。劉備様は真剣に頼んでおられるのです。下邳でなにもないと考えるのは、大きな誤りではありませんか。どれほど兵を募っても、徐州では二万しか集まらなかったのです。残りがおよそ六万。ほとんど豪族が率いているのですが」

「なぜ、豪族どもに出兵させぬのだ、劉備殿。徐州の豪族は、劉備殿だけに頼って、自分たちでなにもせぬということなのか」

「なにもしなければ、まだいいのです」

陳宮が言い続けた。ここで呂布に承知させなければ、という思いがやはり露骨に出ている。

「六万が、下邳を襲ったら、どうなります。あり得るのが、徐州なのですよ。陶謙殿が、大きくのびられなかった。劉備殿が苦労をされ、徐州領内で戦をするよりはと、袁術より先に南に兵を出される。すべて、豪族たちの動きが不穏だからなのです」

「だからと言って、そんな骨がやつらにあるものか。不平を並べているだけだ。骨のないやつらだということは、見ていて俺にはよくわかるぞ」

「しかし、それを骨のある者が指嗾したとしたら？」

「徐州の豪族どもに、骨などないと言っただろう」

「いや、もっと別のところからでございますよ。袁術も徐州を欲しがっておりますが、ほかにも欲しがって当然と思える男が、ひとりいるではありませんか」

「曹操か」

呟くように、呂布が言った。

「徐州を取ると、袁術は大きくなります。そうなれば、曹操は袁紹の下につくしか仕方がなくなる。しかし、曹操が徐州を取れば、これは袁術を超え、袁紹と並び立つことができます」

確かに、そうだった。劉備が最も警戒するのが、それだと言っていい。

「曹操は、もともと徐州に恨みを抱いております。徐州をその恨みで攻めている時、われらは兗州を取ったのではございませんでしたか」

呂布が頷いた。

「袁術の脅威より、劉備様にはむしろ曹操の脅威の方が大きいのです。ですから、下邳になにかあれば頼む、と殿に言っておられるのではありませんか」

「曹操は、兗州だけでなく、予州北部から洛陽あたりまで勢力をのばしていると聞く」

「徐州など、劉備様の留守を狙えば、たやすく手に入る、と思っているでしょう」

「いま、下邳には誰が？」

劉備を見て、呂布が言った。

「張飛に任せています。それと、陶謙殿の遺臣で、曹豹と申す者が」

「お二人とも、勇猛の将ですな。それでも、曹操が、豪族どもを指嗾して攻め寄せてくれば、防ぎようはありませんな」

「その時です。呂布軍五千の力が頼りになるのは」

麋竺が言った。さすがに、呂布にも想定されている事態が呑みこめたようだ。

「わかった、劉備殿。俺が、ここから下邳を睨んでいよう」

「心強いかぎりです」

劉備は頭を下げた。

それで終りだった。徐州を捨てた、と劉備は思った。苦労して手にした領地ではない、と劉備は自分に言い聞かせていた。

それぞれの覇道

1

ここが機と見れば、揉みに揉んで攻めあげる。それが、孫家の戦だった。そのためには、兵がいざという時に、力を出さなければならない。それも、求められるのは、普段持っているものを超える力だ。

父孫堅は、練兵に心を砕いていた。袁術や袁紹や曹操という、西園八校尉（近衛師団長）とは、出自からして違った。まともな軍学を学んでもいなければ、集まっている兵も、もとは流浪の民のような者が多かった。

毎日、行軍させていた。騎馬隊は、一日じゅう、同じ動きをくり返させた。武器は、少なくとも二種類以上は使わせた。

孫策は、父のそばでその訓練をしばしば見たものだった。兵が精強になっていく過程を、つぶさに見ていたと言っていい。

程普、黄蓋、韓当という、父の代からの部将に、兵の訓練をさせた。経験がものを言うことだったからだ。

孫策自身は、太史慈と二人で、五百の騎馬隊の訓練をした。五百騎は、旗本である。

ほかに、周瑜軍というものを、孫策は考えた。これは船を擁した軍勢で、父の孫堅の発想にはまだなかったものだ。周瑜には五千の兵を預けるとともに、さまざまな大きさの軍船の試作もさせた。

毎日が、眼の回るような忙しさだったが、孫策は充実し、緊張もしていた。すべてに、眼を配った。この国が、どういう群雄によって、その覇権を争われているのか。ひとりひとりについて、集められる情報はすべて集めた。袁術への対策も、怠らなかった。兵糧を、寿春へ運び入れるのである。最初の兵糧を見て、袁術は少ないと思ったようだ。ひと月後に、また同じだけ運んだ。つまり、毎月運び入れたのだ。苦々しい思いで袁術は孫策を見ているだろうが、毎月の兵糧の魅力に勝てないだろうということも、孫策にはわかっていた。袁術の下で、三年も辛酸を舐めてきた。どう扱えばいいかは、よくわかっている。

袁術のために、孫策軍の兵糧は不足気味だったが、とりあえず兵には耐えさせた。いつまでも続くことではない、と孫策は考えていたのだ。ただ、いま袁術が孫策を討とうと考えると、これは面倒なことになる。

「三年、袁術のもとで耐えられたのが、無駄ではありませんでした。無駄にされなかった、というべきでありましょうか」

孫権を連れてきた孫賁が言った。

「権も、俺のそばにいるといい。まだ自分の足で立ったばかりだ。おまえにも支えて欲しい。俺たちの歳を合わせても、まだ北征の軍を興された父上の歳には達しない」

「はい」

「俺は、最初になにをなすべきだと思う？」

「軍規を厳しくし、民の心を安らかにすべきなのではありますまいか。兄上の軍は、強くなるのでございましょう？」

「強くなる。なるほど、だからこそ軍規か。ほれ見ろ、おまえはもう俺をひとつ助けた。俺には、眼がむかないところがある。俺が見ないと、部将たちも見ようとしない。ただひとり、いろいろと言ってくれそうな周瑜は、いま水軍にかかりっきりだ」

「兄上は、水軍をお作りになりますか？」

「父上は、長沙に拠って北征の軍を興される時、われらには三つの道があると言われた。陸路と長江と海だ。はじめは兵糧や兵を運ぶ道でも、いずれは水軍を作られただろうと思う。それこそ、北の袁紹や曹操にはなく、われらにあるものだからだ。父上は荊州長沙に拠られたが、その力は呉郡の海から得られたと俺は思っている」

「私もです、兄上」

「権は、まだ子供です。夢のようなことばかりを考えます。それに、殿と違って臆病なところがあります。こわがると、青い眼がいっそう青くなります。赤い髪も、紫色に見えたりするのです」

孫権が、恥しそうにうつむいた。孫賁は、決して弟を甘やかしてはいないようだ、と孫策は思った。自分の時も、この伯父はいつも冷たかった。その冷たさの中に漂うかすかなやさしさを感じなかったら、嫌いになっていたかもしれない。

「ところで殿、ひとりお引き合わせしたい者がおります。別にもうひとりいるのですが、それはいずれ殿の前に現われます」

この伯父の言葉遣いが臣下のものになったのは、孫策が一軍の将として寿春を出発する時だった。いきなり、殿と呼ばれたのだ。それまでは呼びつけで、いつも叱りつけられていた。この伯父なりの、けじめのつけ方なのだろう、と孫策は思った。

孫賁が呼び入れたのは、髭に白いものが混じった男だった。背が低く、痩せていて、武将に感じるような殺気はなかった。

「軍に関して、殿は多くの人材をお持ちです。しかし、軍を支えるのは、領地。そこが治まっていなければ、必ず弱いところが出ます。この男を、しばらくお使いになりませんか？」

「張昭と申します」

いくらか高い声だった。

「なににお使いいただいても、結構でございます。私の欠点は、あまり勇敢ではなく、というより臆病ということでございましょう。血が嫌いです。もっとも、それは欠点だとは思っておりませんが」

張昭が言うのを聞いて、孫策は思わず笑いはじめた。自分を臆病と言いきれる男は、実は臆病ではないのかもしれない。

「この地は、劉繇が治めていた」

「私は郡庁で働いておりましたので、よく知っております」

「ほう、なにをやっていた？」

「ひたすら、郡の民の苦情を受けつける係を。賦役が多すぎるとか、税が納められぬとか、私のところへ民が来ては話すのでございます」

「それで、権限は？」

「なにも。一生、人の苦情を聞いて暮せ、と言われておりました。主は何代も変りましたが、私は十年一日です」

「わかった。同じことをしていろ。ただし、ひとつだけ権限を与えよう。私に伝えた方がいいと思ったことは、直接伝えてよい、という権限だ」

張昭が頭を下げた。それほど嬉しそうな表情もしていない。

「扶持は倍にしてやる」

「それは、軽率な申されようでございます。まず、私がどれだけの扶持を受けていたか、御存知ありますまい。したがって、倍がどれだけになるかも、御存知ない。扶持は、仕事に対して与えられるもので、仕事をさせてみる前に決めるのも、軽率でございます」

「なるほど。それでは、しばらく経ってから扶持を決めることにしよう」

「孫賁殿が連れてこられたからといって、重用するのも考えものです。とりあえず、仕事をさせてみること。それからお決めになって、遅いことはありません」

「わかった。いつもそのように、思っていることを申してよい」

孫賁は、もうひとりいると言ったが、それはいずれ現われるのだろう。

「権、騎馬隊の訓練に行く。おまえも付いて来い」

権が眼を輝かせた。

「伯父上もいかがです？」

「私は、邪魔になるだけでございます。権は、殿のようには馬に乗れません。幼いころから殿はそういうことがお好きでしたが、権は仕方なくやっているというところがあります」

「よかろう。おまえのために馬を用意してある。まず、それを乗りこなしてみることだ」

権を伴って、外へ出た。

太史慈が、具足をつけて待っていた。五百騎も、具足をつけている。ただ、槍や戟や剣は、訓練用のものである。

一日馬で駈け回ると、権は疲れたようで、すぐに眠った。

「何者だ？」

ひとりで寝室に入った時に、孫策はあるはずのない気配を感じて、声を出した。

「孫賁様より、ここで待つように申しつけられました。潜魚と呼ばれております」

孫賁が言った、もうひとりの男というのがこれだろう。張昭と同じぐらいの小男だった。

「探索などを、お命じくだされば。七人の手下を抱えております。その者たちに、人らしい暮しをさせてやりたいのです」

「働きによるな、それは」

「勿論でございます。呼び出して、御用をお命じくだされば、多少は役に立つことがおわかりいただけるだろうと思います」

「剣の柄に、青い布を巻いておく」

「かしこまりました」

気配が消えた、という気がした。いつの間にか、潜魚の姿は消えていた。

やらなければならないことは、いくらでもあった。できるだけ、いろいろな人間を使うことだ、と孫策は思った。

世間では、まだ袁術の部将ぐらいにしか見られていないだろう。しかし、兵力はある。人もいる。

周瑜がやってきた。

水軍の話を、しばらくした。まだ、船はできあがっていない。それは周瑜が望むような船で、五千の兵の訓練用の船はある。

「袁術からいつ離れるのか、殿はもう考えておられますか？」

「考えている」

「夏には、水軍も使えます。江東に拠点を持たれてから、もうすぐ一年になるのですね。ずいぶんと、力はついたと思います」

周瑜と話す時は、余人は交えなかった。寝室で、酒を飲みながら話すこともあり、そういう時、周瑜は泊っていく。

「会稽が欲しいのだ、周瑜」

「なるほど。会稽を制圧すれば、呉郡、丹陽郡の後方が固められます。しかし、劉繇の残兵だけでなく、厳白虎という男を中心にした、数万の賊徒がおりますぞ」

「いまなら、もう勝てる。しかし、できるだけ犠牲を少なくして勝ちたい」

「では、夏ですな」

「そうだ。水軍も使いたいのだ」

「会稽さえ制圧すれば、袁術もこわくはありません。捨てられますね、あの肥った欲の塊のような男を」

「捨てられる。しかし、そんなことは小さなことだ。袁術を見て、いまの世の英雄がこんなものだと思ったら、痛い思いをする」

「北の袁紹、そして曹操。徐州の劉備も、馬鹿にできない気がします」

「あの男たちと、互していかなければならないのだ。周瑜。まだまだ、俺たちは小さいし、修羅場を潜ってもいない。ただ、乱世はまだ続くぞ。そして、俺たちは、誰と較べても若いのだ」

「そうですね。若ければ小さい。子供の躰が小さいようにね。しかし、大きくはなれる。私たち次第で、いくらでも大きくなれます」

周瑜がいてよかった。しばしば、そう思う。口には出さなかった。言葉を交わさなければ、わかり合えないような仲ではない。

「夏には、会稽を取る。その前に、袁術は徐州あたりと揉めるであろうが」

「江東がまだ不穏という理由で、出兵はしないことです。もうひとつ、気になることがあります。帝のことです」

「安邑におられるという話だが、袁紹か曹操が押さえれば、帝の名をもって天下に号令するだろうな。袁紹も曹操も安邑に手をのばせば届くが、ここからでは遠すぎる」

「まだ、漢王室が消えてしまったわけではありません。どう動くか、眼を離さないようにしていた方がいい、と私は思います」

「帝の身柄を押さえた者が、その権威も復活させて、利用する。長安で、大した野望もない董卓の遺臣どもの玩具にされていた方が、ずっと安心ができた」

「殿は、袁術のもとで逼塞を余儀なくされていたころから、そんなことを考えておられましたか？」

「考えた。ほかにやることは、なにもなかった。考えれば考えるほど、わが身に照らしてむなしくなったものだ」

「そこの違いですね。私は、三年の間、学問などをしていただけです。殿に久しぶりに出会った時に、なにか大きなものにぶつかったような気がしました。三年の間に、なにをしてきたかの違いです」

「父上が生きておられたら、俺は孫郎（若君）などと呼ばれ、ただの戦好きの大将で終ったような気もする」

「孫堅将軍。いまも、私の眼には、あのお姿が焼きついていますよ。頂戴した赤い幘（頭巾）も大事に持っています」

父が、周瑜に幘を与えた。ほとんど見たことがないことだったので、あの日のことは鮮明に憶えている。

それから自分は、父とともに北征の戦にむかった。

「帝を取るのは、どちらだと思う、周瑜？」

「曹操、ですかね。動きを見ているかぎり、二人とも英傑ではあります。ただ、曹操の方が、貪欲な気がするのですよ」

「袁紹は、いずれ公孫瓚と結着をつけなければなるまい。そのころには、帝の権威を必要と考える者もいなくなる、と思うのだがな」

「いまは、まだ」

「帝というのは、不思議なものだな。俺たちは、朝廷とは遠いところにいる。だから、あまり切実に感じないのかもしれん。あるいは、若過ぎて、官位がどうのなどということを、本気で考えなかったからかな」

「遠すぎて、逆によく見えているのかもしれませんよ。そんな気もします。いままでは、陰謀の道具に最も使いやすいのが、帝でしょうからね」

従者に酒を運ばせ、飲みはじめていた。学生のような飲み方だと思ったが、孫策はそれが好きだった。周瑜以外の者と、こんな飲み方はできない。

「ところで、伝国の玉璽というのを知っているか、周瑜？」

「噂では、孫堅将軍が、洛陽の井戸の中で見つけられたとか」

「噂ではない。ほんとうにあったのだ。父はそれを、ただの石に過ぎぬと言っていたらしい。伯父上が預かっておられた」

「わかった。袁術が殿に出兵を許したのは、伝国の玉璽と引き換えだったのではありませんか？」

「まさしく」

「役に立ったわけだ、ただの石が」

「袁術のような男にはな」

「帝も、そういうものかな。いや、ちょっと違うな」

「誰が手にするかによって、まるで違ってくる。そういう意味では、帝も伝国の玉璽と同じようなものかもしれん」

「そうですか。いまは、袁術が持っているのですね」

「あの男のことだ。なにかに使うという気はする」

「そうですね。ちょっと馬鹿げたことに、使いそうな気もします」

「まあいいさ。とにかく、夏だ」

「夏ですね。会稽へ」

周瑜の端整な顔が綻んだ。

孫策は大声を出して従者を呼び、新しい酒を命じた。

2

つらい戦だった。

一兵も損じたくはなかったが、それでは戦にならない。斥候を出し、袁術軍の動きを探り、広陵まで進出して、陣を敷いた。二万である。これほどの大軍を率いて戦をするのは、はじめてだった。しかし、袁術軍は四万である。

袁術軍が、押してきた。何度か押し返したが、最後には、数がものを言った。退がる時だけは、注意した。追い撃ちをかけられたら、犠牲が大きい。殿軍に、関羽と趙雲を配した。二人とも、攻めると見せかけては退がり、また実際に攻めこんだりするので、袁術軍は追撃の態勢はとれなかった。

二十里（約八キロ）ほど退がっては陣を組み、押し合ってはまた退がる、ということを何日もくり返した。

袁術の軍は、言われているほど精強ではなかった。数こそいるが、動きのいい部隊と悪い部隊が入り混じっていて、動きのいい部隊のよさを殺していた。

「一度ぐらいは、大軍に泡を吹かせてやるぞ。関羽、趙雲、大きく退がると見せかけて、敵が追撃に移ったところで、反転して攻めこめ。ただし、深くは攻めるな。人数で押し包まれると面倒だ。先頭の騎馬隊を崩したところで、横にそれろ」

二人とも、嬉しそうな顔をしていた。それは兵も同じだろう。勝つための戦が、軍には必要なのだ。

関羽と趙雲が率いているのは、劉備の本隊である五千だった。残りの一万五千は、徐州各地から集まった兵である。動きは決してよくない。しかし、勝ちに乗ったら、強いはずだ。

袁術軍が寄せてきた。劉備は、まず一万五千を十里ほど退かせた。踏み留まっていた五千が、それを見て一斉に退がってくる。数で押したと思ったのだろう。敵は、そのまま追撃に移ってきた。十里あれば、騎馬隊と歩兵を、充分に引き離せる。

駈けてくる関羽と趙雲を、劉備は馬上から見ていた。算を乱しているように見せかけてはいるが、反転した時に小さく固まれる準備はできている。大きく迂回するのではなく、一騎一騎が、その場で反転できる。なにより、歩兵を先に立てて逃げてきていた。騎馬隊で、ずいぶんと左右に振り回したのだろう。追う敵は、大きく拡がっている。どれだけ拡がろうと、最後は数で押し包めると思っているようだった。

劉備は、旗を大きく振らせた。

騎馬が、素速く反転していく。二隊に分かれ、小さく固まって敵の騎馬隊の中に突っこんだ。

敵が混乱するのが、はっきりとわかった。伏兵を食らったのと同じなのだ。歩兵も反転していた。劉備は、一万五千を突っこませた。周囲にいるのは、旗本の五十騎ほどである。全員が、馬から上体を乗り出すようにして、戦況を眺めていた。

関羽と趙雲が、鬱憤を晴らすように暴れ回っている。見る見る、敵の騎馬が減っていった。関羽の青竜偃月刀が舞うと、二つ三つ首が飛ぶ。趙雲の槍が突き出されたところには、もう敵はいない。関羽と趙雲の動きがぴったりと合っているので、二人の率いる兵にも乱れがない。二千ほどいた騎馬隊は数十騎になり、ようやく追いついてきた歩兵も、関羽と趙雲の騎馬隊に蹴散らされている。一万五千が襲いかかった時、敵は潰走していた。一度はじまった潰走を立て直すのは、至難だった。三万いようと五万いようと、寡兵に追いまくられる。

十里ほど追撃したところで、陽が落ちた。

劉備は、兵をまとめた。

六千余の敵を討ち取っている。五百頭ほどの馬も手に入った。大勝利である。騎馬隊を崩したところで兵を退こうと劉備は考えていたが、関羽、趙雲の部隊が、勝ちに乗った勢いの方が強かった。

「よくやった。袁術軍、恐るるに足らず」

本気で、劉備はそう思った。

「これで、袁術が自身で出てきますぞ、殿」

小声で言ったのは、麋竺だった。

「多分、もっと大軍になっています」

「心配するな。まともにはやらん。しかし、袁術軍に攻めかかって、果敢に闘ったという風評は欲しいではないか」

「闘わない方が、いいような気が私はします」

「そう言うな。少しはやり合わせろ。負け犬という意識は、兵には禁物なのだ」

「それは、私にもわかります。やりすぎないでください、と申しあげているわけで。今日の勝利は、胸のすくものではありました」

「これに張飛が加われば、わが軍はもっと強いぞ」

「ただ殿、もう兵糧は尽きかけておりますからな」

「わかっている」

勝ちに来たわけではない。生き延びるために、ここまで来た。それは忘れていない。

袁術軍が再び押し寄せてきたのは、それから五日後だった。八万に増えていた。『袁』の旗もある。袁術が、やはり自ら出てきていた。

むかい合った。距離は五里（約二キロ）ほどである。

袁術軍の前衛に、柱が二本立てられていた。二人の武将が、縛りつけられている。負け戦の指揮官だった二人のようだ。

具足を剝ぎ取られているのはともかく、髪を切り取られた頭頂が、むき出しにされている。人間に対する扱いではなかった（頭頂を晒すのは、最大の恥辱とされていた）。

「むごいものです」

趙雲が言う。刎ねられた首でさえ、巾ぐらいはつけて晒される。まして、一軍の将であった二人である。袁術の、怒りのすさまじさが感じられた。

「八万か。まともにぶつかれば、呑みこまれてしまうな。ぶつかっては退がるということを、またくり返すしかあるまい」

「そう思います。さすがに、袁術にはまだ底力が残っているようです」

関羽が言う。兵も、疲弊しはじめていた。決定的に兵糧が足りないのだ。一度ぶつかったが、そのまま崩されて、海陵まで退がった。そこで、何度か奇襲をかけた。袁術は警戒して出てこなくなり、お互いに陣を組んでの睨み合いになった。

下邳からの伝令で、呂布は眼を醒ました。守将の張飛が、酔った上で同じ守将の曹豹という者を叩き殺したというのだ。理由は、はっきりとわからなかった。

「殿、とりあえず、下邳へ」

「留守を預けられたのだ。そうしなければなるまい」

呂布は、麾下の兵に出動の準備をさせた。

曹操との戦でだいぶ失ったが、それでも三百余。相手が騎馬なら、二千を相手に打ち破る自信が、呂布にはあった。

麾下以外に、五千弱の兵がいる。それは、陳宮が率いてくると言った。好きにさせておいた。その五千も、わずかな訓練で、見違えるようになっているのだ。

下邳城に到着した時、張飛はすでにいなかった。殺されていたのは曹豹ほか二名で、ともに陶謙が残した部将らしい。黒ずくめの軍勢を見ただけで、下邳城の守兵は大人しく従ってきた。呂布が最初にやったのは、劉備の家族が住んでいる館の警固だった。一歩でも踏みこんだ者は斬る、という触れも出した。陳宮が五千を率いて下邳城に入ったのは、一日遅れだった。

それで、下邳城の主力は呂布軍になった。

非常事態である。徐州の豪族たちに、招集をかけた。

集まってきたのは、兵三千と、有力な豪族たちが七名だった。

「兵を連れて来ないかぎり、おまえたちが集まってもなんの意味もない。なぜ兵を連れてこなかった。いや、なぜ劉備殿に袁術との闘いを押しつけた？」

「それはまた、おかしなことを言われます。われらは、誰が徐州、つまりこの下邳の主になろうと、構いませぬ。ということは、われらは徐州の軍であると同時に、徐州の軍にはあらずとも、言えるわけです」

「おまえら、徐州の地は踏んでいない、と言うのだな」

「それも、申しておりません。われらは、昔からの、徐州のやり方を守ろうとしているだけで」

「国が破れようという時に、おまえたちはそんなことを言うのか。聞くところによると、おまえらはなにが起きても、決して出兵しないそうではないか」

「国が破れるなら、われらもそういたします。劉備様が闘っておられるのは、揚州でございますからな」

「徐州を戦地にしたくない。だから劉備殿は揚州にまで攻めこんでいるのだ。それを認めようという気になれぬのか、おまえたち」

「呂布様こそ、劉備様の食客でありながら、小沛でのんびりと静養なさっているのですか。本来なら、先鋒を志願すべきだと、われらには思えるのですが」

耐えながら、呂布は喋っていた。耐えることを覚えた自分が、なんとなくいやでもあった。

「援軍を組織しろ、劉備に」

「それは、呂布様の仕事でしょう。われらは、この地にいてのんびりとやります」

「袁術が迫っているのに、のんびりとだと。袁術が徐州を治めたらどういうことになるのか、おまえらは考えたことがあるのか」

「誰が治めようと関係はない、とはじめに申しました」

「二度、三度と申してみろ。断っておくが、俺は劉備とは違うぞ」

気づいた時、呂布は剣を手にしていた。

首が七つ、床に転がっていた。

「なんだ、死んだのか」

それを見て、呂布は言った。豪族の従者たちが蒼白な顔をして、剣の柄に手をかけている。その後ろに、陳宮が二十名ほどの兵を連れて立っていた。

「主の仇を討ちたいと言う者は、外へ出よ。何人でも構わぬ。こちらは、俺ひとりで相手をしてやる。陳宮、首は晒せ。この者どもの領地には、使者を出せ。新しい主が、速やかに兵を率いて下邳へ参集するようにとな。二つを選べ。出兵か、死だ。時はやれぬ。使者が到着して、丸一日の間だけ、待ってやる。参集しなければ、まずその地に、攻め寄せてきた袁術を導く。つまり、そこが戦場ということだ。自らの領地を、自らの手で守らぬことがどういうことか、思い知りながら死んでもらう」

方天戟を小脇に挟み、呂布は外へ出て赤兎に跨った。

主の仇を討つために打ちかかってくる、という者はひとりも現われなかった。それは、不忠である、と呂布は言った。七人の豪族の部下から、五人ずつ出させた。三十五人である。

「俺は、方天戟と赤兎だけだ。おまえたちは、全員で打ちかかってきていい。この呂布の首を取って、主人の仇を討て」

豪族たちが連れてきていた三千の兵を、一線に並べた。三十五人。全員、馬上で顔を強張らせている。呂布の背後には、三百余の黒ずくめの騎馬隊である。

「逃げることは許されんぞ。生き残るために、俺を殺せ」

赤兎が、前へ出ていく。三十五頭の馬を、赤兎がひとりで圧倒していた。

呂布は叫び声をあげ、頭上で方天戟を振り回した。三十五頭のうちの二十数頭は、さすがにむかってきた。血が、雨のようだった。ひとつ首が飛び、それが地に落ちる前に、さらにひとつというように、たえず宙に首が舞っていた。十頭ほどは、逃げようとしている。赤兎が、その内側をうまく駈け抜ける。逃げようとする者同士で馬をぶつからせ、混乱した。そこに躍りこんだ呂布は、全員の首を飛ばした。

「この三十五の首も晒せ。これが、戦なのだ。闘わぬ兵は、死ぬしかない。そうでなければ、兵である意味がない」

しんとして、声ひとつあがらなかった。

　二日、待った。一千、二千と、兵が集まってきた。二日目の夕刻には、それは二万を超えていた。呂布の軍も合わせると、三万にはなっている。

陳宮が、部隊の編成をした。呂布麾下の、騎馬隊を中心にして動く。その訓練を、城外で一度だけやった。あとは、それぞれ編成された部隊で、訓練をくり返す。豪族など認めなかった。陶謙軍の幕僚だった者も、同じように訓練した。

　いずれ、劉備の軍勢は、袁術軍に押されて徐州に逃げこんでくる。袁術軍を追い払えば、自分の役割は終りだ、と呂布は考えていた。

　八万の袁術軍とは、一進一退というわけにはいかず、劉備は少しずつ退がりはじめた。関羽と趙雲にそれぞれ三百ほどの騎馬隊を率いさせ、駈け回らせた。それが、相手の動きを封じていた。動くと蜂が飛びかかってくる。そんな感じだっただろう。袁術が苛立っているのが、眼に見えるようだった。

　前衛で、頭頂を晒して柱に縛りつけられていた敗軍の大将二人は、五日目ごろに死んでいたが、そのままの姿で、すでに腐りはじめているようだった。

「そろそろ、押してくるな」

　劉備は、丘の頂から敵陣を眺めていた。二つの丘に、それぞれ陣を組んだ恰好になっている。劉備のいる丘は小さく、本隊は麓に展開していた。袁術軍は、大きな丘を覆っている。

陣には、気というものがある。袁術の陣に漂っているのは、いままでとは違う気だった。

「明日の朝か」

そばにいるのは、関羽と麋竺だった。

「私も、そんな気がします。このままでは、埒が明かないと考えたのでしょう」

関羽が言う。趙雲の騎馬隊が、挑発するように駈け回っているが、いまのところ敵が出てくる気配はない。めずらしいことではなかった。いくら挑発しても、ここ十日ばかりはまったく動かない。

丘の反対側に配置した兵が、報告のために駈け登ってきた。単騎で、こちらにむかって駈けてくる者がいるという。しばらく、劉備はそちらを見ていた。

「張飛だな」

関羽が呟いた。劉備も頷き、本陣へ降りていった。

「下邳の城を、呂布に奪われました」

部将たちがいるところで、張飛がそう報告してくる。

「なぜ？」

「攻めてきたのです。私は下邳の兵をまとめようと思って動いたのですが、曹豹のやつが邪魔をしました。それで、打ち殺しました。そうしたら、呂布が」

「待て、張飛。おまえは、味方の部将を打ち殺したのか？」

「仕方がなかったのだ、小兄貴。曹豹が、俺の代りに大将面をしている。俺が大兄貴に命じられて守っている城なのに」

「そんな理由で、打ち殺したのか。部将とうまくやるのも、大将の仕事だぞ」

「わかっています。だから、曹豹を打ち殺したのです。それを聞いた呂布が、いきなり何千という兵で小沛から攻め寄せてきて」

「いくら攻められようと、城をしっかり守るように、と殿は言われたのだぞ。なぜ、守りを固めなかった」

「それが」

「内応する者が出たのだな、城内に」

「知らぬ間に、城門が開いていたのです。呂布はそこから突っこんできて、俺は入れ替りに出ました」

「それを、内応と言うのだ。部将を打ち殺していれば、陶謙殿が残された兵は、不安を抑えきれなかっただろう」

張飛は、うまく芝居をしたようだ。

さらに、張飛が言い訳を続ける。

「袁術の軍の、あれが見えるか。負けた大将が、ああやって晒されていた。もう死んだがな。いまは、鳥に食われているだけだ。張飛、おまえがやったことは、負けよりも悪い。呂布は、味方だぞ」

「それならなぜ、大軍で攻めて来るのですか？」

「おまえが曹豹を打ち殺したので、下邳のことが心配になったのだろう」

「俺には、曹豹を打ち殺す、立派な理由がありました」

張飛と曹豹が合わないだろう、ということははじめからわかっていた。下邳に入った呂布と陳宮は、守将の諍いを、好都合と思っただろう。あるいは、それ以上のことを想像したのか。

打ち殺したくて、張飛はそうしたわけではなかった。あらかじめ打ち合わせていた通りに、動いたのである。

「張飛、おまえは酒を飲んだな」

劉備が言うと、うなだれた張飛が、かすかに頷いた。

「あれほど、酒は飲むなと申しつけたはずだ。酔っていなければ、打ち殺すこともなかった。違うか？」

「どういうつもりだ、この馬鹿者が。おまえのようなやつは、死んでしまえ」

関羽が、いきなり旗棹を摑むと、張飛に叩きつけた。張飛がうずくまる。二度、三度と打ちつける間に、旗棹は音をたてて折れた。

「よせ、関羽」

「しかし」

「呂布殿が下邳におられるなら、むしろ安心と言ってもいい。曹豹を殺したことについての罰は、あとで私が与えよう」

本陣の中は、ようやくそれで静かになった。旗棹で打たれた張飛は、まだうずくまっている。

敵を挑発していた趙雲が、駈け戻ってきた。関羽が、代りに出かけていく。誰かが、趙雲に事の成行を説明していた。

「麋竺、今夜だ」

劉備は、それだけ言った。

陽が落ち、夜が更けると、劉備軍は一斉に動きはじめた。篝は燃やしたままだ。兵は枚（声を出さぬよう口にくわえる木片）を噛み、馬には草鞋を履かせていた。五十里（約二十キロ）ほど、後退したのである。谷間の、狭隘な地形を通りすぎたところで、夜明けには陣を敷いた。地形で、大軍は遮られる。ただし、騎馬隊はこれまでのようには使えない。

総攻撃をかけようとしていた袁術軍は、はぐらかされたはずだ。

そこで、五日耐えた。谷の上にも二千ほどの兵を回していたので、何度か突破を試みた袁術軍は、多少の犠牲を出した。

六日目の夜に、また移動した。

五十里は退がれなかったが、三十里は退がり、地形を選んで陣を敷いた。

三日、袁術軍の猛攻に耐えた。兵糧は完全に尽きていて、兵たちは飢えはじめている。

また、夜に退がった。ただし、五千の歩兵と、二千の騎馬隊を伏兵として残した。さすがに袁術軍は気配を察し、闇を衝いて出てきたようだ。そこに伏兵が突っこみ、かなりの戦果をあげると、駈け戻ってきた。

もう、徐州に入っていた。

呂布が三万の兵を集めていることは、応累から報告が入っている。下邳を固めるだけでなく、淮陰のあたりまで出てきているようだ。

「豪族たちの首を、いとも簡単に刎ね飛ばしたようです。呂布でなければ、できないことでした。張飛殿も、曹豹だけでなく、ほかに二人ばかり、部将を打ち殺してきたようで、徐州はずっと治めやすくなっております」

麋竺が言った。

「その徐州を、呂布が治めるのか。考えてみれば、皮肉な話だ」

「とにかく、呂布との力関係は、逆転しております。というより、もともと殿はそれほど力をお持ちではなかった。なにしろ、徐州に来られた時は、一千余の兵しかお持ちでなかったのですから」

「だから、きっぱり諦めろか」

「ひと時だけです。袁術に奪られるよりいくらかましで、曹操に奪られるよりはるかにましです」

わかっていた。しかし、袁術との戦では、一度も負けはしなかった、とも思った。だから互角とは言えない。勝つ気がなかった。そういう時は、攪乱するだけの作戦をとれる。持久戦に移れば、いずれは負けるのだ。しかし、緒戦で小さな勝利を得たというのが、抗い難い誘惑になる。戦の不思議なところだった。

「よし、思いきって、逃げるぞ。呂布は、淮陰の南に陣を敷いているという。そこまで駈ければ、なんとか生き延びられる」

「殿、ここは情を出されますな」

集まってきた豪族の兵より、自分の兵を先に退却させろ、と糜竺は言っている。袁術の追撃は厳しいはずだ。麾下の五千を殿軍に当てると、かなり犠牲が出る。それが避けられるかどうか、糜竺は心配しているのだ。下手をすれば、関羽と趙雲に殿軍を任せかねない、とも思っている。

劉備は、はじめから自分の兵を守るつもりだった。ただ、態度の端に、それが卑怯なことだと思っている仕草のようなものが出るようだ。二万のうちの五千が劉備の兵。一万五千は、劉備に好意を寄せて集まった、豪族たちの兵である。

卑怯なことだ、とは思っていた。だから態度に出る。それでいいのだ。卑怯だと思いながらも、自分の身を守る。それが人間ではないか。

「関羽、趙雲の騎馬隊は、後方に残れ。淮陰まで退がれば、兵糧もある。そこを防衛線にして、いま一度袁術を阻む」

部将を集めて、そう言った。騎馬隊が殿軍という恰好で、歩兵は安心する。しかし騎馬隊は、敵が追撃してきたら、横へそれることになっていた。だから、歩兵の最後尾が、もっとも大きな犠牲を出すことになる。

　まず、自分の歩兵から走らせた。淮陰まで、ほぼ二百里（約八十キロ）。飢えかけた兵が、駈けられる限界だった。次に、五千を駈けさせた。騎馬も含めてまだ一万残っているので、敵は撤退をはじめたとは気づいていない。

「殿も、もう行ってください」

　関羽が言う。趙雲は、槍を小脇に、ひとりでも袁術軍を食い止めるという気迫を見せている。麋竺と張飛を脇につけ、後方を旗本に守らせて、劉備は馬腹を蹴った。

　夕方から駈け、朝になっても駈け、陽が高くなったころ、淮陰の南に達した。

　劉備は、そこで後続の部隊を待った。この先十里には、呂布の陣があるのだ。

　関羽と張飛の騎馬隊がやってきた。歩兵は、逃げ惑いながら走ってくる。できるだけそれを収容し、敵の先頭と、一度だけ劉備はぶつかった。また、鬱憤を晴らすように、関羽や趙雲や、張飛までが暴れはじめる。

　敵はたじろぎ、突き立てられ、四、五百は倒れた。袁術の本隊が見えた時、劉備は退却の合図を出した。

　懸命に闘った。その恰好はできている。

淮陰にむかって駈けた。

「殿、あれを」

麋竺が駈けながら指さした。

前方の丘。二万ほどの兵が展開している。頂に、数百の騎馬が整列していた。黒ずくめの具足。『呂』の旗。中央にいるひときわ大きな馬が、呂布だ。

さすがに、隙ひとつなかった。ほとんど、美しいものにさえ見えた。

後方からの、追撃の圧力が消えた。『呂』の旗を見て立ち竦む袁術の姿が、はっきり思い浮かんだ。八万の軍である。それでも、袁術は軍を止めたようだ。

下邳のそばまで行ったが、力関係はやはり、きれいに逆転していた。下邳城内に一万ほどの兵がいて、劉備軍を入れようとはしなかったのだ。

予想してはいたことだった。

呂布の軍が、隊伍を組んで戻ってくるのを待った。

「小沛へむかわれよ、劉備殿」

陳宮が出てきて言った。

「ここは、呂布軍が守ります。劉備殿は、元のように小沛ということで」

陳宮は、してやったりと思っているのか、喜色を抑えているのか、どこかがむず痒いような表情をしていた。

戻ってきた呂布は、無表情である。

「呂布殿に、お礼を申しあげよう。下邳に入られたら、最初に私の家族を保護していただいたそうですね」

呂布が、ちょっと顔を下にむけた。恥しがっているのではないか、と劉備は思った。言われているほど、荒々しいだけの武将ではないのかもしれない。

「われらは、犠牲も出しました。小沛で、しばらく休みたいと思います」

呂布が、かすかに頷いた。

下邳には入らず、そのまま小沛へむかった。少しずつ兵が散っていく。それぞれの土地へ帰るのだ。馬を失った者。傷を負った者。こうして見ていると、やはり負け戦だった。

劉備の麾下でも、成玄固が左腕にひどい傷を受けていた。

「こんな戦は、もうしたくないものだ」

関羽、張飛、趙雲、麋竺を並べて、劉備は言った。小沛の館の部屋である。成玄固は、左腕を切り落とさなければならないようだ。

「成玄固は、片腕を失った。張飛は、酔いどれの、ただの乱暴者にされた」

「俺はいいですよ、大兄貴。酒が好きなのは、ほんとうのことですし」

「いや、正しい姿ではない。早く、誰とでもまともにぶつかれる軍を持ちたいと思う」

小沛に入ったのは、五千ほどだった。陶謙に兵を借りた時の状態に戻っている。

「徐州の豪族は、恐れて呂布に従っているだけです。これから私は、まめに小さな豪族のところを回りますよ」

麋竺が言う。

曹操にも、袁術にも、徐州を奪られることはなかった。小沛にいるかぎり、ひそかに勢力を扶植することも不可能ではない。

きわどいところだったが、なんとかしのいだ。その上、統治の障害だった豪族は、呂布が斬った。

あとは、徐州をいつ奪回するかだった。

3

全軍を、集結させた。

姿が見えないのは、周瑜だけである。

二万五千。装備も、輜重も整っている。兵は訓練を積み、ほぼ孫策が満足できるほどになっていた。騎馬で編成した五百の旗本は、間違いなく精強である。

二十一歳になった。並んで馬上にいる孫権は、十四歳である。

「権、おまえの初陣だ。会稽を奪る。おまえの初陣であるという意味と同時に、袁術のくびきを離れるというもうひとつの大きな意味もある」

「はい」

具足に身をかためた権は、ひどく緊張しているようだった。

「父上が、壮図半ばで斃れられてから、われら兄弟は辛酸を舐め尽してきた。それも、この戦で終りにさせる。父上の壮図を、俺たち兄弟で継ぐのだ。いや、それ以上に大きな夢への出発だ。権、怯むなよ。会稽さえ奪れば、俺たちは袁術をしのげる。その意味がわかるか。天下を窺えるということだ」

権の躰が、一度ふるえたようだった。

権は、出来のいい弟だった。それを最初に認めたのは、張昭だった。ということは、民政に対する、しっかりとした眼を持っているということだ。

わずかの間に、勢力下にある呉郡、丹陽郡の民政が安定したのは、張昭の手腕に依るところが大きかった。決して強引なことはしない。そのくせ、押さえるところは、しっかりと押さえる。長い間、民の苦情にばかり耳を傾けていた経験が、しっかりと生きているようだ。

　馬術や武器の扱いは、太史慈が教えこんだ。槍の遣い方がうまくなった。といっても、ほかよりいくらか遣えるという程度だ。弓など、孫策が十四歳のころとは、較べようもなかった。

　そんなものはいい、と孫策は思っている。自分がいるのだ。戦は、自分が引き受ける。奪い取った領地を、見事に統治していくことこそが、権の仕事だろう。

「会稽を奪れば、どうなる、権？」

「領地が、倍になります。呉郡の、帰順しない者たちも、従ってくるようになるでしょう。それ以上に、呉郡、丹陽郡を、後方から支える地域を得るということになります」

「できすぎるなあ、おまえは。俺が十四歳のころは、人より速く馬を走らせることと、鹿を一矢で倒すことぐらいしか興味がなかったものだ」

「兄上の、武勇には、遠く及びません。自分でも、情けなくなるほどに」

「そこまで、おまえに取られてたまるものか。それなら、俺はまるで愚兄でしかない」

「兄上」

「いい。進発するぞ」

孫策には、兄であるという以上に、父親に似た感情が、権に対してはあった。しっかりした男に育てる。それで、兄弟で天下を狙えるのだ。袁術のような男など、ほんとうはどうでもいい。天下だ。

孫策軍と呼べるものを組織して、はじめての行軍だった。どうしても、孫堅軍と較べてしまう。父は、兵に対して峻烈だった。兵も、それに応えた。それは、兵が闘う意味を知っていたからでもある。

行軍を続けながらも、父は兵の訓練を続けた。孫策も、同じようにした。父のころ、それをやった部将がいる。戸惑いもなく、行軍の隊形が変っていく。父が、そういう訓練をどこで思いついたかは知らなかった。ただ、すぐに実戦に応用できる。

「練兵がどれほど大事なのか、これを見ていればよくわかります。兄上が、練兵に熱心であられたことも」

「そればかりを、あまり気にするな。俺たちにとって一番大事なことは、俺が見えないところを、おまえが見ているということなのだ。俺は、敵がいればその敵しか見えんというところがある。そして多分、袁術などより戦はうまい。しかし、それだけで戦はできないのだ。足もとがしっかりしていなければな」

「学びます。わずかな期間でしたが、張昭は私にさまざまなことを教えてくれました」

「もういい。いまは戦だ。さてと、斥候の報告では、呉郡南部に、賊徒が集まっているらしい。いまのところ、一万二万が、何カ所かにいるが、これは一緒になるだろう。厳白虎という男が頭目だ」

「はい」

「会稽には、そこの兵もいれば、劉繇の残兵もかなり加わっている。そちらも、三、四万というところかな」

「まず散らばっている間に賊徒を討ち、それから腰を据えて会稽の軍と」

「それは、よくない。賊徒を蹴散らせば、会稽の軍のもとへ流れていく。賊徒など、何万いようと放っておけばいい」

「しかし、ひとつになれば、少なくとも五万は」

轡を並べて進みながら、喋っていた。後ろには『孫』の旗。そして旗本の五百騎である。この三年、眠る時は必ず思い描いていたことが、ほんとうになっていた。

「兵は数ではない。質だ。青州黄巾軍百万を、曹操はわずか三万ほどの軍で降伏させた。そういうことも、よく見ておくのだ」

「それでは、まず会稽から？」

「古い武将たちは反対するであろうがな。五万の賊徒が会稽にいる軍に加われば、武器も多少は整う。指揮の中に組み入れられる。五万が、五万の力を発揮したら、やはりこわい。そうさせないためには、まず会稽の軍を徹底的に叩く」

「わかりました」

「戦は、決断だぞ、権。決めるまでは、迷ってもいい。決めたら迷わぬ。それが大事なのだ」

「兄上の、お手並みを拝見いたします」

「生意気なことを言う」

「いえ、私はいま、すべてを学ばなければならないのです。戦についても、政事についても」

「まったく大人びたやつだ、おまえは。戦の中で、こわいところに追いこんで、小便でも洩らさせてやるぞ」

「洩らしません」

権が、顔を赤くしていた。本気で怒ったようだった。

「伝令」

孫策は声をあげた。

「先鋒の程普に、進軍を速めるように伝えよ。夕刻までに、全軍が浙江を渡る」

浙江を渡れば、会稽である。敵は、呉郡の賊を掃討してから、孫策軍は浙江を渡ってくると読んでいるだろう。意表を衝く。それも戦では大事なことだった。

すでに、行軍は速くなっていた。先鋒が速くなってから、どれぐらいの時をかけて全軍が速くなるか。これも、その軍のなにかを測るものにはなるのだ。

孫策が浙江を渡ったのは、日暮れ前だった。それから、最後の部隊が渡る。

すでに、進軍の陣形は組まれている。斥候が、次々に戻ってきた。

「太史慈、騎馬二千で、歩兵の後方につけ。程普、黄蓋は、歩兵の左翼と右翼。敵は二十里（約八キロ）も先だが、陣形は組んだままで進む。攻撃は、敵の陣形を見てからだ」

斥候は報告してくる。しかし、どこにその軍勢の気があるかまでは、報告できない。大将が、自分で感じ取るしかないのだ。

進みはじめた。こちらの渡渉をようやく知ったのか、敵が陣形を変えはじめたという報告が入った。まだ十数里ある。四万。数は多いが、一度は蹴散らしてやった軍が入っている。もっとも、あの時は『孫』の旗さえも掲げてはいなかった。

斥候の報告が、続々と入ってくる。四万は、三つに分かれて密集隊形をとっていた。ひとつよりも、崩すのは難しい。

「どれかを、引っ張り出すことだな、韓当」

「しかし、動きますまい。むこうは、守りに入っています」

「動かなくても、動かす。とにかく、陣形を見てからだ」

権はもう無駄なことは喋らず、交わされる会話をじっと聞いていた。

五里（約二キロ）になった。三つの小さくかたまった陣。間隔は一里（約四百メートル）ほどだ。中央だけが少し退がっている。そこに本陣があると、こちらに教えているようなものだった。見えすいている。本陣は、左翼か右翼だろう。

「歩兵を、右に回せ。二万だ。程普も黄蓋も、側面から揉みあげるように攻めろ。騎馬隊は、半里まで近づけて、突撃態勢だ」

右翼を、二万で側面から攻める。正面の敵は五千。騎馬と歩兵が半々だ。右翼を崩される。中央の軍を援護のために動かすと、騎馬隊と歩兵が阻むために出てくる。敵は、そう読んでいるだろう。そこで左翼の軍を動かし、包みこんでくる。

つまり、こちらは一段不足している。数の上ではそうだ。戦は、数がすべてとはかぎらない。兵力では、敵の四万に対し、こちらは二万五千なのだ。

逡巡はしなかった。

「程普、黄蓋に合図を出せ。はじめから、全力でぶつかれと」

右側面の歩兵が、一斉に動きはじめた。

権が、唾を呑みこむのがわかった。喊声が交錯し、土煙があがった。二万がぶつかる。敵は一万強なのだ。すぐに、程普と黄蓋が押しはじめた。

孫策は、片手を挙げた。残りの五千も、騎馬とともに、右翼にぶつかっていく。

一万ちょっとの兵が崩れるのは、中央が援護に出てくる前だった。潰走した一万が、中央の密集隊形の中に雪崩れこんでいく。

孫策は、旗本も含めた騎馬隊二千五百を、すぐに左翼の後方に回した。こういう時が、兵の動きが問われるのだ。

駈けた。旗本に、太史慈の騎馬隊はちゃんとついてきている。

突っこんだ。孫策が先頭だった。権が脇にいる。韓当もいる。太史慈の二千も突っこんでくる。一万はまた崩れ、中央と右翼が一緒になったところに、また雪崩れこんでいく。

四万がひとつになった。まだ、陣どころではないようだ。

歩兵二千五百を、正面からぶっつけた。側面の二万は、後退している。あまり深く敵中に入ると、それは危険でもある。

騎馬隊。すでに狙いはつけていた。狙いながら、大きく迂回して機を待った。正面の二千五百。強いと見たのか。全軍で包みこもうと動きはじめる。指揮は、左翼から執っていたようだ。

二千五百が逃げる。追ってくる。ひとつにまとまった敵の陣形が、長くのびはじめた。退がっていた程普と黄蓋の二万が、いきなり反転して敵の側面に突っこんだ。

「行け。揉み潰せ」

剣を抜き、孫策は雄叫びをあげた。狙いをつけていた場所。機。突っこんだ。二万との挟撃のかたちになる。しかし孫策は、そのまま騎馬を縦列にして、敵を中央から断ち割った。割ったところに、程普が入ってくる。半分を、包囲した。残った半分に、騎馬隊は突っこんだ。

「休むな。攻め続けろ」

孫策自身も、五、六人の敵兵を斬り倒していた。太史慈が、敵中に突っこみ、槍と短戟を振り回している。権。どこにいるのか。右に権の槍。ひとりを突き倒すのを、孫策は見た。新手。権に戟をむけ、突っこんできたが、仰むけに倒れた。韓当の馬がその屍体を踏み越えたのは、しばらくあとだったような気がしたが、韓当の槍が、その敵を突き崩したのだ。権の顔が、返り血を浴びていた。

孫策は、次の敵にむかっていった。権の背後には、いつも韓当がいるようだ。任せておける。

片手を挙げた。旗本が集まってくる。五百騎が一丸となって、まだ敵がまとまっているところに突っこんだ。

崩す。そこを、太史慈の騎馬隊が蹴散らす。包囲の方は、すでに降伏したようで、程普の一万はこちらへむかっていた。挟撃のかたちになるように、騎馬隊が敵兵をそちらへ追いやる。

追撃戦になった。逃げる敵は、およそ二万。そのうちの五千は討ち取りたい。

孫策は、旗本を疾駆させ、迂回して逃げる敵の前に回した。突き倒していく。原野が、血で赤くなりはじめていた。

「馬を集めろ。一頭も逃がすな」

騎馬が、馬を追っていっては、連れてきた。およそ六百頭。孫策軍は、馬が不足していた。これだけは、急に増やすことが難しい。六百頭でも、収穫は大きかった。

降兵は、黄蓋が一カ所に集めていた。一万近くはいる。殺したのは、六、七千か。

「武器を取りあげた降兵は、解き放て。こちらに加わりたいと申し出る者がいたら、黄蓋の軍に加えろ。騎馬は、引き返す」

休む間は、兵に与えなかった。

浙江を渡る。

呉郡に入り、銭唐の方へ回った。一万ほどの賊徒。二千五百の騎馬と、『孫』の旗。すぐに、算を乱して逃げはじめる。

程普の歩兵が、浙江を渡って追いついてきた。

「厳白虎は、塩官に四万ほどの賊徒を集めています」

斥候は、呉郡内に二十名ほど放ってある。農民の身なりなので、識別のために掌に文字を書いた小さな板を持たせていた。

「権、突っこむぞ」

「兄上、兵も馬も、疲れてはいませんか？」

「疲れたのなら、おまえひとりが休んでいればいい。俺も、兵も、戦をしている」

「私は駈けられます」

「ならば、なにも言わずに付いてこい」

騎馬隊と、程普の歩兵。わずか一万三千ほどにしかならない。ほかの兵は、浙江のむこう岸で、残敵をまとめ、さらに掃討をくり返しているはずだ。

騎馬を縦列にした。太史慈を先頭に突っこんでいく。ただ、敵にぶつかった瞬間に、反転する。長い馬列の鞭で、敵を討つようなものだ。結束の弱い敵には、これが効く。こちらの犠牲も少なくて済む。前衛にいる者が、避けるために人の中に入ろうとするのだ。ぶつかり合って、混乱する。

二度馬列の鞭で叩いたところで、すでに混乱は起きた。程普が、素速く突っこんでいく。

「殺し尽せ」

孫策が叫んだ。太史慈が呼応する。部将たちが呼応する。兵が呼応する。

殺し尽せ。空がどよめいているように聞える。

二千五百騎を槍の穂先のようにして、突っこんだ。

「厳白虎、どこにいる。おまえの首を、この孫策が所望だ」

すでに、敵は崩れていた。訓練をしていないというのは、こういうことだ。崩れると、まとまる力も失う。

孫策は旗本だけ集めて、丘の上に陣取り、追撃戦を眺めた。酸鼻きわまる。しかし、やっておかなければならないことだ。孫策軍は、賊であるかぎり、容赦なく殺す。そう思わせれば、領地から賊は消える。丘のところまで駈けてきて、突き殺される者もいるのだ。

権が、顔色を変えていた。

六、七千を殺したところで、孫策は旗を振らせた。騎馬隊は速やかに集まってくる。歩兵が、二十人ほど遅れていた。屍体から金目のものを剝ぎ取ろうとしているのだ。

「あの二十人」

旗本にむかって、孫策は言った。

「速やかに、首を刎ねてこい。ひとりも、生かしておくな。刎ねた首は、槍の穂先に縛りつけて、全軍に見えるようにしておけ」

旗本が、五十騎ほどで駈けていった。首が刎ねられるのは、あっという間だった。槍の穂先に縛りつけられた首が、まるで違うもののように兵の頭上に翳された。

降兵を連れた、黄蓋がやってきた。

「あとは、山陰に兵がいるだけだ。およそ一万。歩兵はこの地に駐屯し、なにかあったら駈けつけられるようにしておけ」

「騎馬だけで、山陰を攻められるのですか？」

慌てたように、程普が言った。

「まあ、見ておれ。夕刻前には到着する。暗くなる前に、落ちている」

「堅城でございますぞ、殿。しかも、騎馬で攻められるとは」

「心配するな。周瑜の軍を、おまえたちは見なかったろう」

「それでは、周瑜殿が」

「だから、騎馬だけでいいのだ」

言って、孫策は駈け出した。両側に、権と太史慈がいる。

日暮れ前に、山陰に着いた。

兵は、城に籠って固めているようだ。背後は、海である。要害と言ってよかった。海が、守ってくれるならばだ。

孫策は、騎馬を三段に構え、その前に旗本の五百騎を出した。待った。不意に、城で喊声があがった。門が開けられる。黙って、孫策は城門を駈け抜けた。ほとんど、抵抗らしいものはなかった。海が守ってくれると信じていたのに、海から攻められたのである。

周瑜の水軍だった。

「殺すな。武器を取りあげるだけでいい。降兵は受け入れよ。一切の乱暴はならん」

周瑜が、笑っていた。孫策も、笑い返した。

「兄上、お見事です。私は、心がふるえました。初陣がこんな戦で、幸福だと思います」

「大袈裟だな、孫権殿。今日の戦で、殿の目論見がはずれたのは、ひとつもなかったというだけのことだ。完璧な戦を見てしまったのが、必ずしも幸福とは言えないのだぞ。北には、強敵が雲のごとくいる。目論見がはずれて、殿の慌てる顔もいくらでも見られるようになる」

周瑜が言った。孫策は、城塔に掲げられた、『孫』の旗を見あげていた。

会稽を奪った。これで、袁術のくびきからも逃れられる。

自分の足で、地に立ったのだ。

4

許昌を、曹操は気に入っていた。

これまで、馴染める場所というのが、いくつかあった。許昌は、久しぶりにそのひとつに入る。

館を建てたが、それよりもっと大きな建物を建てる場所も用意した。

一度は安邑に落ち着いた帝が、河内太守の張楊に拝むようにして頼みこみ、洛陽へ移ったのは七月だった。

洛陽に対する思いが、断ち難かったのだろう。

しかし、洛陽は董卓が焼き尽したのだ。帝どころか、人の暮せる場所でもなくっていた。

郭嘉の軍が駐屯しているだけで、ほかに人影さえない。帝を推戴した張楊は、野心のない男で、帝の惨状を見かねて兵を出しただけだった。

その張楊と、最初に会ったのは郭嘉だった。冀州に接している領地を持つ張楊は、どちらかというといままで袁紹の言いなりだった。ただ、帝の推戴までは、袁紹の意志ではなかったろう。袁紹はいま、幽州を統一した公孫瓚とむかい合っていて、ほかに眼をむける余裕はない。

それに、董卓がいたころならいざ知らず、いまでは、自分でまず河北を統一し、この国に覇を唱えるつもりでいる。

自らが、帝位に即こうという野望を抱いていることは確かだった。帝が董卓の遺臣たちの玩具にされ、そのまま死ねばよかったと思っているに違いない。

郭嘉には、いろいろと言い含めてある。

帝が戻ったので、旧都洛陽は再び都ということになった。長安から逃れてきた廷臣たちが、少しずつ集まりはじめたようだが、住む家もないという状態だった。

帝に従っている武将といえば、長安からの行幸を途中から助けた董承だけで、兵数およそ五千である。

郭嘉は、まず張楊を洛陽から追い出すのに成功した。流浪した呂布が、最後に頼ったのが張楊だった。古い馴染みだったのである。しかし、呂布が陳宮に担がれて兗州を奪った時、兵は出さなかった。張邈のほかに張楊もと陳宮は考えていたはずだが、軽々しくは動かなかった。

いまも、袁紹と曹操に挟まれた位置に領地はある。無理をしないのが、生き延びるこつだと考えているようだった。

曹操が次にやったのが、袁紹への対策である。公孫瓚が攻めてくれることが最も効果的だが、曹操は軽々しくは結ばなかった。公孫瓚と結ぶことは、そのまま袁紹の敵に回るということである。いまはまだ、袁紹は大きい。袁紹の勢力を小さくすることはできないが、自分がもう少し大きくなることはできるのだ。それまで、時を稼ごうと思っていた。

曹操が動かしたのは、黒山の賊徒である。討っても討っても賊徒は湧くように現われてくるが、黒山はもうかなり力を落としていた。それが冀州南部で暴れることができるようにしたのは、五錮の者の工作だった。曹操は、冀州との州境の兵力を半分以下に減らした。特に、呂布に一度は奪られた濮陽からは、五百の守兵以外は退かせた。その代りに、州内の警備は厳しくしたのだ。小人数で州内に潜んでいた賊が、州境を越えて冀州に流れこみ、黒山の賊徒に合流しはじめた。

「袁紹は、かなり苛立っておりますな。幽州が、思いのほかに頑強ですから」

袁紹から、たびたび賊徒討伐の要請が来たが、曹操は申しわけ程度に兵を出すだけで、大軍は出さなかった。苛立っているというのは、荀彧の見方で、曹操はまた袁紹が悪い癖を出し、自分で闘わずに人に闘わせようとしているのだ、と思った。

とにかく、袁紹が帝を擁しようと考えなければよいのである。袁紹には、それでなくとも貸しがある。請われて兗州の賊徒を討ち、青州黄巾軍百万と闘った。その結果について袁紹は舌打ちしただろうが、かたちでは曹操の貸しである。先年、袁術が南の糧道を荊州の劉表に断たれ、それが袁紹の指示によるものと知って、軍を北に進めてきた袁術を、袁紹に言われて追ったのも曹操だった。その袁術が寿春に拠点を替えたのも袁紹にとっては不本意だったろうが、やはり曹操の貸しである。

周囲の者に闘わせることで、袁紹は少しずつ自分の不利を招いている。そしてまだ、それに気づいてはいない。

「私のことは眼障りなのであろうな、袁紹は。兗州を呂布に奪られた時も、一兵も寄越そうとしなかった」

「殿が眼障りなのではなく、もともと思いやりを欠いた男なのだ、と私は思います。名門の子として育ち、いま名門として声望を集めています。私には、袁紹が思い描いていることが、見えるような気がいたします」

「どう見えるのだ、荀彧？」

「河北四州の統一を果せば、この国はすべて自分に靡く。そう考えております」

「すると、公孫瓚だけか」

「公孫瓚は、袁紹に膝を屈しますまい。そういうことができる男なら、とうにそうしています。袁紹も、屈服させることは諦めているでしょう。公孫瓚だけは、袁紹自身で叩き潰すと思います。もっとも、戦ではなにが起きるかわかりませんが」

「いまのうちか」

帝を擁すべしというのは、以前からの荀彧の考えだった。いまは、いい機会なのだ。ただ、無理に連れてくれば、董卓の遺臣どもと同じだ、という誹りを受ける。帝が、自ら望んで曹操を頼る、というかたちにしたい。それなら、袁紹も袁術も文句は言えないはずだ。

いま、帝を擁することに、どの程度の効果があるのかは、やってみなければわからなかった。董卓の遺臣どもは、仲間内の勢力争いにしか使えなかった。力がすべて、という時代にすでになっている。いずれ、皇帝を称する人間も、現れるかもしれないのだ。

「洛陽は、賊が横行していて、郭嘉殿も苦労されているようですね」

荀彧がにやりと笑う。

賊が横行したところで、洛陽には奪うものなどなにもない。だから、賊などいないのである。それでも曹操は、賊が横行する状況を考え出し、郭嘉に言い含めてある。夜ごと、郭嘉の軍が、敵味方に分かれて城内で訓練をやっている。廷臣たちは、恐怖におののく。帝も不安に駆られ、近衛兵を率いているという恰好の董承に、賊の討滅を毎日のように命じているはずだ。

郭嘉には二万の兵を与えてある。董承には、五千しか兵がなく、しかも領地がないので兵糧も郭嘉に頼っている。

すでに、しばしば郭嘉と董承は衝突しているはずだ。

洛陽再建のための費用は、誰も出そうとしていない。それほど、漢王室は衰退しているのだ。董承が、せめて帝のためにと無理をして作った館も、二度、賊の火矢で焼けた。

董承は、霊帝の母董太后の甥で、いまの帝にとっては、義理の叔父に当たる。誇りは高く、郭嘉の下につくなどということはできるはずもなかった。

郭嘉は郭嘉で、洛陽守備に、帝がどれほど邪魔か露骨に口に出し、長安に戻れとまで言っているはずだ。

許昌の規模を、数倍にした。人も集まってきている。

洛陽の賊徒があまりにひどいという訴えが朝廷から頻繁に届くので、曹操は夏侯惇に三万の軍をつけて送った。

夏侯惇は、ぴたりと洛陽の賊を抑える。そして帝に対してだけでなく、董承や廷臣たちを下にも置かないように扱う。夏侯惇の人柄もあり、帝は頼りきるようになるだろう。その時、夏侯惇を許昌へ呼び戻すのである。

「ところで、殿。袁術の勢威が日増しに大きくなっているという話ですが」

「逆だ、それは」

「私もそう思います。孫策が、あっという間に揚州の三郡を占めました。それを袁術の力として数えれば、力を増したということで」

「孫堅の倅か。血を受けているな。だから、袁術ごときの下風には、決して立たぬ」

「いずれ、併呑しますか、揚州のすべてを」

「間違いなく、そうなる。あの戦ぶりを見ていればな。どこかで手を打たねばなるまいが、敵とするか味方とするかだ」

まだ若い。戦には天才的なものを持っていても、民政で崩れるだろう。そう思って眺めていたが、そちらも戦と同じようにこなしている。軍規も実にいい、と五錮の者から報告があった。

会稽を制圧し、孫策軍四万と言われているが、実力はそんなものではない、と曹操は見ていた。ただ若い。父の孫堅に似て、急ぎ過ぎるところもあるようだ。

「呂布の動きは、荀彧？」

「徐州をうまく押さえています。豪族たちが従いはじめた。それが大きいのです。もっとも、力で押さえているので、必ずしも磐石とは見ておりません。むしろ、徐州を横から奪われて、いま小沛にいる劉備の方が、私には不気味です」

「どこがだ？」

「一州を、平然と捨てました」

曹操は眼を閉じた。

確かに、捨てたように見える。袁術と闘うために南下したのは、呂布に奪ってくれと言っているようなものだった。

だから劉備は、大きな傷は受けていない。徐州の民のために闘った、という曹操にとっては快くない風評もまた加えた。

洛陽から、召し出しの使者が来たのは、夏侯惇を呼び戻してすぐだった。

また郭嘉が騒ぎを起こし、狙い通り帝は音をあげたようだ。

軍勢五千と、旗本五百騎を飾り立て、曹操は洛陽にむかった。帝を許昌に迎えるためである。

陽城の近くにさしかかった時、賊徒と争いが起きた。

それ自体は大したことがなかったが、様子を見に行った典韋が、賊徒のひとりと一騎討ちをはじめ、いつまでも結着がつかない、という報告が入った。

典韋を相手に、それほど闘える男がいるのか。そういう興味で、曹操はその一騎討ちを見物に行った。

馬と馬が馳せ違い、その瞬間に武器も触れ合って、ほんとうに火花が散っている。すさまじいぶつかり合いだった。

曹操は、相手の男の顔を見て、典韋を退かせた。相手の男は、大声で叫んでいる。

「申し訳ございません、殿。すぐに結着をつけますゆえ、しばしの御猶予を」

「よい。結着は、私がつける」

曹操が馬を進めたので、旗本が前へ出ようとした。叱咤して、それを止める。見知った顔だった。男が、荒い息を吐きながら曹操を見て、眼を見開いた。

「私の前で、馬乗を許してはおらぬぞ、許褚」

「俺の名を、憶えておいでなのですか?」

「鮑信殿が戦死された。おまえがどこに行ったのか気にしていたが、賊徒になっていたとはな」

「賊徒ではありません。ただ、頭目を知っております」

そこまで言い、はっとしたように許褚は馬を降りた。片膝をつく。

「その頭目が、あっさりと殺されたようで、仇を討ってやろうかと考えました。曹操様の軍とは思い及ばず、取返しのつかない御無礼をいたしました」

「よい、許褚。私は、洛陽へ帝をお迎えに行くところだ。許昌へお迎えする。これからは、許都と呼ばねばならぬ。同じ姓を持つおまえと出会ったのも、なにかの縁だ。付いてくるがよい」

許褚が、曹操を見あげてくる。

「おまえと闘ったのは、典韋という。なかなかの者だ」

「はい」

「仲よくやれ」

曹操は、馬を進めた。

豪傑が二人。悪くはなかった。まるで劉備のところの、関羽と張飛のようではないか、と曹操は考えていた。

5

下邳から三百里（約百二十キロ）ほど東へ行くと、海になった。海西という、小さな城郭がある。

行軍の調練のために、呂布はよくそこへ麾下の兵を連れてきた。匈奴の戦士が多く、海をめずらしがったのだ。

徐州一州を押さえていた。劉備から横盗りしたような恰好だが、その劉備も、なにをするでもなくただ陶謙から譲られたのだ。

強い者がすべてを取る。つまりは、そういうことだ。

徐州を治めているのは、自分ではなく陳宮だった。陳宮はそれを認めようとせず、麾下の兵と一緒でいいと言ったが、陳宮が住んでいるのは、役所のそばの長屋の一室である。召使がいる館を用意した。

陳宮は、寝室に入れろと言って、若い女をひとり連れてきた。女など、ほんとうはどうでもよかった。

李姫という名のその女を抱いたのは、そこに女の躰があったからだ、と思った。若々しい、美しい躰だった。美しいだけで、呂布の心をふるえさせはしなかった。

それでも、二日続けて呂布は李姫の躰を抱いた。

それからは、李姫が呂布の身のまわりの世話をするようになっている。不愉快ではなかったが、瑶とはまるで違った。戦に出るとしても、李姫に赤い布を首に巻いてもらいたいとは思わないだろう。

女を抱く。ただそれだけのことだ。

長安の知り人の家に匿われていた娘が、下邳に連れてこられた。瑶が産んだ娘である。

あまり顔を合わせたいとは思わなかった。瑶が生んだ娘で、顔つきも似ていたが、瑶ではないのだ。娘に対する情愛があるのかないのかも、呂布にはよくわからなかった。

召使を、三人付けている。

徐州の兵力は、六万程度だった。豪族の雑兵まですべてかき集めれば、十万近くにはなる。陳宮はいつもそれを気にしていたが、呂布にはどうでもよかった。

こうして、海西まで麾下を連れて駈け、海を眺めるのが好きになった。

海のむこうに、なにがあるのか。ずっと海だけが続いているのか。考えてみるだけで、海に入ろうとは思わなかった。

赤兎も、海が好きだった。波が打ち寄せる浜を駈けると、喜んでいるのがよくわかる。海の水で躰を洗ってやると、めずらしくやさしげな眼をする。

海西の城にも兵が五百ほどいて、しばしば訓練の見物に来た。

騎馬の動きに、いつも眼をみはっているようだ。ひとりだけ、休ませていた赤兎に近づこうとした者がいた。盗むとか触れるとかいうことではなく、ただ魅きつけられたようだ。蹴倒された。ひどい蹴り方ではなかったので、それほどの怪我はしなかった。その若者が近づいても、赤兎はそれほど怒らなかったということだ。胡郎といった。呂布の前に引き立てられてきたが、悪びれた様子はなかった。馬が好きなのです、と言っただけだ。

その時から、赤兎に胡郎を付け、下邳にも連れていった。自分を連れてきた男が呂布だと知った時、胡郎ははじめて全身をふるわせた。

海西では、野営である。

胡郎が、赤兎のそばに座りこんでいる。そうすることを、赤兎は許すようになった。

胡郎は、赤兎の腹の下を、小枝で丁寧に掻いてやるのである。

赤兎が、老いていた。どんな馬よりも速く走るが、呂布には、それがわかった。仕方がないことなのだ。わかっていても、心の底がふるえた。

「俺も、歳をとったのだ、赤兎」

そばに立って首を抱き、耳もとで囁いた。駈け続けると疲れることを知って、一番驚いたのは赤兎だろう。

「いまでも、おまえより速い馬はいない。長く駈けることができる馬もいない」

赤兎は、呂布に首を抱かれている間、耳さえ動かさずにじっとしている。それをまた、胡郎が不思議そうに見つめていた。

これから何年、赤兎は俺とともに駈けられるのか。しばしば、考えた。せいぜい、あと十年ぐらいなのだろうか。赤兎が、ほかの馬に負けるということが、ほんとうにあるのだろうか。

「殿は、赤兎の声が聞えるのですか？」

胡郎が、訊いてきた。まだ十六歳だが、荒馬を与えると、見事に乗りこなした。いままでは、麾下の兵と同じ、黒い具足をつけている。

「俺の話し相手は、赤兎だけだ。ほんとうに、話ができる相手はな」

胡郎は、素直に羨しそうな表情をしている。

「天下を取ってみようか」

赤兎にそう囁いたことがある。

陳宮は、天下を取るつもりでいた。まず孫堅の倅の孫策と結び、袁術を滅ぼしてその力を併せる。それから荊州の劉表を討つ。

すると、大敵は袁紹と曹操だけということになり、この二人は闘ってどちらかが倒れる。それを討てば、呂布が天下人だ、と陳宮は語ったことがあった。

頭の中に、そういうものを描いているらしいが、まだひとつもうまくはいっていない。

戦のことは、わからないのだ。袁術よりも、孫策の方がずっとこわいこともわかっていない。まず袁術と組んで、劉備を討つ。自分なら、そうするだろう。各地から集まった兵を訓練していると、自分と劉備を較べたら、みんな劉備につくだろう、ということがわかる。口に出す者はいないが、肌でそれがわかるのだ。

ならば、天下を目指す時に邪魔なのは、劉備なのだ。肝心な時に徐州の兵が付いてこなければ、戦もできない。いまは、自分がこわいから付いてきているだけだ、ということを呂布は知っていた。

劉備を討ってから、また袁術と組んで、孫策を討てばいい。袁術を討つのは、それからで充分だ。

陳宮にそう言ってやろうと思ったが、やめにした。陳宮がやりたいようにやる。そうすべきなのだ。天下を取りたいのは、自分ではなく陳宮の方だからだ。

嫌いな男ではなかった。それだけでいい。好きか嫌いか。呂布にとって、人はその二つしかなかった。

「胡郎」

海を見ていた呂布は、腰をあげた。

「ついてこられるか、赤兎に」

「行きます」

呂布は、赤兎に跨った。兵たちには、休みを与えている。城郭へ行き、なにか買ったりする者が多い。あるいは、海の魚をとったりもする。川の魚とは、また味が違うことを知ったのだ。

赤兎が駈けた。

風を切る。胡郎は、無論ついてくることができない。

「もういいぞ」

呂布は、赤兎に声をかける。それでも、赤兎は駈け続ける。無理をするな。無理ではない。そんな言葉を交わしたような気がする。

赤兎が駈けるのをやめたのは、かなり経ってからだった。

汗をかいている。

鞍をはずし、海に入れた。腹のあたりに海水が触れる。それぐらいのところで、じっとしているのが赤兎は好きだった。

しばらくしてから、ようやく胡郎が追いついてきた。

「赤兎は、速すぎます。稲妻です」

胡郎が、砂に倒れこむ。

あと何年。また、呂布はそう思った。どうして、命などというものがあるのだ。死が、あるのだ。自分は、赤兎より長く生きなければならないのだろうか。

瑶よりは、長く生きることになった。

赤兎が、海からあがってきた。

「やあ、赤兎ですな」

男がひとり、近づいてきて言った。赤兎の首に触れる。赤兎は、じっとしていた。触れられても赤兎がいやがらない男を、呂布ははじめて見た。

「実に気高い。これは、覇者だ」

男には、左腕がなかった。

知っている。成玄固。劉備の部将をしている男で、この間の袁術との戦で、片腕をなくしたのだ。烏丸族の男だろう。やはり、匈奴と同じように、馬とともに草原で生きている。

「呂布様の馬だな、やはり赤兎は。呂布様を乗せるために、生まれてきた」

「成玄固、ここでなにをしている?」

「この近くの城郭で、静養をするよう、主に命じられました。片腕で、戦の役には立たなくなったのですよ」

「そうか」

「きれいですね、夕方の海は。金色に光って、まるで別のもののように見えます」

「どこかへ行くのか？」

「白狼山へ。私の故郷ですから。そこで、馬を育てて暮そうと思います。殿は、いつもそばにいろ、と言ってくださるのですが」

「馬がいい。馬を育てろ」

「そうするつもりですが、殿とはまた別れ難くて」

「それも、わかる気がする」

「呂布様は、言われているような方ではありませんね。赤兎を見ているとわかります」

「俺は、俺だ」

「馬なら、誰にも負けない、と思っていたのですが、赤兎に乗った呂布様にだけは、負けます」

成玄固がにこりと笑い、一礼して去っていった。

呂布は、陽を浴びて輝く、沖の海面に眼をやった。赤兎が、そばへ来て躰を寄せる。

「天下は、あれほど遠いかな、赤兎？」

赤兎の躰が、かすかに動いた。

「俺とおまえで、天下を取ろうか。どうせ、いつかは死ぬのだからな」

赤兎が、首を動かした。

呂布は、まだ濡れている赤兎の首に手をやった。

本書は、二〇〇一年七月に小社より時代小説文庫として刊行された
『三国志　二の巻　参旗の星』を改訂し、新装版として刊行しました。

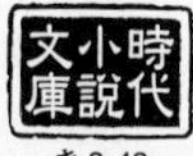
き3-42

三国志（さんごくし） 二の巻（にのまき） 参旗の星（さんきのほし） 新装版

著者　北方謙三（きたかたけんぞう）
2001年7月18日第一刷発行
2023年8月18日新装版第一刷発行

発行者　角川春樹

発行所　株式会社 角川春樹事務所
〒102-0074 東京都千代田区九段南2-1-30 イタリア文化会館

電話　03(3263)5247［編集］　03(3263)5881［営業］

印刷・製本　中央精版印刷株式会社

フォーマット・デザイン＆シンボルマーク　芦澤泰偉

ISBN978-4-7584-4583-2 C0193

http://www.kadokawaharuki.co.jp/［営業］
fanmail@kadokawaharuki.co.jp［編集］ ご意見・ご感想をお寄せください。